徳間文庫

警察庁広域機動隊

ダブルチェイサー

六道 慧

目次

第一章　カモリスト

1

男は、女を追いかけていた。

「待てっ」

十一月。

台東区鳥越二丁目の裏道を、追いかけながら駆け抜けて行く。時刻は午前十時をまわったぐらいだろうか。時計を見ている暇はない。上着の内ポケットでヴァイブレーションし始めた携帯にも応じる余裕がなかった。

女は就活スーツのような地味な色合いの服を着ている。低めのパンプスは靴底に緩衝《かんしょう》材《ざい》でも貼りつけているのだろうか。コンクリートの地面を蹴る音は、男の足下からしか聞こえてこない。ポニーテールに結った女の長い髪が、走る度、馬の尻尾《しっぽ》のように揺れていた。

「止まれ、職務質問だ。止まれと言っているのに」

くそっと罵《ののし》りつつ、角を曲がる。このあたりは二階建てや三階建ての狭小住宅区域だった。二階建てはほとんどが古く、三階建ては新しく建てたような家が多い。一時期、おかず横丁として時折テレビに取り上げられた通りは時間が早いためなのか、休みの店が多いのか、あるいは店を閉めてしまったのか。

シャッターが降りた店ばかりで閑散としていた。

「あ」

おかず横丁の角を曲がったとき、前を走る女の姿が突然消えた。道の左右に小さな飲み屋が立ち並んでいる。例外なく築年数の古い店舗ばかりだが、ここもあまり人の気配が感じられない。今は営業していないように思えた。

(どこかの店舗に入ったのか)

男は店の前を掃《は》いていた老人に駆け寄る。

「すみません。警察です」

警察バッジを見せて、問いかけた。

「この女性を探しているんですが」

ズボンの腰ポケットから定期入れを出した。片側には定期券、片側にはひとりの女性の写真が入っている。大きな双《ふた》つの目には、理知の光が宿っていた。少しふっくらした魅力的な唇には微笑が滲《にじ》んでいる。長い黒髪はさげたままだが、ポニーテール同様、よく似合っていた。

「あぁ？」

老人は掃く手を止める。

「この女です。今、通ったでしょう、ここを」

「ああ、通った。この女かどうかは、わからないけどな。若い女が突き当たりの家に入って行ったよ」

年は八十前後、シミと皺《しわ》が深く刻まれた顔を上げ、顎《あご》で一番奥の家を指した。路地の行き止まりになった場所に、左右の飲み屋を繋《つな》ぐような形で一軒だけ家が建てられていた。

「ありがとうございます」

走ろうとしたその背に、老人の声がとぶ。

「あそこも空《あ》き家なんだ」

「え？」

思わず足を止めていた。肩越しに後ろを見やる。

「おれが住むこの家以外は、全部、空き家なんだよ。見ればわかるだろうが、家屋の傷《いた》み方が激しいだろう。特に突き当たりの家はひどいんだ。家の壁に大きな穴が空いちまってね。厨房《ちゅうぼう》だったところの壁なんだが、そこから他の家の敷地に入れるのさ。もちろん近くの通りにも抜けられる。今頃、涼しい顔で通りを歩いているかもしれないな」

「大きな穴、ですか」

突き当たりの家を確かめるべきか、通りに走った方がいいか。短い逡巡《しゅんじゅん》の後、突き当たりの家に足を向けた。

どれぐらい放っておかれたのだろう。一階の奥は厨房だったようだが、確かに壁が壊れていた。穴などという生易《なまやさ》しいものではない。簡単に人が通り抜けられるほど壊れていた。

「逃げられたか」

それでも男は、壊れた壁から外に出る。老人が言ったとおり、他家の庭に入ろうと思えば入れた。しかし、警察官たる身、凶悪犯の追跡であればともかくも、そうでなければ他家には無断侵入できない。

(この近くに住んでいるのだろうか)

名残《なごり》惜しくて、なかなかその場を離れられなかった。目と目が合った瞬間、向こうも気づいたのだろう。すぐに走り出していた。

逃げる女、追う男。

女は元恋人、そして、男は警察官。

男の名は、桜木陽介《さくらぎようすけ》、二十六歳。

警察庁広域機動捜査隊ASV特務班の刑事である。

何度目かの携帯のヴァイブレーションに、桜木はようやく答えた。

「はい。桜木です」

2

「どこにいるのよ、桜木君」

夏目凜子《なつめりんこ》は訊《き》いた。今回は台東区の蔵前警察署に間借りしているのだが、ある案件を確認に行く途中で、相棒の桜木がいきなり消えてしまったのだ。ふと気づいて後ろを見たときには、いなくなっていた。

「え、飲み屋街？」

凜子の問いかけを遮るように、大きな声がひびいた。

「こっちです」

桜木が後ろで手を振っていた。携帯を切って、互いに歩み寄る。長身の桜木は、警察官になるために生まれてきたような好青年だが、姉をレイプされたという辛《つら》い過去を持っていた。それをバネにしてα特務班に名乗りを上げ、日々、経験を積み重ねている。期待の若手だった。

「どうしたの。急にいなくなるから吃驚《びっくり》したわ」

冗談めかして訊いた。

「昔の恋人を見かけたとか？」

「え」

一瞬絶句したのが、答えかもしれない。馬鹿正直すぎたと思ったのだろう、桜木は頬《ほお》を染めながら言った。

「いやだなあ、凛子さん。からかわないでくださいよ。仕事だけで手一杯なのは、よく知っているでしょう。恋人を作る暇なんか、ありません」

「だから昔の、と言ったんですけどね」

それに気づかないほど舞い上がっているのが見て取れた。が、あれこれ追及する趣味はない。野暮な真似はしなかった。

「行きましょうか」

歩き出した凛子の隣に、桜木が並んだ。

「渡り先の所轄ですが、リフォーム詐欺の事案を与えたところに、特務班への気持ちが浮かび上がっているように感じました。軽く見ていますよね」

所轄の扱いを口にする。ＡＳＶ特務班の事実上の指揮官は渡里俊治《わたりしゅんじ》。ボスの名字をからめて、班内部では渡り先と言っていた。他の警察官が言う場合は、揶揄《やゆ》や嘲笑まじりの場合が少なくない。

　話を変えたと思ったが、これまた、野暮なことは言わなかった。

「どうかしら。リフォーム詐欺の裏には、思いもよらない事件が隠れているかもしれないわ。決めつけるのは早計《そうけい》すぎるんじゃないですか」

　凜子は歩きながら異論を返した。訪問先には連絡を入れてある。同じ台東区内でもこの周辺は、常に観光客で賑《にぎ》わう浅草とはまったく雰囲気が違っていた。立ち並ぶ昔ながらの狭小住宅の、小さなベランダに干された洗濯物や家の玄関付近に置かれた三輪車といったものが、ごく普通の暮らしを表していた。

「アドバイス、肝に銘じます」

　桜木は殊勝な顔で受け、左右の建物に目を走らせた。

「建物には新旧の違いがはっきり出ていますね。新築と親から引き継いだ古い造りの家といった感じでしょうか。耐震性の問題がありますから狭小住宅のリフォームは原則禁止のはずです。古い建物は壊したうえで、建坪率《けんぺいりつ》を守った家に建て替えるしかないと思いますが」

　そういえば、と、独《ひと》り言のように呟《つぶや》いた。

「振られた事案は、リフォーム詐欺でした。リフォームできない建物ばかりなのに、ちょっとおかしいですね」

「よく気がつきました。ただ、建て直した場合もある程度の年数が経《た》てば、リフォームが必要になります。一戸建ては色々手間がかかるのよ。わたしなんか庭の草むしりをやるだけで精一杯。近頃の夏の暑さは普通じゃないでしょう。雑草が活動を停止する冬は、ほっとするわ」

　仕事と普段の口調が、綯《な》い交《ま》ぜになっていた。凜子は駒込駅から徒歩圏内に、一戸建てを所有している。亡き父の退職金と凜子の慰謝料で買い求めた建売物件だ。たかがしれた広さなのに持て余し気味だった。

「一戸建ては、お金と手間がかかりますか。でも、マンションだってリフォームは必要ですよ」

　反論には小さく頭を振る。

「草むしりがないだけ、ましです。蚊の攻撃をかわしつつ、汗びっしょりになりながら虚《むな》しい戦いを夏中、続けなければならないんだもの。すぐに生えてきちゃうのよ。犬走りには除草シートを敷いたうえに、防犯用の砂利を敷いたけどね。ほんと、大変なんだから」

「実感がこもってますね」

　笑って、桜木は続けた。

「耐震性の問題は、かの有名な吉原《よしわら》にも影響を与えています。地震がきたら危ないんですが、ほとんどの店が非常に狭い。建て直したくても許可がおりないと聞きました。あ、もちろん今のは、人づてに聞いた話ですよ」

　吉原に行って遊んだわけではないという意味のことを早口で言い添えた。凜子は苦笑を浮かべた。

「わかっています。さすがは『雑学王』だと思いました。行ったことがなくても吉原の事情にも通じていると」

　桜木についた異名をまじえて告げる。さまざまな事柄に詳しいのはもとより、資格オタクでもあるため、いくつかの資格を取得していた。退職せざるをえない事態になった場合を想定しているのが、生真面目《きまじめ》な桜木らしいと言うべきか。

「そういったことが関係しているからなんでしょうか。浅草の六区に、江戸時代の遊《ゆう》廓《かく》を再現しようという動きがありますよね」

「ああ、見に行ったことはないけれど、話には聞いているわ。何年か前から出資者を募《つの》っていたわね」

　うろ覚えの記憶を探って、答えた。

「三年前です。クラウドファンディングで大々的に出資者を募っていました。昨夜、様子を見に行ったんですが、完成間近だったんで驚きましたよ。建設中の建物はブルーシートの代わりに、完成予想図を描いた布で覆われていました」

「完成予想図を描いた布？」

　凜子は意味がわからなくて訊き返した。

「前後左右に遊廓の完成予想図が描かれているんですよ。正面図、横図、背面図とでも言えばいいんですかね。その布で覆われているため、全貌は見えないんです。ただ屋根を見ただけでも、完成まであと少しじゃないのかと思いました」

「へえ。完成時にはお祭り騒ぎになりそうね」

「前夜祭だけでも三日間を予定しているらしいです。小劇場や寄席の近くに、いきなり吉原の遊廓出現ですからね。多額の出資金が集まったのかもしれません。完成予想図を見ただけでも豪華絢爛《ごうかけんらん》という感じがしますよ」

「男ならば一度は行ってみたい？」

　凜子はからかうように言い、ちらりと目を向ける。

「まあ、そうですね」

　苦笑いしつつも認めた。

「ですが、とうてい無理ですよ。安月給の警察官には遠い夢の世界です。出資金の額によって、相手をする遊女の格が違ってくるらしいんですね。最高位の花魁《おいらん》を指名するには、確か一千万円の出資金が必要だったんじゃないかな」

「一千万円ですか」

思わず溜息《ためいき》をついていた。

「あるところにはあるんですね。だいたい想像はつきますが、遊廓でお相手する遊女たちは」

「吉原で働く女性たちが出張するようです。売り上げの低迷が続く吉原の風俗店にしてみれば、いい宣伝になると考えているんじゃないですか。江戸時代の遊女の扮装《ふんそう》をさせて、性的サービスなしの接待役を務めさせるつもりなのかもしれません」

桜木は継ぎ、携帯を操作する。完成予想図の遊廓が画面に現れた。贅《ぜい》を尽くした造りなのは、小さな画面からも伝わってきた。


「すごいわね。外国からの観光客にも受けそう。確かに衰退《すいたい》する一方の吉原の宣伝にもなるかもしれない。いいか悪いかは別として、浅草人気に拍車がかかりそうね。でも、遊女に扮した風俗嬢たちが、性的サービスを行う可能性は否定できない。騒ぎを予見して、特務班が呼ばれたんじゃないかしら」

訪問する家が近づいて来た。話に出ていた狭小住宅だが、建て替えて五、六年ぐらいだろうか。半地下に車庫が造られているため、一階が通常よりも高めになっていた。
六、七段の階段を登った場所に家の玄関、階段を上がる手前に小さな門扉があって、画面付きのインターフォンが設置されていた。シャッターを開けたままの車庫に車は停められていない。

画面付きのインターフォンを押すと、すぐに女性が答えた。

「はい」

「警察庁広域機動捜査隊ASV特務班です。長いので警察庁広域機動隊とも呼ばれています。蔵前警察署から参りました」

凛子は警察バッジを画面に向ける。ほどなく玄関扉が開いた。

現れたのは、四十代前半の小柄な女性だった。ジャージのような緩《ゆる》い姿はいやなのか、ブラウスとスカートにエプロンを着けていた。家事真っ最中のお母さんという、清潔なイメージがあった。慣れた足取りで門扉の前まで階段を降りて来る。携帯らしきものを持っていた。

「特務班の夏目です。隣にいるのは相棒の桜木刑事」

「どうも、わざわざお越しいただきまして」

女性は挨拶の後、自己紹介した。ふだんは勤めに出ているが、今日は有休を取ったらしい。凛子と桜木を交互に見ていた。

「ASV特務班って、聞いたことがあります。確か性犯罪に特化《とっか》して設けられた班じゃありませんでしたか。以前、新宿や渋谷でチラシを配っていましたよね」

渡した名刺にも目を向けている。発足《ほっそく》してわずか一年足らずだが、思いのほか広まっているようだ。インターネットの普及によるものだろう。むろん難事件を解決したという自負はあるが、自慢げに語るつもりはなかった。

「仰せのとおりです。今も性犯罪に対しては厳しい取り締まりを行っていますが、新たに広域機動隊として県警との連携も視野に入れました。日本版ＦＢＩとお考えください。警視庁や警察庁と所轄や県警を繋ぎ、事件の早期解決をめざす班です。もちろん小さな事案にも取り組みますので、遠慮なく相談や意見をお寄せください」

凜子は班の説明をしてから切り出した。

「担当者の話では、リフォーム詐欺に遭ったそうですね」

「ええ、そうなんです」

女性は頷《うなず》き、門扉を大きく開け、道路に出て来た。

3

「車庫のシャッターなんですよ。壊れてしまったので業者に頼んだんです。電動シャッターを勧《すす》められました。こんな小さな家に大袈裟《おおげさ》なと思ったんですけど、主人が楽な方がいいと言ったので」

持っていたリモコンをシャッターに向ける。携帯だと思ったのは、シャッターを操作するリモコンだった。何度もボタンを押しているのだが、シャッターは作動しない。

「ね？　だめなんです」

同意を得るように振り向いた。

「リモコンを貸していただけますか。自分がやってみます」

桜木の申し出を女性は一も二もなく受ける。

「どうぞ」

リモコンを渡した。すぐに桜木はボタンを押してみる。動かないとわかるや、電池を確かめた。

「電池が古いんじゃないですか」

「そう思いまして、新しいのにしたんです。最初に付いていた電池なんですけどね。取り替えたばかりなんですよ。もうとにかく、ウンともスンとも言わなくて……業者がやったときは、ちゃんと動いたんですけどね。下がったり、上がったりしたんです」

「業者が帰ったとたん、動かなくなった？」

凜子の問いには、「いいえ」と頭を振った。

「何回かは動きました。二、三日は大丈夫だったと思います。でも、最後は開ききった状態のまま、下がらなくなりました」

「工事をしたのは、いつ頃ですか」

凜子はメモを取りながら確認事項を口にする。

「二週間前です。一日で終わったのは助かったんですけどね。その後がよくありませんでした。業者にはすぐに連絡したんですが、だれも電話に出ないんです」

女性はエプロンの大きなポケットから携帯を出して、掛ける。繋がったそれを凜子に渡した。呼び出し音だけが鳴り続けていた。

「会社には行ってみたんですか」

携帯を返して、問いかけた。

「はい。三、四日前に主人が行きました。会社へ行く前に寄ってくれたんですが、扉には臨時休業の貼り紙があったそうです。工務店のある場所は上野なので近いんですね。地元という安心感もあったため、お願いしたんですが」

「なるほど。電話も駄目、会社の扉には臨時休業の貼り紙。それで警察に相談したんですね」

凜子の確認に大きく頷き返した。

「はい」

「業者の名刺などはありますか」

「あります。必要だと思いまして、契約書と一緒に用意しておきました」

ふたたびエプロンの大きなポケットから契約書と名刺を取り出した。渡された名刺の携帯番号に、凜子はいちおう掛けてみる。呼び出し音は鳴るが、だれも出なかった。

「不良品を押しつけられたのかもしれません。インターネットや新聞のチラシに出ていた業者ですか」

「それが」

躊躇《ためら》いがちに言った。

「ここは、主人の両親の家なんです。古い家があったんですよ。義父に続いて、義母が亡くなりましてね。年を取ってから授《さず》かったひとりっ子の主人が引き継ぎました。わたしは売ってマンションに住みたかったんですが、主人にしてみれば思い出の家ですから」

真面目な顔になって、続けた。

「耐震問題がありますでしょう。建て替えるしかないとなって、一念発起。住宅ローンを組みました。引っ越して来たのは十年前なんです」

「それじゃ、こちらの家は築十年ということですか」

凜子は思わず下がって、家を見ていた。せいぜい五年程度だと思っていたが、倍の年数が経っていたらしい。

「そうなんです。できるところは、主人がこまめに手入れをしてくれるんですよ。まだまだローンの支払いが続きますからね。できるだけリフォームしないで済むよう、自分たちなりに頑張っているんです」

ふう、と、小さな溜息《ためいき》が出た。

「下町だから近所と密な付き合いがあると思いがちですが、昔からの住人はほんの一《ひと》握《にぎ》りしかいないんです。あとはうちのような跡継ぎ一家か、まったく縁故《えんこ》のない場所に引っ越して来た新興住人たちですよ。町内会の集まりにも出ないし、横の繋がりは稀薄《きはく》です。そんな心の隙間《すきま》に、ふっとご近所さんが飛び込んで来ちゃって」

二度目の溜息は大きくて、深かった。

「この近くに取り壊しになる予定の飲み屋街があるんです。そこにまだ住んでいると思うんですが、お年寄りの喜多川《きたがわ》さん。よく散歩しているんですが、このへんをうろついていました。会うと挨拶して、とりとめのない会話をしていたんです。わたし、実家の父が亡くなったばかりで、心細くなっていたのかもしれません。車庫のシャッターが壊れてしまった話をつい」

「喜多川老人にした？」

凜子は、先んじて言った。

「はい。そうしたら、いい工務店を知っているよと言われたんです。パンフレットをくれて、地元だし、知り合いが経営している店だから大丈夫、安心だからって……今回の件で交番に行ったとき、警察官の方に言われました」

ああ、あの爺さんですか。いくらかリフォーム会社から貰っているんでしょう。近隣の住人の個人情報を勝手に教えているのかもしれません。何件か苦情が寄せられています。

「わたし、許せなくて。親しげに話しかけて来て、心を許したとたん、これでしょう。うちの個人情報も全部教えていたみたいなんです。工務店の人は、子供の数や夫婦共働きという話を知っていましたから」

「その喜多川老人ですが、まだ飲み屋街に住んで……」

　凜子の言葉を相棒が遮った。

「住んでいます。ついさっき会いました」

「そう、ですか」

　昔の彼女がらみの話が、関係しているのかもしれないと思い、それ以上は控えた。相談されたとき以外、プライベートには口をはさまないようにしている。

「あそこに住み続けているのは立ち退《の》き料が目当てなんだろうと、交番の警察官は言っていました。『金額を釣り上げるための策に決まってる、年寄りだからって気を許しちゃ駄目だ、喜多川はそういう男なんだよ』。そんな感じでしたね」

　女性はなかば諦め顔だった。

「当然、喜多川老人のところへは行ったんですよね」

凜子の確認に力無い顔を向けた。

「行きました。ですが、知らない、自分には関係ないの一点張りですよ。警察官の方が言っていたように、仲介料みたいなお金が、いくらか入るのかもしれません。口が堅いです。主人が行って問い詰めたときには、ボケたふりをしてごまかしたそうです。一枚も二枚も上手だと言っていました。うかうか家の話はできませんね」

「わかりました。近いので、これから行ってみます。電動シャッターは安いものではありません。手痛い出費だったと思いますが、働けばお金はまた、入って来ます。喜多川老人には、関わらない方がいいと思いますよ」

リフォームは身近な話だけに、他人事《ひとごと》ではなかった。父がいない今、女主《おんなあるじ》となった凜子は、時間やお金の余裕がない。安さに釣られた挙げ句、やり直しとなって、さらに出費が増える可能性も考えられた。

「ご助言に従います。話を聞いていただいただけでも、気分がすっきりしました。気持ちを切り替えて、別の業者を頼みます」

「その方がいいと思います。あ、契約書はコピーを取らせていただいても、よろしいですか」

「もちろんです。うちはいないときが多いので、返すときはポストに入れておいてください。もしくは夜に来ていただけると助かります」

「わかりました。いずれにしても経過や結果は電話します。工務店にも、この後、行ってみますので」

「お願いします」

深々と一礼した女性に、凜子と桜木も一礼で応えた。踵《きびす》を返して、歩き始める。肩越しに後ろを見やると、まだ見送っていた。

凜子は、会釈《えしゃく》をして、飲み屋街に足を向けた。

4

昼間なのに町は妙な静けさに覆われている。夫婦共働きの家が増えているからだろうか。

都心にいるのに、郊外の町を歩いているようだった。

「それで」

凜子は口火を切る。

「あなたと喜多川老人は、どういう知り合いなのかしら」

意味ありげな視線や含みのある口調を察したのだろう、

「わかりました。言いますよ」

桜木は両手を挙げて、降参の姿勢を見せた。

「凜子さんのご推察どおりです。昔、交際していた女性に似た人を見かけたんです。で、追いかけました。彼女かどうかは確認できませんでしたが、逃げ込んだ先が話に出た飲み屋街だったんですよ。おそらく掃除をしていた老人が喜多川だと思います。住人は彼だけらしいですから」

案内するように少し先を歩いている。正直に話してくれただけで充分だった。凜子は歩きながら、蔵前署に待機中の渡里に、メールで喜多川老人の調査を依頼した。特務班の場合、たとえ指揮官であろうとも雑用係を務めるのがあたりまえだ。すぐに二人の携帯に返信が届いた。

「お訊《たず》ねの老人は、喜多川篤史《あつし》。職業は無職、年齢は七十八歳。妻は十年前に死亡。子供はなし、か」

桜木が小さな声で読みあげた。

「半グレ老人みたいな感じですかね」

答えを求めるように凜子を見やる。暴力団対策法の施行以来、反社会勢力派だった人間は、隠退や転職を余儀なくされた。その結果、ヤクザでもなければ堅気でもないという、じつに『厄介な悪』が生まれたのである。

半グレは若者から老人までと年齢幅が広い。ときには信じられないほど残虐非道な行いをするが、ほとんどは喜多川のような詐欺や、盗み、恐喝といった類《たぐい》の犯罪に手を染めることが多かった。

「奥さんを亡くしてしまい、心の拠《よ》り所がなくなったんじゃないかしら。生活費も充分とは言えないのかもしれない。ついでに資産状況も……」

話の途中で携帯にメールが流れた。渡里が気を利《き》かせて、喜多川の資産状況を調べてくれたようだ。

「以心伝心ですね」

桜木も自分の携帯を見ていた。シャッターがおりている店が多いおかず横丁を、横目で見ながら通り過ぎる。オープンしているのは四、五軒だった。買い物は近くの大型スーパーに行くのではないだろうか。

「住んでいる場所は、と」

凜子の呟きを受けたように、若い相棒が足を止める。人通りの少ない鳥越の『おかず横丁』を少し歩き、角を曲がった区域だった。かつては夜毎《よごと》、酔客が訪れたであろう飲み屋街は、静まり返っていた。何匹かの猫が、突き当たりの家の屋根で寝転んでいる。今の時間帯は一番陽当《ひあ》たりがいいのかもしれなかった。

「あの家だと思います」

指さして桜木は、コの字形になった路地の右手に足を向けた。左右に五軒ずつ店舗付き住宅が並び、突き当たりの店舗が長屋形式の家を繋ぐ形になっている。一階に店とトイレ、二階に小さなキッチンと六畳間程度の広さではないだろうか。立ち退きを迫られた住人が退去した後は、喜多川だけがたったひとりの住人になった。

「十一店舗の持ち主は不動産会社の〈マッナミ建設〉、リフォームもやっているようね。そういえば、さっき話に出た工務店が似たような名前だったんじゃないかしら」

凜子は、リフォーム詐欺の被害女性から預かった契約書と名刺を確認する。同じ会社名だった。

「やっぱり、〈松波《まつなみ》工務店〉だわ。たぶん〈マツナミ建設〉の子会社でしょうね。世話になっている手前、喜多川さんは無下《むげ》にできなかったのかもしれない。立ち退きを勧告《かんこく》されているにもかかわらず、居座っているわけですからね」

確かめている間に、桜木は〈喜多川〉という小さな看板が掛けられたままの店舗前で呼び掛けていた。妻が生きていたときは、二人で営んでいたに違いない。今は朽《く》ちかけた侘《わ》びしい佇《たたず》まいになっていた。

「喜多川さん、警察です。少しお話を聞かせてください」

何度声を掛けても出て来ない。

「出かけたのかな。暇《ひま》そうに見えましたけどね」

「一度、蔵前署に戻りましょうか。それとも〈マツナミ建設〉に行ってみるか。所在地は上野駅の近くだから、そう遠くないわね。行くだけ行ってみましょうか」

凛子の言葉に、遠慮がちな呼びかけが重なる。

「あの、すみません。警察の方ですか」

年は七十前後の女性だった。『おかず横丁』の店の経営者かもしれない。白髪を綺麗に結いあげ、割烹着を着けた姿が板についていた。

「そうです」

凛子の答えを聞き、小走りにこちらへ来た。

「いえね、喜多川さんの家にだれか来たと聞いたんですよ。それでちょっと様子を見ていました。そちらの方が」

桜木を目で指して、続ける。

「警察ですと仰っていたじゃないですか。喜多川さん、また、なにかやったのかと思いましてね。以前、何度か警察官を呼ぶ騒ぎを起こしたんですよ。リフォームの件らしいですけどね。喜多川さんは紹介しただけの一点張り、相手は喜多川さんを信用して頼んだのにと怒り心頭でした」

「このへんでは、よく知られた話だったんですか」

凛子はメモを取っていたが、桜木は上の空という感じだった。手帳を出してはいるものの、視線と心は飲み屋街の古い建物に向いているように思えた。凛子は目顔で集中するよう促したが、それさえ目に入っていなかった。

「ええ。いくばくかの仲介料が目当てだったんでしょう。わたしも台所のリフォームをお願いしたことがありますけど、普通より安い値段で、ちゃんとやってくれましたよ。そんなにひどい工務店じゃないと思いますけどね」

「〈松波工務店〉ですか」

凛子の問いに、老女は頷いた。

「そう、上野駅近くの会社です。郵便受けを取り替えるような小さな修理も、いやな顔をしないでやってくれました。不動産会社の子会社らしいんですよ。うちの息子が部屋を借りるとき、お世話になったりして」

かたや褒め言葉、かたや詐欺という正反対の評価は、なにを意味しているのか。凛子は相手によって〈松波工務店〉が、対応を変えているのではないかと思った。

（古くからいる住人は親切丁寧に、新参者は適当に扱うのかしら）

喜多川老人を責めるのは筋違いなのかもしれない。相変わらず集中力を欠いた桜木は、喜多川の店舗の前に行き、中の様子を覗《のぞ》き見ていた。

「喜多川さんは、どんな人ですか」

凛子は聞き込みを続ける。

「悪い人じゃないんですけどねえ。お金にだらしがないというか。宵越《よいご》しの銭は持たねえとばかりに、すぐ使ってしまうんです」

下町の女将《おかみ》さんらしく、歯切れのいい東京弁を使った。近くに来てわかったのだが、薄化粧を施している。ふふっと小さく笑い、小指を立てた。

「これにも、だらしなくてね。鶯谷《うぐいすだに》あたりの風俗店の女に、入れあげちゃうんですよ。あのへんの店にいるのは流れ流れた年増女、今は熟女って言うんですか。要は値段の安い風俗店です。年金が入ると直行していたみたいよ。昼間は特に安いんですって」

悪戯《いたずら》っぽい笑顔と親しげな口調は、喜多川を案じるのが半分、好奇心が半分という感じがした。

「もしかしたら、今日も？」

凜子の問いかけに、老女は首を傾《かし》げる。

「さあ、どうでしょうね。ここしばらくは、家事ヘルパーさんかしら。若い女性がよく出入りしていましたよ」

「同じ女性ですか」

すかさず桜木が訊いた。気もそぞろだったようなのに、老女が若い女性と言った瞬間、隣に来ていた。間髪入れずの質問には、訪問者の女性への並々ならぬ興味が浮かびあがっているように思えた。が、凜子は口をはさまない。

「いいえ、同じ女性じゃなかったと思います。少なくとも三人は来ていました。あら、また違う女と思うでしょう。だから孫じゃないのかもしれないと考えたわけですよ。『横丁女将《おかみ》の事件簿』なぁんてね」

おどけて、笑い声をあげた。桜木は少し白けたような顔をしている。無意識なのだろうが、何度となく突き当たりの家に目を走らせていた。昔の彼女かもしれない女が逃げ込んだと思《おぼ》しき家。冷静に考えれば、いくつかの事柄に気づくはずだが、今の桜木にそれを望むのは、むずかしいかもしれなかった。

「今日はどうでしたか。女性を見かけましたか」

いくつかの事柄のひとつを問いかけた。聞こえたのだろう、桜木はふたたび隣に来る。件《くだん》の女性かもしれないという思いが、真剣な目に浮かびあがっているように見えた。

「ええ。ついさっき、喜多川さんと歩いて行きましたよ。何度か見たことのある人です。切れ長の大きな目が印象的な別嬪《べっぴん》さん。目が合うと会釈してくれたりしてね。感じがいいんですよ」

やはり、と、凜子は思ったが、桜木との話はあとにまわした。

「他にはいかがでしょう。喜多川さんについて、気づいたことはありますか」

「近頃はよく空き缶拾いをしているわね」

即答した。

「足腰の鍛錬《たんれん》だとか言っていたわ。台車ってあるでしょう、宅配業者の人が使うやつ。あれにビニール袋に入れた空き缶を積んでいる姿を見たという話を聞きました。あたしは空《から》の台車を押して、出て行く姿しか見ていませんけどね」

口調同様、目や頭もしっかりしているようだった。

「ありがとうございました。なにかありましたら、連絡してください」

凜子が差し出した名刺を、老女は驚いたように受け取った。

「直接、刑事さんに掛けてもいいんですか」

「もちろんです。出られないときは、後で掛け直しますから。喜多川さん以外のことでもかまいません。他にもリフォーム詐欺に遭った方がいたときや、話に出た若い女性たちを見かけたときは、電話してください」

「わかりました」

老女と別れて歩き出したが、桜木はぼんやり突っ立っている。視線はまたもや奥の店舗付き住宅に向いていた。

「桜木君」

「あ、すみません」

慌てたように隣へ来た。

「今の会話の中で気づいたことを言います。断定はできないけれど、喜多川篤史は、たぶんあなたが追いかけていた女性とどこかに行ったのよね。そのことからわかるのは？」

「ええと」

手帳を開いて、考え込んでいる。コンビを組んだばかりの頃に、戻ってしまったかのようだった。以心伝心だったのが、まるで新人のようになっている。

「喜多川老人と女は、知り合いだったのかもしれない。だからあそこに逃げ込んだ。喜多川は自分の家に女を隠したうえで、わざとあなたに嘘を告げた。突き当たりの店舗付き住宅に逃げ込んだ云々《うんぬん》は、はたして、真実だったのかどうか」

「あ」

桜木は一瞬、棒立ちになる。凜子も足を止めて、彼の返事を待っていた。ようやく頭の中で繋がったに違いない。

「すみませんでした！」

直立不動のまま深々と一礼した。

「つまらない過去にとらわれてしまい、見誤るところでした。凜子さんの言うとおりです。女は喜多川の知り合いだった可能性が高い。自分が立ち去ったのを確認した後、二人で悠々とどこかに行った」

顔をあげて、告げる。まだ完全に未練は消えていないように思ったが、女性ではなく、女と言ったあたりに決意が浮かびあがっているのを感じた。

「詐欺行為に手を染めていた老人の知り合いは、堅気なのでしょうか。あるいは詐欺師の友達は詐欺師でしょうか。まずは上野の〈松波工務店〉にまいりますか」

言い終わらないうちに携帯がヴァイブレーションし始める。

「はい。夏目です」

掛けてきたのは渡里だった。班内でも小さな騒ぎが起きたらしい。それに今朝はメンバーが揃わなかったため、班会議を行っていなかった。

「一度、所轄に戻れとのことです。行きましょうか」

凜子は言い、小走りになった。足の長さが違う桜木に合わせると、かなり急がなければならない。台東区は狭い分、車を使うよりも歩く方が便利だった。

「いい運動になりそう」

「はい」

桜木は凜子に合わせて彼なりに歩みを遅くしている。

互いを慮《おもんぱか》るのが、コンビの鉄則ではないだろうか。

しかし、それができないコンビは……。

それができないコンビが、目の前にいた。

5

「………」

凛子は、蔵前署の特務班のオフィスに入ったとたん、絶句していた。メンバーの井上友美《いのうえともみ》と先月から新人として加わった久保田麻衣《くぼたまい》の様子に言葉を失っている。二人の顔は痣《あざ》だらけのうえ、麻衣は右手首に包帯を巻いていた。

今回、特務班に与えられた二階のオフィスは、広さが二十畳程度あり、壁際にはロッカーが設置されて、折り畳み椅子や長机なども用意されていた。すでにプロジェクターも準備されている。

特務班は持ち込んだ楕円形のテーブルを真ん中に置き、相談者にも対応できるようにしていたが、友美と麻衣は折り畳み椅子に座って、正反対の方向を向いていた。

なにが起きたのかは一目瞭然、だろうか。二人で取っ組み合いの喧嘩をしたとしか思えないが、仮にも警察官である。そんな子供じみた真似をするだろうか。あるいは被疑者《ひぎしゃ》を捕まえようとして怪我をしたのか。

だが、椅子に座ったままそっぽを向いた二人の状態を見る限り、被疑者を捕まえようとして怪我をした可能性は薄いように思えた。

ってい
た。

「六対四で友美さんの勝ちですかね」

桜木が凜子の耳もとに小声で囁《ささや》いた。目顔で黙るように告げ、渡里警視の言葉を待っていた。五十七歳のボスは、最近とみに大黒様や狸親父《たぬきおやじ》といった異名を地でいく体型になっている。渡里の斜め後ろには、困ったような顔をした長田弥生《おさだやよい》が控えていた。

（やっちゃったみたいです）

とでも言うように、両手の人差し指で諍《いさか》いを表した。ふだんは持ち前のふんわりした雰囲気で班内の刺々《とげとげ》しさを払拭《ふっしょく》してくれるのだが、打つ手なしと表情でも示していた。年は三十一、緊急時には監察医の資格を持つ彼女が機動捜査隊鑑識班の指揮を執《と》る。班のムードメーカーでもあった。

「藤堂《とうどう》先生」

渡里が口火を切る。

「はい」

藤堂明生《あきお》が一歩前に出た。前任者の小暮円香《こぐれまどか》の後を継いだ精神科医で、円香のクリニックでは副院長を務めている。長身だが、威圧感はまったく感じさせない。春の日溜《ひだ》まりを思わせる温かい空気を持っていた。四十八という年齢よりも老けて見えるのは、何事にも動じない落ち着いた印象があるからだろう。

「すみませんが、別室で久保田の話を聞いてやっていただけますか。色々言い分があると思いますので」

渡里の申し出を聞き、麻衣が立ちあがる。

「わたしは……」

「言い分があるようですな」

笑って、ボスは遮った。

「お願いします、藤堂先生」

あらためて要請する。

「わかりました」

藤堂に促されて、麻衣は一緒に出て行った。特務班のオフィスは一瞬、奇妙な静けさに包まれる。なにをどう言ったらいいのか、だれもが口にするのを躊躇っているように感じられた。

「あの、クソ女！」

友美の悪態が、静寂を打ち破る。右目が腫《は》れて開けにくいほどになっていた。唇も切れたらしく、滲んだ血が早くも乾いていた。麻衣は徹底的に顔を狙うタイプなのか、腕や足は無事だったようだ。

「特殊詐欺の被害者になりかけたお年寄りの女性がいたんですよ。分譲マンションにひとり暮らしです。エントランスホールの郵便ポストに手紙が入っていたらしいんですね」

楕円形のテーブルに置いてあったバッグを開ける。中から出した封筒を渡里に渡した。ボスは封筒から手紙を出して、読みあげる。

「えー、わたしは近所の佐藤《さとう》です。お話ししたいことがありますので、下記の電話番号に連絡してください」

顔を上げ、手紙をひらひらさせた。

「携帯の番号が記されています」

「個人情報を集めるつもりなんでしょうね」

凜子は班長兼警部補として意見を述べる。渡里を始めとする主なメンバーは、組織編成を機に昇進していた。総勢八人なのだが、残るひとりは遅刻が常の名目だけの指揮官。今日もまだ来ていなかった。

「そうだと思います」

友美が答えるのと同時に、メンバーは折り畳み椅子を広げて座る。桜木は自らボードに書く役目を志願した。もっとも言葉で言ったわけではない。黙ってボードの前に行き、特殊詐欺の事案と書き始めていた。

「封筒には、被害者になりかけた女性の名字だけが記されていました。表札を見れば名字はわかりますからね。手紙の最後にあった携帯番号に連絡すれば、自宅の電話番号を知られてしまいます。うまく話を繋いでその他の情報――下の名前や家族構成、ひとり暮らしなのか否か、年金生活だとすればいくら支給されているのかといった事柄を聞き出すつもりだったんでしょう」

友美の言葉を、凜子は継いだ。

「カモリストの作成ですね」

「はい。悪いことに被害者になりかけた女性には、『佐藤』という知人が近くにいたらしいんですよ。それでつい掛けてしまった」

見まわして友美は続ける。

「話を聞いたとたん、クソ女がなんて言ったと思いますか。『バッカじゃないの』、これですよ」

「言いそう」

くすっと弥生が笑った。それだけで場の空気がなごむ。つられたように、メンバーたちも笑っていた。

「さらに、さらにです。『あなたはもうカモリストに載ってしまいました。詐欺グループに狙われるのは間違いありません。引っ越した方がいいかもしれませんね』とまで言い放ったんです。完全に脅しですよ。女性はもう怯《おび》えちゃって……落ち着かせるのに苦労しました」

「どんなアドバイスをしたんだ？」

渡里が訊いた。

「まず固定電話を留守電にするよう言いました。設定の仕方がわからないと言ったため、わたしがやりました。あとは知らない訪問者は絶対に家へ入れないこと。古いマンションなので、エントランスホールから連絡を入れるタイプではないんですね。玄関先のインターフォンは監視カメラ付きではありませんでしたから、金銭的に余裕があれば取り替えた方がいいとアドバイスしました」

適切な助言だと思ったに違いない。頷き返して、渡里は手帳を開いた。

「定期的に巡回させよう。それにしても、手を替え品を替え、詐欺師どもはよく考えるもんだ。先手を打ってやりたいが、事件が起きてからでなければ警察は動けない。チラシ配りのふりをして、投函している可能性もあるな。目を光らせてくれ」

「はい」

代表するように、凜子が答えた。

訊きたくてたまらなかったのだろう、

「それで」

弥生が口を開いた。

「どこでやり合ったの？」

愉《たの》しそうであるうえ、身を乗り出すようにしていた。

「人気《ひとけ》のない駐車場ですよ。『あ、来るな』と感じたんですが、まさか顔を狙うとは思わなかったので、口に一発受けちゃいました。危うく目も殴られそうになりましたが、かろうじて直撃を避けたんです」

それがこれですとばかりに腫れた右目を指した。

「汚い喧嘩をしますよ。取っ組み合いになれば、つい興奮して顔を殴っちゃうかもしれませんが、いきなり顔ですからね。まあ、やられた三倍はやり返しましたけど」

「倍返しならぬ、三倍返しですか。自分が見た感じでは、十倍返しぐらいに見えましたけどね。久保田さん、顔中、青痣だらけでした。右手首にも包帯を巻いていましたよ」

桜木がボードの前で笑いをこらえている。

「仕掛けて来たのは、向こうですから。それに、あたしは目や口を直接打つのは避けました。喧嘩のルールは守ったつもりです」

友美は堂々と胸を張った。麻衣は手当てをしたようだが、友美は綺麗な顔にできた傷痕《きずあと》を誇らしげに曝《さら》している。だれもが認める美貌の持ち主だけに凄《すご》みが増していた。

「足を払うのと同時に、押し倒してやったんです。それでも殴ろうとしたので、右手首を捩《ねじ》り上げてやりました。しばらく使えないでしょうね。ざまあみろ、です」

「被害者になりかけた女性への失言は注意したの？」

訊きながら弥生は笑っている。まずは助言が先でしょう。でも、それをした様子はありませんね。そんな表情だった。

案の定と言うべきか、

「あ」

友美は正直に答えた。

「忘れました。でも、教育的指導が身に染みたんじゃないですか。わからないようであれば、いつでも相手になりますよ」

「それじゃ、教育的指導じゃなくて、暴力的指導ですよ」

桜木の軽口に、友美は座ったまま拳《こぶし》を突き出す真似をする。弥生はバッグから絆創膏や消毒薬が入った応急処置の救急ケースを出して、友美の手当てを始めた。

「美人が台無しじゃない」

にこやかに話しかける。

「顔なんかどうでもいいんです。警察官は見た目の迫力が勝負ですから。なめられないようにするためにも、痛っ」

「そういう迫力はなくてもいい」

渡里は言い、凜子を見た。

「似たタイプを組ませれば、案外、うまくいくかもしれないと思ったが、想像どおりと言うべきか。ご覧のとおりだ。すまないが、久保田と組んでくれないか」

「わかりました」

「マイナスとマイナスは、プラスになるはずなんですけどねえ。さらにマイナスになるケースもあるんだ」

桜木の呟きに堪忍袋の緒が切れたのか、

「ちょっと、桜木君。さっきから黙って聞いてりゃ言いたい放題。二回戦に挑みたいって言うんなら相手になるわよ」

友美が立ちあがって迫る。

「いえ、そんな恐ろしい挑戦はできません。命がいくつあっても足りないですから」

答えの途中で開けたままにしていた扉がノックされた。

「よろしいですか」

顔を覗かせたのは、捜査二課の課長だ。年は五十前後、身長は百六十五、六センチで痩《や》せ形である。職務質問や犯人逮捕のとき、押しのきく長身が有利なのは言うまでもない。あまり恵まれない体格でありながら課長にまでなれた裏には、どれほどの努力が必要だったことか。

「会議ですか」

渡里が立ちあがったのに倣《なら》い、座っていたメンバーも立ちあがる。すでに備品が用意されていたオフィスはもちろんだが、課長自ら呼びに来た点にも、特務班に対する捜査二課の期待の高さが浮かびあがっているように思えた。

「はい。都合がよければ、参加していただけないかと思いまして」

大きな目には、好奇心が見え隠れしていた。スーパーなんとかという有名なゲームの主人公に似た風貌をしている。日本人離れした顔が向けられているのは、怪我をして凄みを増した美人警察官だった。

視線を察したのだろう、

「これですか」

友美がふたたび自分の傷を指した。

「そう、ですね。特務班の女性警察官たちが、怪我をして戻って来たと話題になっています。どうしたんでしょうか」

「いつもはオフィスに吊りさげたサンドバッグで朝稽古をするんです。ですが、まだ荷物を解《ほど》いたばかりで、設置できていないんですよ。それで仲間同士、稽古をしました。つい熱くなっちゃって」

無理に笑いを押しあげたが、イタタタタと顔をしかめた。

「そうですか。お大事に」

課長はそれ以上、問いかけない。

「会議への参加、よろしくお願いします」

会釈して、出て行った。

「長田、藤堂先生と久保田に知らせてくれないか。会議室だ」

「はい」

穏やかな気質の弥生を行かせ、渡里はプリントアウトしておいた書類を纏《まと》める。まだ情報は少ないが、二課との意見交換は重要だ。

「警視。確認ですが、喜多川篤史の捜索は始まっていますよね」

凛子は念のために問いかけた。ここに戻る途中で、渡里に警視庁指令本部への連絡を依頼していた。

「ああ、始まっている。連絡が来ないのは、見つかっていないからだろう。女も一緒の可能性が高いと言っていたが、名前もわからないのでは探しようがない。とりあえずは喜多川の捜索を依頼した」

「ありがとうございます」

凛子たちは、会議室に移動する。

初めての合同会議だった。

6

捜査二課こと『捜二』は、知能犯や詐欺犯を追う課であり、今回、特務班は捜二と協力し合って特殊詐欺の撲滅《ぼくめつ》に尽力《じんりょく》することになっていた。むろん他課や他の所轄との連携も必要な場合は、すみやかに繋ぐのが広域機動捜査隊の役目だ。

さまざまな課や所轄同士、さらに区や県といったものを飛び越えて、被害者のために早期解決をめざす部署。組織のしがらみや軋轢《あつれき》にとらわれない部署。

それこそが、警察の正しい姿ではないかと渡里は考えていた。

一通《ひととお》りの挨拶を終えた後、

「台東区内の所轄においては、今月は特殊詐欺撲滅《ぼくめつ》強化月間として力を入れていると聞きました。報告された特殊詐欺ですが、新しいものでは発電補助金詐欺。これがまず目につきました」

渡里は言った。特務班と捜二の指揮官が前に立ち、凛子はボードに書く役目、桜木はプロジェクターに繋いだパソコンを扱う役目に就いていた。そして、最前列に友美、弥生、藤堂、麻衣が座している。派手な喧嘩をした二人は、右端と左端にいた。

その後ろには、むろん捜二の警察官が席を埋めている。特務班と合わせて総勢四十人ほどだろう。本庁の班との合同会議に、やや緊張した面持《おもも》ちをしているように見えた。

「課長。今申し上げた発電補助金詐欺の説明をお願いできますか」

渡里に促されて、課長が半歩、前に出た。凜子はボードに素早く書き記している。

桜木はパソコンを操作して、プロジェクターに新聞記事を映し出した。特務班には事前に会議内容を纏めた書類が配られている。

「読んで字のごとしです。発電事業を巡る助成制度を悪用し、国から数億円を騙《だま》し取ったとして、〈レインボー・テクノ〉の実質的経営者を先日、逮捕いたしました。社長は他の男なのですが、事情聴取の際、真の経営者は別の人物であることを自白。慎重に内偵を進め、実質的経営者を逮捕した次第です」

「称賛の気持ちはまったくありませんが、すぐさま詐欺を実行したあたりに、実質的経営者のしたたかさが表れていますね」

渡里の言葉を、麻衣が挙手で受けた。

「久保田。質問か？」

「はい。どのような詐欺を働いたのかが、具体的に記されていません。渡り組の余所《よそ》者《もの》には、教える必要がないと考えているのでしょうか」

麻衣はさっそく毒を吐いた。座っていた捜二の警察官の間に小さなざわめきが広がる。挑戦的と思ったのは間違いない。

「そのような気持ちはありません」

課長はやんわりと受けた。

「口頭で説明した方が、より正確に伝わると考えた次第です。〈レインボー・テクノ〉の実質的経営者は、二〇一三年に中国企業からディーゼル発電機二十台を約二億円で購入する契約を締結しました」

肩越しに後ろを見やり、凜子がボードに書く早さを確かめている。濃《こま》やかに気を配る課長だと思った。

「輸入時にはより安い購入額を届けて、まずは消費税を脱税。一方、助成を申請した二〇一四年五月には、購入代金を八億と水増ししたうえ、実際には電気を売った実績がないのに嘘の申請書を国に出し、補助金を騙し取った。これが実質的経営者に対する容疑です」

よろしいですか。そんな表情で麻衣に視線を投げたが、当人は完全に無視していた。ひたすら手帳にメモしている。あるいは視線を合わせないために、書いているふりをしているだけかもしれない。

さすがに非礼だと思ったのだろう、

「久保田。わかったのか」

渡里が訊いた。

「え？」

麻衣は、たった今気づきましたという感じで目をあげる。

「あ、ええ、わかりました」

すぐにまた、メモを取り始めた。課長は特に気にしたふうもなく、部下の警察官に目を当てた。

「最近、多く摘発された詐欺事件について、説明してくれないか」

要請に従い、課長の目顔を受けた若手の男性警察官が立ちあがる。あらかじめ、打ち合わせしていたに違いない。

「はい」

年は二十七、八。もしかすると、桜木と同世代かもしれない。がっちりした体育会系の筋肉が、背広の上からでも見て取れた。手帳を広げて、告げる。

「この半年で急増したのは、レンタルオーナー詐欺です。『この商品のオーナーになれば、毎月レンタル収入が入ってきます』という文句で誘われた結果、多額の出資をしたものの『元本』すら取り戻せなくなるトラブルが相次いでいます。被害者は圧倒的に高齢者が多く、老後の蓄えを失ったケースが後を絶ちません」

硬い表情同様、声も緊張しているように思えた。両肩にぐっと力が入っている。座りかけたが、課長は片手を挙げて制した。

「この商品と言ったが、詐欺に一番多く使われた商品はなんだ?」

説明不足だと暗にほのめかしていた。

「大半はパチスロ機です。あくまでも、うちのデータですが、相談者の八割は六十歳以上でした。それから損害額の平均は六百万円、五千万円以上の損害を被った八十代の女性もいました」

特務班の存在が緊張感に拍車をかけるのか、早口になっていた。ふたたび座ろうとしたが、これまた、課長が仕草で制した。

「他の商品は? レンタル契約に用いられて、トラブルになっている商品だ」

若い警察官を育てるための貴重な機会を最大限、活用していた。仲間うちとは違う雰囲気に呑まれてしまうようでは、大きな案件は扱えないと考えるがゆえのことに違いなかった。

「あ、ええと、太陽光パネルやコンテナ、クレジットカードの決済端末機などです」

手帳を見ながら言った。思った通り、事前に打ち合わせしていたのだろう。それでも若い警察官は思うように話を進められない。歯がゆく感じる瞬間かもしれないが、課長は笑顔を向けた。

「よし。次は巡査長。別の案件を頼む」

仕草で示すと、前列にいた女性警察官が立ちあがった。

「はい」

会釈を受けて、凜子も会釈を返した。特務班の世話係を務めているのが彼女で、出迎えてくれたときから友好的な態度を示していた。ショートカットとパンツスーツが、よく似合っている。

女性警察官は彼女を含めて五人。若手の育成に力を入れているのか、三分の二ぐらいは、二十代から三十代前半の警察官だった。

「すでに特務班から伝えられた詐欺ですね。うちでは『カモリスト事件』と名付けましたが、非常に増えています」

用意しておいたのだろう、別の書類を出していた。

「『近所に住む佐藤です。是非お話ししたいことがありますので、電話してください』という手紙をポストに投げ込み、掛かって来た電話で必要な情報を手に入れる。名字は鈴木《すずき》や山田《やまだ》、斎藤《さいとう》といったよくあるものを使っています」

友美と麻衣が担当した案件である。これから増える詐欺として、捜二の中では力を入れているに違いない。詐欺を仕掛ける前に必要なのは被害者《カモ》だ。情報が集まればカモリストとして売ることもできる。

「被害者予備軍、いやな言い方ですが、敢えてカモと呼ばせてもらいます。カモの下の名前や家族構成、年収、年金の受給の有無といった情報を、会話の中に取り入れて巧妙に引き出すやり方です」

今度は手帳を開いた。

「この手口は、おそらく多摩市の方から都心に広がったものではないかと思われます。最初に訴えが出たのは国分寺や国立といった多摩地域なんですね。これは個人的な推測ですが」

いったん説明を止め、上司に目を向ける。個人の見解を会議の場で発表していいものかどうか、指示を仰いでいた。

7

「続けてくれ」

課長に促されて、女性警察官は頷き返した。

「もしかすると、はじめは空き巣が考えた詐欺の情報収集方法なのかもしれません。多摩地域に限らず、郊外は警察署や交番数も少なくなります。わたしは以前、国分寺で交番勤務に就いたことがあるんですが、パトロールの範囲が恐ろしく広いんですよ。また、事件が起きて聞き込みに行っても、不在の家がとても多い。当然、空き巣天国です」

最後の表現はまずいと思ったのかもしれない。

「すみません。訂正します。空き巣が多いんですね」

「別にいいんじゃないですか、空き巣天国。わかりやすいと思いますが」

麻衣が声をあげた。彼女は優等生がきらいなため、訂正したのが気に入らなかったのだろう。もちろん言われた方は気づくはずもない。

「そうですか。では、使わせていただきます」

女性警察官は素直に受けた。

「空き巣が、平日に留守の家を探るために、集めたのかもしれないカモリスト。あるとき、これは詐欺事件にも使えると思った。手垢のついていないカモリストは高値で取り引きされます。そう考えて本腰を入れたのか？」

最後の部分には、自問のひびきが感じられた。

「実際に被害が出ているんですよね」

麻衣が挙手して、訊いた。態度は悪いが、仕事熱心なのを凜子は知っている。互いにシングルマザーで、それぞれ子供がひとり。凜子は男子で麻衣は女子だが、大変なのは同じだった。

「出ています。区の公報だけでなく、広報車を走らせて注意喚起をしたのですが、今年は三十二件の特殊詐欺事件が起きています。これから年末を迎えますから、さらに増えるかもしれません。以上です」

女性警察官は一礼して座り直した。発電補助金詐欺、レンタルオーナー詐欺、カモリスト詐欺など、扱っている詐欺事件がだいたい出揃ったようだ。

「わたしからは、現在、内偵中の案件を説明いたします」

課長の言葉を聞き、凜子は気持ちを引き締める。渡されたプリントには記されていない内容ではないだろうか。

「身寄りのない高齢者の身許《みもと》保証事業です。入院から葬儀まで、なにをするにも保証人が必要になる。昔であれば、子供や親族に頼めば済んだ話ですが、今は家族縁や地縁が稀薄《きはく》な世の中です。そこに目をつけたのでしょう。〈関東光ライフ〉という事業所は、登録者の暮らしを支えると謳《うた》い、多額の費用――預託金《よたくきん》ですね。これを集めました」

件の女性警察官が立ちあがって、新たなプリントを配り始めた。内偵中の案件なので間に合わなかったのかもしれない。

「預託金を支払えば、事業所が保証人になってくれる。厚生労働省などでは、身許保証人がいないのを理由に介護施設への入所を拒否してはならないと規定しているんですがね。守られていないのが実状です。それで、こういう事業所ができるわけですが」

課長の表情がくもる。

〈関東光ライフ〉は、預託金を流用しているのではないかという声が、利用者からも上がっています。『も』をつけた理由は、この後、説明いたしますので、とりあえず順を追ってお話ししたいと思います」

手許の書類を見て、顔をあげた。

「支払った預託金の解約を申し出たが返金されない。パンフレットには葬儀代が二十万円とあったが、請求書を見ると四十万円になっていた。入所できるはずの利用者本人の引き取りを拒否している。利用者からは、そういった訴えが寄せられています」

一拍置いて、続けた。

「事業者について申し上げますと、預託金を株式投資に流用する、さらに事業者や周辺関係者による使い込みも行われているのではないか。これは事業所に現在も勤めている職員からの内部告発です」

密告。

陰湿なひびきを持つ文言だが、不正を暴くきっかけになる場合も多い。真面目に勤めている職員にしてみれば、預託金の流用や使い込みは、許しがたいことに違いなかった。

「告発者には直接会って、話をしたのですか」

凜子は問いを投げた。又聞きでは信憑性《しんぴょうせい》に欠ける。

「はい。現在も定期的に連絡が来ています。いざとなったときには、保護してほしいという要請もありました。姓名に関しては現状では申し上げられません。決して特務班を信用していないというわけでは……」

課長の言葉を、渡里と麻衣が受けた。

「わかっています」

「信用していないんですね」

正反対の答えになる。

「失礼いたしました。申し訳ありません。部下の発言はあくまでも個人的なものであり、特務班は捜査二課の考えを理解しております」

渡里はすぐに補足した。班内に異分子がいるのは、課長や警察官たちも薄々察しているのかもしれない。それ以上、追及しなかった。

「告発者の訴えを現在、内偵中です。いちおう『預託金詐欺事件』として、調べを進めております。うちとしましては、特務班にも手伝っていただけないかと考えているのですが、いかがでしょうか」

「何名かまわしましょう。詳しい話はまた、後ほど」

ボスは快諾する。課長は会議室を見まわした。

「他にはなにかありますか」

「はい」

凛子はボードの前で答えた。

「どうぞ」

課長が振り向いて、促した。

「リフォーム詐欺の件ですが、喜多川篤史は亡くなった妻と二人暮らしだったとか。他に身内はいないのですか」

警視庁の通信指令センターには、喜多川の捜索と任意同行を伝えてある。が、まだ連絡は来ていなかった。凛子はいやな予感を覚えていた。

喜多川は女とともに逃げたのではないか？

「身内はいないと思います」

女性警察官が立ちあがった。

「わたしは何度も喜多川篤史に会ったことがあります。天涯孤独だと言っていました。最近、若い女性が出入りしていたので、念のために確認したところ、家事ヘルパーを頼んでいるという答えでした」

その家事ヘルパーの中には、桜木の恋人だった女性がいるのかもしれないが、断定できないので口にするのは控えた。

「区役所の地域包括支援センターから派遣されたのですか」

凜子の確認に、小首を傾げる。

「そこまでは訊いておりません。後で区役所に確認してみます」

早口で言い添えた。事前に調べておくべき事柄だが、気づいた点は評価できる。おもむろに渡里が挙手した。隣に立っていた課長は、苦笑しつつ促した。

「なんですか」

「浅草の六区に建設中の遊廓です。吉原から女性が接待役として来るという話を耳にしました。まさかとは思いますが、性的サービスは行われませんよね」

「ありません。というように、わたしは聞いております」

曖昧《あいまい》な答えに、課長の疑惑が浮かびあがっているように思えた。物言いたげな渡里の様子を察したのだろう、

「吉原から派遣される接待役は、宣伝ガールという触れ込みのようです。風俗店の売り上げ低下はだれもが知るところでしょう。これも聞いた話ですが、本当に花魁の恰《かっ》好《こう》をするようですね。遊廓という名の劇場だと言っていました。今のも主催者の話ですが」

「まあ、いい宣伝にはなりますな。外国からの観光客は、大喜びじゃないですか。吉原の遊廓が現代に出現するわけですから」

継いだ渡里に、桜木が手を挙げた。

「なんだ？」

「遊廓を建てるのは、いい宮大工を育てることに繋がります。自分は現場を見て来たのですが、立て札には京都や奈良の宮大工に、建築を依頼したと記されていました。伊勢神宮が、二十年に一度行う式年遷宮《しきねんせんぐう》でしたか。壊して建て替えるあれですね。色々と仕来《しきた》りがあるんでしょうが、絶えてしまう技の伝承という役目もあるらしいです」

だれからともなく「へぇぇ」と感心するような声が洩《も》れた。渡里が嬉しそうに桜木を見た。

「雑学王の面目躍如だな」

「いや、それほどでは……」

桜木の照れたような言葉の途中で、会議室の扉が遠慮がちに開いた。警視長の古川《ふるかわ》輝彦《てるひこ》が顔を覗かせる。

「すみません。警察庁の方に呼ばれたものですから」

真実なのか、単なる言い訳なのか。百八十センチの長身を折るようにして、会議室の中に入って来た。どこに落ち着けばいいものかと目で探していたが、麻衣は自分に留まった目を完全に無視する。

「遅れて来たのが、我が班の名目上の指揮官、古川輝彦警視長でーす」

冗談まじりの言い方には、強い毒が込められていた。つい先日まで肉体関係を持っていたはずだが、なにかあったのだろうか。

「はははは、久保田君の冗談はきついな」

古川の頬が引き攣《つ》っている。

「それでは、これで解散にします」

課長が申し渡した。気まずい空気の中、会議は解散となった。

第二章　暗黒街の劇場

1

リフォーム詐欺、カモリスト詐欺、レンタルオーナー詐欺、発電補助金詐欺、そして、捜査二課が内偵中の身許保証事業所〈関東光ライフ〉への詐欺容疑。特務班は手分けして、助力することを決めた。

凜子は〈関東光ライフ〉の内偵に参加するように言われたが、リフォーム詐欺を片付けた後にしたいと申し入れて、認められた。

翌日の午前中。

久保田麻衣と二人で上野駅近くのマツナミビルに向かっている。平日でも行き交う人波が途切れない場所だが、近くでイベントでもあるのか。いつにも増して、歩行者が多かった。

「わたしとのコンビは、おいやでしょうに、どうして引き受けたんですか。優等生の班長としては致し方なかったんですか」

麻衣が挨拶代わりの皮肉を投げた。凜子もそうだが、パンツスーツにスニーカーを履いている。大きな鞄《かばん》を肩から掛けているのも同じだった。

「そうね。できれば桜木君の方がよかったわ。あなたは天《あま》の邪鬼《じゃく》だし、口を開けば皮肉や悪態ばかり。いいかげん、うんざりよ」

正直に答えた。下手《へた》にかわしたり、しらじらしい受け答えをすれば、いちだんと不愉快な状態になるのはわかっていた。さすがに麻衣も返事に窮したようだが、露骨に唇をゆがめる。

「それじゃ、断ればよかったじゃないですか」

「仕事ですから。それに桜木君もそうだけど、久保田さんにも警察官としてセンスがある。あくまでも、わたしの意見ですけどね。天の邪鬼的なものの見方をするのは、悪くないと思うわ。素直すぎる人に、犯人の考えや行動を多方面から推測することはできないんじゃないかしら」

褒められたのが照れくさかったのか、単に無視したのか。

「桜木刑事は、なにかあったんですか」

不意に訊《き》いた。凜子は思わず、どきりとする。「やはり、鋭い」と思ったが、むろん口にはしなかった。

「さあ、どうでしょう。わたしは特に感じませんでしたけどね。久保田さんは、なぜ、そう思ったんですか」

「今の言葉は嘘っぽいですね」

麻衣は相変わらず唇をゆがめていた。

「『ミラクル推理の女』という異名を持つ特務班のエースが、相棒の桜木刑事の変化に気づかないわけがありません。でも、まあ、言いたくないんでしょうから訊きませんよ」

「それで？」

凜子は先を促した。訊かないと言っているのに、よけいな答えを返すつもりはなかった。

「昨日から時々、桜木刑事はぼんやりすることが増えたんです。今朝もなんだか冴えない顔をしていました。それに、いつもは寝癖がついている髪が、やけに綺麗にまとめられていたんですよ。ぼんやりしているくせに、髪は綺麗にセットしている。アンバランスなんです。おかしいと思いませんか」

「なるほど、ね」

髪を綺麗にセットしてきた点には、凜子も気づいていた。もしや、昨日の女が昔の彼女だったら、と、桜木は考えたのではないだろうか。

また、逢《あ》ったときに少しでも恰好《かっこう》のいい姿を見せたい……。

「それで？」

今度は麻衣が促した。

「どうしてなんですかね」

「さっき、あなたが自分で答えを言いました」

凜子の答えに、「ああ」と頷いた。

「言いたくないから言わないんですね」

「あなたはどうなの？」

鋭く切り返した。

「古川警視長へのきつい言葉は、交際が終わった証《あかし》と取っていいのかしら。それとも、気を引くために、わざと口にしたのかしら？」

「夏目さんも平気できつい言葉を投げますね。最近、性格が変わりました？」

話を変えようとしているのを感じて、答えた。

「そう、久保田さんのお陰かもしれません。いい子の面ばかりじゃ、やっていけないことを教えていただきましたからね。それよりも、どうなんでしょうか。あなたも、わたしと同じ答えですか」

歩きながら携帯を見ている。〈松波工務店〉や〈マツナミ建設〉が入ったビルまで、あと二、三分のはずだった。

「いいえ、わたしは堂々と答えますよ。古川警視長はグッドパートナーでした。わたしは肉体を提供し、あちらは金銭的な援助をしてくれる。ところが、警察庁の女性警察官とよりを戻したらしいんですよ。昔の彼女だろうと思います」

麻衣は淡々と答えた。セックスがらみの話は湿りがちになりやすいが、彼女は見事なほどに乾いていた。

（ここでも昔の彼女ですか）

つい桜木を脳裏に浮かべていたが、これまた、口にはしなかった。

「あなたは、どうするつもりなんですか」

さして興味はなかったが訊いた。

「いただくものをいただければ、なにもしません」

意味ありげな答えの裏を、凜子は素早く読み取る。

「お金ですか。手切れ金を出せば、さっきのような真似はしません。そういうことですか。あらかじめ考えていたので古川警視長が入って来たとき、ああいう言葉をわざと投げたわけですか」

「さすがは、夏目班長。期待を裏切りませんね。そのとおりです。焦ったんじゃないでしょうか。会議の後、すぐにメールが来ましたよ。『君とはこれからも、いい付き合いをしていきたい』とのことでした。昔の彼女とうまくやりながら、わたしとの関係も断ちたくない。お天気おじさんは自分の都合ばかりです」

お天気おじさんのくだりで、凛子は噴き出していた。

「うまいネーミングね」

「古川輝彦の古は『降る』、輝彦の輝は『照る』で、お天気おじさんです。夏目さんはご存じだと思いますが、警視長は気分が変わりやすいじゃないですか。笑っていたと思ったら、急に怒り出したりする。それで『お天気おじさん』にしました」

「納得のいくご説明をありがとう。あらためて伺います。あなたの気持ちは？」

踏み込みすぎたと思ったが、訊かずにいられなかった。古川は残念ながらセックス依存症の可能性が高い。パートナーに風俗嬢のようなサービスを強要するだけでなく、結婚していたときは、肛門性交や夫婦交換まで口にした。

断ったために殴られたこともある。秘中の秘の話だろうが、古川は女装クラブに今も籍を置いているはずだ。交際中であるがゆえ、古川は麻衣にはまだ真の姿を見せていないことも考えられた。

「金額次第です」

涼しい顔で高級娼婦のような答えを返した。警察官の安月給を補うために、冷ややかな目で見られるような行動を取っているのだろうか。あるいは投げやりになっているのか。

「決めるのはあなただけれど」

前置きして、凛子は言った。

「手切れ金をもらって別れた方がいいと、わたしは思うわ。警視長は、その、ちょっと普通じゃない趣味があるのよ」

婉曲に告げたとたん、

「肛門性交や女装趣味のことですか？」

麻衣は平然と訊き返した。古川はそこまで話したのだろうか。驚いたものの、知っているなら話が早い。

「まあ、そうね」

どう言おうか考えているうちに、目的のマツナミビルに着いていた。一階には弁当屋、あとは眼科やネイルサロンなどが入った八階建ての雑居ビルだ。細長いノッポビルの持ち主は〈マツナミ建設〉である。七階に〈松波工務店〉、八階に〈マツナミ建設〉の看板が掛けられていた。

凛子は念のために電話を掛ける。

「駄目ね。応答なしだわ」

「行ってみましょう」

麻衣がエントランスホールに入って、エレベーターのボタンを押した。濃《こま》やかにリフォームをしているようだが、エレベーターの古さを見ると、築四十年は軽く超えているように思えた。各フロアにオフィスはひとつという造りではないだろうか。

「さっきの続きですが」

動き出したエレベーターの中で麻衣が切り出した。他に乗員はいなかった。

「女装写真を見せてもらいましたよ。それから肛門性交については、きっぱりお断りしました。これもご存じだと思いますが、あれは徐々に馴《な》らしていかないと駄目なんです。いきなり挿入すると肛門が裂けてしまい、救急車を呼ぶはめになる」

小声で続けた。

「ところが古川警視長は肝心な部分を、まったく知りませんでした。馴らす話をしたとき、驚いていたのを見て、わたしも驚いちゃいましたよ。恐《こわ》いですね、ああいう人は。ただ闇雲《やみくも》にやってみたいとしか思わない。その手のサービスを提供している風俗店を教えてあげました」

麻衣の話を聞き、凜子は苦笑するしかなかった。以前も感じたことだが、けっこう似合いのカップルなのではないだろうか。古川は主導権を握りたいサディストだが、相手によってはマゾにもなるようだ。あらためて外から見ると、離婚してよかったという思いが湧いた。

「まずは、工務店ね」

エレベーターを降りたが、臨時休業の貼り紙が工務店の扉に貼られていた。エントランスホールで感じたとおり、各階にオフィスがひとつという造りで、非常階段を兼ねた階段とトイレが設けられていた。

「上の様子を見て来ます」

麻衣が階段を駆け上がって行った。凜子もあとに続こうとしたが、上着の懐に入れた携帯がヴァイブレーションを伝える。

「はい、夏目です」

渡里だった。

「〈松波工務店〉の様子はどうだ？　社長や社員はいたか？」

「いえ、臨時休業の貼り紙があっただけです」

「そうか。すまないが、御徒町《おかちまち》の宝石店に行ってくれないか。つい今し方、上野署から連絡が入った。客から偽物を摑まされたという通報が何件か入っていたため、すでに調べを始めているようでね。被害者たちが買い求めたのは一昨日らしいが、偽物の宝石類を返しに来た客は吃驚《びっくり》仰天だ」

「店が消えていた？」

訊いた凜子に、渡里は同意する。

「そうだ。詳しい話は現場で聞いてほしい。わたしも行きたいんだが、オフィスを空《から》にするわけにはいかないからな」

「わかりました。すぐに向かいます。あ、警視」

慌て気味に呼び掛けた。

「喜多川篤史の件はどうですか。身柄確保の知らせは入りませんか」

身柄が確保されれば、真っ先に連絡が来るはずだ。念のための確認になっていた。

「まだ連絡は来ない。任意同行の気配を感じて、逃げた可能性もある。一緒にいたという女の写真だけでもあれば、そちらから当たれるんだが」

渡里の呟《つぶや》きは、またしても桜木を思い出させた。もしかすると、写真を持っているかもしれない。しかし、確かに昔の彼女だと断定できない以上、下手なことは言えなかった。

「久保田刑事と御徒町に向かいます」

あらためて言い、電話を終わらせる。ほとんど同時に、麻衣が階段を降りて来た。小さく頭を振っている。

「八階のオフィスには、だれもいません。連絡してほしい旨、名刺に記して扉の下から、オフィス内に入れておきました」

「念のため、ここにも入れておきますか」

凜子は名刺に麻衣と似たような文言を記して、松波工務店の扉の下から差し入れた。いち早く麻衣がエレベーターのボタンを押している。

だれもいないオフィスでは、固定電話が鳴りひびいていた。

2

御徒町の宝石店〈天輝堂《てんきどう》〉には、所轄の上野警察署の警察官が集まっていた。所轄の鑑識係がすでに店内にいるうえ、私服警官や制服警官の聞き込みも始まっている。外国から買い付けに来る客も少なくない宝石店街の一角は、物々しい雰囲気に包まれていた。

大通りに面した店は一般人でも入りやすいが、裏通りは業者用の店が多いようだった。買い付けはもちろんだが、修理や加工に力を入れている印象を受けた。店員もスーツではなく、作業着姿である。

凜子は規制線の手前で警察官に警察バッジを見せ、指揮官はだれなのかを訊《たず》ねた。指し示したのは、店の前にいた五十前後の私服警官だ。麻衣を促して規制線を潜《くぐ》り、指揮官のもとに歩いて行った。

「警察庁広域機動捜査隊ＡＳＶ特務班の夏目です。こちらは久保田刑事」

バッジを掲げて告げたが、現場の指揮官らしき年配の警察官は頷《うなず》いただけだった。

今回、特務班は拠点となるオフィスを蔵前警察署に置いている。台東区内の他の所轄には、むろん挨拶をしていたが、なぜ、うちに拠点を置かなかったのかという不満を持つ警察官もいるだろう。

眼前の指揮官はその代表格に思えた。

「上野署捜査二課、岩村《いわむら》です」

ぼそっと答えた。身長は百七十センチ前後で中肉中背、どことといって特徴のない平凡な顔立ちの男だが、目の奥に静かな闘志を秘めているような印象を受けた。名字を名乗ったのは、いちおう義務だけは果たしますよ、名前ぐらいわからないと互いに不便ですからな、ということなのかと思ったが……凜子に向けられた目には、読み取れない感情が浮かびあがっているように思えた。

「現場の指揮を執れと言われたんですが、広域機動隊が来た以上、面倒な指揮官役は譲りますよ。指示してください」

岩村の言葉を聞き、凜子は即座に頭を振る。

「いいえ。渡里警視から現場の指揮官に従うように言われております。状況を教えていただけますか」

凜子は相手を立てた。渡里からは特に指示は受けていないが、臨機応変が特務班の持ち味だ。事件の早期解決こそが共通目標なのは言うまでもない。

試したわけではないだろうが、

「そうですか」

岩村の表情が、少しゆるんだように見えた。

「被害者は一昨日の昼間、ここに宝石を買いに来ました。三日前と一昨日の二日間だけ、特別セールを行うと、チラシやインターネットで宣伝していたようです。自宅に帰った後、念のためにと思い、知人の宝石商に鑑定してもらったと聞きました。その結果、偽物と判明したわけです。北海道からわざわざ買いに来たようでしてね。急いで上京し、店に来てみたが」

岩村は顎《あご》で後ろの店内を指した。

「店はもぬけの殻《から》だった」

麻衣が継いだ。

「そう。婚約指輪として買い求めたのは、一カラットを超える極上のダイヤ。まあ、本物だと信じていたんでしょう。母親の代から懇意《こんい》にしていた店のようでしてね。信じきっていただけに、ショックが大きいと言っていました」

「訴えは、何件か寄せられているとか」

凛子の問いに、岩村は「はい」と同意する。

「すでに十二件の被害届けが出されています。どんどん増えるでしょうな。どうやら二日間で売り捌《さば》いたセール品は、偽物が多かったようですからね。いや、もしかしたら、売り捌いた宝石類は、すべて偽物だった可能性もある」

言葉を切って、一枚の書類を渡した。

「これはオーナーの簡単なプロフィールです」

オーナーは伴野浩平《ばんのこうへい》、七十二歳。父親が経営していた店を継ぎ、早い時期に経営者となる。都内や郊外にも三店舗持っていたが、最近になってこれを整理。今は御徒町の店舗だけになっていた。

「経営状況はどうだったんでしょうか」

凜子の確認を受けた。

「現在、調査中です。わかり次第、連絡しますので。中に行きましょうか。最初に通報して来た北海道の被害者が来ているんですよ」

どうぞ、と、先にたって案内する。非常に協力的だが、一抹の不安が湧いていた。教える話はさして重要ではないのかもしれない。重要な話を隠すために協力的な態度を取っているのでは……。

「さすがは、親父キラー。やりやすくて、いいじゃないですか」

麻衣の囁《ささや》きに怪訝《けげん》な表情を返した。

「え？」

思わず店の入り口で足を止める。

「なんだ、知らないんですか。夏目さんは『部下にしたい女性警察官』のナンバーワンなんですよ。美人で有能、おまけに上司を立てるのを忘れない。井上さんも人気がありますが、彼女のファンは圧倒的に若手警察官が多いんです。でも、夏目さんは現場の課長や部長、さらに出世街道まっしぐらの本庁キャリアが、密《ひそ》かに後押ししているんですよ」

初めて聞く話だったが、苦笑するしかなかった。そんなランキングをつける暇があれば、仕事をしろと言いたくなる。

「被害者の方のお話を聞きましょう」

告げて、店に入った。

三十坪ほどの店内には、ガラス製の陳列ケースが並んでいたが、中にはなにも飾られていなかった。鑑識係を邪魔しないように気をつけて、岩村と話していた若い男性に会釈《えしゃく》した。

「警察庁広域機動隊の夏目です」

「あ、インターネットで見ました。所轄や県警、そして、警察庁や警視庁の間に生まれがちな壁をなくして、日本のＦＢＩをめざすという部署ですよね」

二十代なかばぐらいの男性は言った。屈託のない表情をしている。かなりの金額を支払ったはずだが、貧困とは無縁の家庭に育ったのだろう。わざわざ北海道から買いに来た点にも、裕福な暮らしぶりが表れていた。

「そうです。被害金額はどれぐらいですか」

凜子は聞き取りを始める。

「五十二万です。ダイヤの指輪がひとつと、プラチナリングが二つ。ぼくと彼女のお揃いの指輪なんですが」

横にいた岩村が、宝石類を見せるときに使う黒いお盆のようなトレーを差し出した。男が言ったダイヤのリングと二つのプラチナリングが載せられている。偽物だとわかっているのに、間近で見ても信じられなかった。

「わかりませんね」

メモを取っていた麻衣が顔を近づけている。素人《しろうと》目には、本物にしか見えなかった。

被害者の男性は小さな溜息《ためいき》をついた。

「買うときには婚約者だけでなく、母にも来てもらったんです。母はこの店の常連でしたからね。自称目利きでしたが、今回の件で信用はガタ落ちですよ。彼女に顔向けできないと言って、今日は一緒に来ませんでした」

「お店の様子はどうだったんでしょう。いつもと違っていたようなことはありましたか。お母様はなにか言っていましたか」

凜子の質問に、男性は少し考えるような顔をした。店内を見まわしているうちに思い出したのかもしれない。

「そういえば」

はっとしたように言った。

「オーナー夫妻がいないと言っていました。いつもは、その二人が接待役を務めるらしいんですが、いなかったんですよ。母は店の従業員に訊いていました。宝石の買い付けに行っているという答えだったと思います」

初めて出た話だったのか、岩村も手帳にメモしていた。

「どこに買い付けに行ったのかは？」

課長自《みずか》ら問いかける。

「そこまでは話していません。ただ」

男性は記憶を探るように宙を見た。

「母は、買い付けに行くときは必ずメールをくれるのにと言っていたような気がします。年に二、三度、東京に出て来たときは、オーナー夫妻に会って一緒に食事をしていたらしいんですね。ぼくも一度だけですが、同席したことがあります」

オーナー夫妻は、セールで釣った客に偽物を売って逃げたのだろうか。疑問をいだいたが、被害者の前でする話ではないと思い、口にはしなかった。

「ありがとうございました」

凛子は言い、岩村に視線を向ける。

「近隣の聞き込みに行きたいと思います。よろしいですか」

「もちろんです」

快諾に会釈して、麻衣とともに店の外へ出た。規制線を潜って隣の店に足を向ける。宝石店の問屋街とでも言えばいいだろうか。御徒町のこのあたりは、卸しと小売りを兼ねた小さな店が軒を連ねていた。

隣の店で型通りの挨拶をした後、

「すみません。〈天輝堂〉さんのことで少しお話を聞かせてください」

凛子は切り出した。

「オーナーの伴野さんは、どんな方なんですか。ご夫妻でお店を切り盛りされていたようですが」

「信頼のおける男です」

紳士然としたオーナーは、胸を張るようにして答えた。年は六十代後半ぐらいだろうか。普通のスーツにネクタイ姿だが、タキシードが似合いそうだった。

「話は聞きましたが、とうてい信じられません。慥《たし》かな品物をできるだけ安い価格でお客様に提供する。うちもそうですが〈天輝堂〉さんも同じ考えでしたからね。なにかの間違いだとしか思えないんです」

「都内や郊外に出していた三店舗を閉めたらしいじゃないですか。経営が悪化していたんですよ。違いますか」

麻衣が訊いた。

「否定はしません。不景気風は御徒町にも吹き荒れています。うちも千葉に出していた店は閉めました。ですが、今までの歴史というか、懇意にしてくれるお客様がいますからね。本店だけの経営でも、生活に困らないぐらいの稼ぎは出ますよ」

「通常の何割引ぐらいなんですか」

ふたたび麻衣が問いかける。個人的に興味を持ったようだ。

「何割引というよりも、だいたい三割程度で買えますね。これなどは、それなりの店に出せば、軽く百万を超える指輪です」

陳列ケースに並ぶ指輪を指し示した。三十五万円の赤い値札がついている。一年中、セールのようなものなのだろう。並んでいる宝石の値札はすべて赤札だった。

「どれだけ百貨店が儲けているかという証のような話ですね」

麻衣の言葉を、オーナーは手で制した。

「ただし、うちはブランド品は扱っておりません。銀座の有名店の宝石類は、置いていないんです。本物がわかる方だけに着けていただければいいと思っておりますので」

「へえ。あのケースに入っているのは、ブランド品じゃないんですか」

辛辣《しんらつ》な口調と冷ややかな視線が、一隅に置かれた陳列ケースに向いた。オーナーはばつが悪そうに苦笑いする。

「目敏《めざと》いですね。あれは仕入れ先から置いてほしいと頼まれた品なんです。若いお客様を呼ぶきっかけになればと思い、仕入れました。支払いは売れた時点でいいという話でしたので、うちに損はないか、と」

「伴野さんの話に戻します」

凛子が言うと、ほっとしたような顔をした。

「はい」

「〈天輝堂〉さんは、二日間の特別セールをチラシやインターネットで知らせていたようです。こちらも同じときに特別セールをやったんですか」

「やりません。三月や九月の決算期ならともかく、十月ですからね。どうして、こんな時期にと思いましたが、伴野さんの台所事情まではわかりませんから。相当、きついのかなと思いました」

「伴野さんご夫妻と最後に話をしたのは……」

「特別セールをやる二週間ほど前です」

遮るように言った。

「別の刑事さんから聞いたのですが、伴野さんたちは行方《ゆくえ》がわからないんですか。警察は二人が逃げたと考えているのですか」

逆に問いかけてくる。

「すみません。捜査中ですので」

凜子は答えたが、詳細はまだ岩村から伝えられていなかった。暇《いとま》を告げて店から出たとき、岩村が〈天輝店〉から出て来た。

「捜査状況をお伝えします」

近くに停められていた一台の覆面パトカーを顎で指した。だれかに聞かれるのを懸念したのだろう。岩村が運転席、凜子と麻衣は後部座席に座った。

「渡里警視に連絡してもよろしいですか。どうせなら警視も一緒に、この臨時会議に参加してもらった方がいいのではないかと思いますので」

凜子の申し出に、岩村は即答する。

「願ってもないことです。特務班に協力してもらいたいがゆえに、こういう場を設けました。どうも血腥《ちなまぐさ》い空気が、漂っているように感じるので」

最後の言葉が終わらないうちに、凜子は渡里に連絡をつけていた。携帯を繋《つな》いだまま、覆面パトカーの中で臨時会議を始める。

「伴野夫妻は、行方不明なんですよ」

岩村は言った。運転席で前を向いたまま、ルームミラーを見ていた。

「上野駅近くのマンションに住んでいるんですがね。家族の話によると、連絡が取れなくなってから十日以上経っているようです。娘さんと息子さんが、それぞれ一人ずつという家族構成なんですが、こんなふうに突然いなくなったことは一度もないそうです。また、連絡が取れないという経験もないようで、非常に心配していました」

娘や息子はそれぞれに所帯を持ち、伴野夫妻は老夫婦だけの生活になっていると補足した。息子は〈天輝堂〉の跡継ぎとして働いていたらしいが、家族間のトラブルはこれといってないとのことだった。

「特別セールで偽物を売り捌き、手に入れた金で海外逃亡。ありきたりですが、その可能性はどうですか」

凜子の問いには、ルームミラー越しに頭を振った。

「海外に出た形跡はありません。日本国内にいるはずです」

生きているならば、という言葉がぬけたように思ったが、現時点では岩村も答えようがないだろう。口にするのはやめた。

「特別セールを開催したのは、伴野夫妻以外の人物かもしれませんね」

　ふと浮かんだ凛子の呟きを、麻衣が継いだ。

「跡継ぎとして働いていた息子は？　それから店の従業員は？　店内にはいませんでしたよね？」

　疑惑まじりの質問は、岩村への不信感の表れでもあった。聞き取りさせたくないため、従業員をわざと呼ばなかったのではないか。特務班だけ蚊帳《かや》の外に置いたのではないか。そうはさせないとばかりに少しきつい口調になっていた。

「跡継ぎの息子もそうですが、従業員には二週間の休みが与えられていました。店のリフォームが理由だったようです。若い人が入りやすい店にしたいと、伴野オーナーは考えていたと聞きました。事実、特別セールが開かれる前の一週間ほどは、シャッターが降りていたという話でしたね。これは近隣の聞き込みから得られた情報です」

　リフォームという言葉が引っかかった。偶然かもしれないが、喜多川篤史が絡んでいると思《おぼ》しき〈松波工務店〉を調べ始めている。しかし、現段階では混乱を招きかねないと思い、敢えて言わなかった。

「つまり」

　凛子は受け、続けた。

「特別セールが開催されたとき、〈天輝堂〉にはオーナー夫妻だけでなく、いつものスタッフがひとりもいなかったわけですか」

　黒い不安が湧いてくる。さきほど頭に浮かんだ考えが、ただの推測ではなかった可能性がでてきた。それでは、いったい、だれが特別セールを開催したのか。偽物を売って、逃げたと思われるのはオーナー夫妻ではないのか。違うとしたら、実行したのはだれなのか。

「そうです」

　岩村は一拍空けて、告げた。

「我々は『ビッグ・ストア』が実行されたのではないかと考えています」

　ビッグ・ストア。

　それは、なにも知らないカモを刺激に満ちた芝居の世界に引きずり込むために、念入りに準備された暗黒街の劇場だ。

　凜子は即座に理解したが、麻衣にはわからなかったのだろう。

「ビッグ・ストアとはなんですか」

　素朴な疑問を投げた。岩村はルームミラー越しに、説明役はどちらが担うかと目で凜子に問いかけた。

「わたしはさほど詳しくありませんので、お願いします」

　ここでも先輩警察官を立てた。小さく頷き返して、岩村は口を開いた。

「ビッグ・ストアの前身《ぜんしん》は、アメリカで始まった一ドルストアだと言われています。さまざまな種類の品物が、たった一ドルで買えるというのに釣られて店に入った客にギャンブルを持ちかけ、身ぐるみ剝《は》ぐという厄介な店ですよ」

少しくだけた口調になって、説明を続ける。

これを発展させたのが、ビッグ・ストアだと言われていた。主にスポーツ試合の八百長なのだが、競技は完全にやらせである。しかし、カモは賭け金を騙《だま》し取られているとは夢にも思わない。

「詐欺によくある策だが、小さな金額を賭けているうちは儲けさせてやる。調子に乗ったカモに大金を賭けるように勧めるわけだ」

ところがカモが賭けた競技者は急死してしまう。そのとたん、我先にと競技場から逃げ出す偽のパニックが起こる。当時スポーツ試合に金を賭けるのは違法で、その場にいた全員が告発される恐れがあったからだ。

「まんまと大金を手にした詐欺師どもは、次のカモを引っかけるべく、あらたなビッグ・ストア——暗黒街の劇場に向けて準備を始める」

「詐欺師同士で撃ち合いになり、偽りの死を演じる詐欺もありましたよね。警察関係者が言うところの『赤い染料殺人』でしたか。弾《はじ》けると血のように見える赤い染料を吐出する玉を、殺される方は受ける。アメリカでは映画になったような記憶があります」

凛子の記憶に同意した。

「そう、映画化されました。個人的にはいいことだと思いますね。こんな詐欺があるんだとわかれば、人々は警戒するようになる。それでも引っかかってしまうのは、目先が変わるからでしょう」

ひと呼吸置いて、続ける。

「今回の〈天輝堂〉がいい例だ。業界では老舗《しにせ》で信用があり、上質の顧客をかかえている。ただでさえ安い問屋が、めったにないセールをやるとなれば、北海道からでも出て来ますよ」

苦笑いする。公と気さくな口調が綯《な》い交ぜになっていた。

「岩村課長。よろしいですか」

凛子の携帯から渡里が呼び掛けた。聞き取りやすいように、はじめから運転席の方に向けていた。

「はい」

とたんに岩村は姿勢を正した。ゆるみすぎたかもしれないと、己を戒めたようにも思えた。

「今までの話を総合すると、特別セールが催された二日間、店にいたのはおそらく詐欺師のグループということになりますね」

「そうなると思います」

「跡継ぎの息子は、特別セールを知らなかったのですか」

「まったく知らなかったと言っていました。盆暮れやゴールデンウィークも宝石の買い付けに行くような生活だったらしいんです。長い休みが取れたのは初めてだったんでしょう。子供たち、伴野夫妻にとっては孫ですが、大学生になっていたため、夫婦二人で旅行に行くかとなったようです」

「なるほど。店のリフォームに立ち会うのは、伴野夫妻がいれば充分と思ったわけか。まさか、自分たちの店で勝手に特別セールが催されるとは考えてもいなかった」

渡里の独り言のような呟きを、凜子は受けた。

「息子さんとは話せますか」

「そのつもりで、この車に乗っていただきました。渡里警視の許可があれば、このまま上野署に行きます。車を使うほどの距離ではないのですが、他者に話を聞かれたくないと思いまして」

完全に公の口調と顔つきになっていた。携帯越しであるにもかかわらず、渡里のオーラというのだろうか。いい意味での緊張感がある。

「以上です。いったん終わらせて、上野署に向かいます」

凜子の確認に、渡里が答えた。

「わかった。ああ、その前にもうひとつだけ。被害者たちに偽スタッフのモンタージュの作成を申し出てください。すでに行われているかもしれませんが、念のために提案しておきます」

「ありがとうございます。モンタージュの作成は、手配してあります」

「わかりました。できあがった時点で教えてください」

「はい」

岩村は律儀に運転席で一礼する。

「では、岩村課長。お願いします」

要請を受け、覆面パトカーが静かに動き出した。無言でメモを取り続けていた麻衣が目を上げる。

「跡継ぎ息子、詐欺師と組んでいるんじゃないですか。南の島へでも旅行している間に、邪魔な伴野夫妻はどこかに消える。いちおう行方不明者届けは出すが、伴野夫妻は見つからない。店と財産はそのまま息子が受け継いで、〈天輝堂〉はあらたにオープンする」

「すごいですね。南の島、当たっていますよ。息子さんたちが行っていたのは、沖縄の高級ホテルなんです」

岩村の賛辞に麻衣は満更でもない顔になる。少し得意そうだった。

「詐欺師の諺《ことわざ》曰《いわ》く『正直者を騙すことはできない』。被害者になる人間は、元々正直じゃないんですよ。だから騙されるんです」

例によって例のごとく、麻衣は毒を吐いた。放っておけば調子に乗って毒を吐き続ける。

「息子さんの話を聞く前に、伴野夫妻と息子一家や店の経営状況の詳細を教えてください。不審人物の出入りはなかったかどうか。これもわかっていればお願いします」

凜子は言った。

「捜査状況の書類は揃えておきました。ご覧になっていただいたうえで、事情聴取に臨《のぞ》んでいただければと思います」

「話は変わりますが」

麻衣が割り込んできた。

「六区に建設されている吉原の遊廓。蔵前署では観光施設のようなものという考えでしたが、あれは取り締まらないんですか」

「上からは特に指示が来ていません。浅草の宣伝になればいいという考えなんじゃないですか。性的サービスが行われた場合には、当然、取り締まるでしょうが……台東区は二十三区内では面積の小さな区です。割り当てられる予算も少ないらしいんですよ。吉原の遊廓再現で宣伝効果を狙っているのかもしれませんね」

話が終わったところで上野署に着いた。〈天輝堂〉のオーナー夫妻は、詐欺師に始末されてしまったのか。裏には跡継ぎ息子がいるのだろうか。

岩村と同じように、凜子も血腥い空気をとらえていた。

4

伴野浩平の息子は、伴野秀平《しゅうへい》、五十二歳。行方不明になった両親を案じているに違いない。沖縄旅行で日焼けした顔は、憔悴《しょうすい》しきっているように見えた。凜子は写真で確認しただけだが、八の字眉《まゆ》毛《げ》が父親の浩平譲りだった。いかにも人が好《よ》さそうに思える。

凜子は岩村に聴取役を譲ろうとしたのだが、促されて引き受けた。岩村は後ろに控えている。麻衣は隣室のマジックミラー越しに聴取を見守っていた。

簡単に広域機動捜査隊の説明をした後、

「お話を聞かせてください」

聴取を始めようとしたのだが、

「父と母はまだ見つからないんですか。なにか情報はないんですか」

秀平が先んじて言った。腰を浮かせ気味にしている。

「残念ながら情報は寄せられていません」

「山梨県に父の別荘があるんです。確認してもらえますか」

重要な話が出た。岩村がすぐに廊下の警察官に伝える。凛子はメモして顔を上げた。

「県警に確認させます」

「警察庁広域機動捜査隊が出て来たのは、なぜですか。殺人事件の疑いがあるんですか。父と母はすでに殺されていると考えているんですか。あるいは、未確認のそういう情報が入ったとか」

矢継ぎ早の問いかけを、凛子は静かに仕草で制した。特務班が加わったことにより、かなり動揺しているように思えた。これが芝居だったとしたら、かなりの役者ということになる。

「繰り返しになりますが、ご両親の情報は寄せられていません。一刻も早く行方を摑みたいと思い、特務班が協力することになりました。事件解決の手がかりがほしいのです。他の警察官にも同じ質問をされたかもしれませんが、話しているうちに思い出すこともありますからね。似たような質問が出てしまうのはご了承ください」

落ち着かせるために、わざとゆっくり話した。意図を感じ取ったのか、秀平は唇を嚙みしめて、うなだれた。

「すみませんでした。つい」

「わかっています。お気持ち、お察しいたします。わたしが同じ立場だったら、やはり、いてもたってもいられない状態になると思いますから」

被害者の心に寄り添うのが信条のひとつだ。さらに父を不慮の事故で亡くしたばかりの身にとっては、他人事《ひとごと》ではない。自然と想いがこもった。

「話を続けてもよろしいですか」

問いかけには大きく頷き返した。

「はい」

「確認させてください。〈天輝堂〉はリフォームのために、二週間の休みを取った。あなたは伴野さんから旅行にでも行って来いと言われて、そのとおりにした」

「そうです。大学を卒業した後、勤務し始めたんですが、父に『目利《めき》きになるためには他の店に勤めろ』と言われたんです。新宿に二店舗出している知り合いの質屋で一年ほど修業しました。以来、ほとんど休みなく突っ走った感じですね。店は日曜と祝日が休みなのですが、そういうときは買い付けのために東南アジアや中近東、アフリカへ行きました」

「世間一般が長い休みを取る盆暮れやゴールデンウィークのときは、往復に時間のかかる中近東やアフリカといった場所に買い付けですか」

事前に仕入れた捜査状況を口にする。岩村の気配りによって渡された書類に記されていた内容だ。

「そうです。忙しかったですが好きなんですよ、宝石が。特に加工される前の原石がいいんです。これがどんな指輪になるのか、いや、ネックレスの方がいいかな、いやいや、ブレスレットも悪くない。そんなふうに商品になった状態を考えるのが楽しいんですね。母はデザインを担当していましたから、だいたい自分が考えたとおりの製品に仕上がるんです」

親子の共同作業は、本当に楽しい時間だったようだ。目が輝いていた。不意に断ち切られた至福の時、心を示すように瞳がくもる。

「いったい、これからどうなるのか」

哀しみに沈むのはまだ早い。

「リフォームの話に戻させてください」

凛子は言った。

「はい」

秀平は顔を上げた。

「頼んだのは、なんという業者ですか。あなたは業者には会いましたか」

頭にちらついているのは、やはり〈松波工務店〉だった。場所も近いし、伴野夫妻は知り合いだった可能性もある。

「はじめは、わたしの知り合いのリフォーム業者に見積もりを頼んだのですが、母はイメージに合わないと言って、替えたようです。意見を交換し合ううちに、小さな諍《いさか》いがありましてね」

表情だけでなく、声も沈んでいた。

「とにかく母が頑固なんですよ。それじゃ、もういい。おれは口出ししないとなったんです。うちは他店よりも多少店が広いので、一角にティールームを設けようという提案だけは通しましたけどね。お客様にお茶を楽しんでいただきながら、納得いくまで商品を見ていただく。流れによっては、浅草の名店のお菓子も置こうかと考えていました」

息子と母親の喧嘩が殺人の引き金になったのか。好きにやりたい、それならばと短絡的に動いたのか。

「お母様は、ティールームを作る案にあまり賛成ではなかった？」

一歩踏み込んでみる。

案の定と言うべきだろうか、

「反対でしたね」

秀平は即答した。

「商品を盗まれやすくなるというのが理由でした。それにお茶を出すのは面倒だ。どうせ、そういう役目はわたしになるんだから、と、かなり腹を立てていました。人件費の節約で従業員を減らしたんです。ティールームを作ったときの状態を先読みしたんでしょう。わたしの妻は設計事務所に勤めているので、店を手伝えなかったんですよ」

設計事務所で、ふと浮かんだ。

「もしや、最初に勧めたリフォーム会社は、奥様の関係ですか」

小さな諍いの一番大きな原因は、それだったのではないだろうか。だからこそ、おかしな具合にこじれてしまった。

「そうなんです」

苦笑まじりに認めた。

「わたしは顔は父、性格は母に似ているんですよ。どちらも言い出したら引かない頑固者。間に入った父が『おまえ、休みをやるから旅行にでも行って来い』と提案してくれたんです。妻は割合自由がきく職場ですし、子供たちも大きくなれば親との旅行などは喜びません。二人で行けばと子供たちが送り出してくれたので」

ひとつ、重い溜息が出た。

「まさか、行方不明になるとは思いませんでした」

「連絡がつかないとわかったのは、いつのことですか」

「東京に戻る前、飛行機に乗る直前ですね。娘からメールが来たんですよ。父と母に電話を掛けたが、自宅や店はもちろんのこと、携帯にも出ない。わたしは店に行って確かめろと言いました。まだリフォームが終わっていないのだろうと思ったんです」

しかし、娘の返信は驚くべき内容だった。

「店はシャッターが降りて、閉まっていると言うんです。リフォーム中だって業者が出入りするために、シャッターは開けますからね。近隣の同業者、あ、かれらとは親戚みたいな付き合いをしているんですが、工事の音など聞こえなかったと答えたらしいんです。それどころか、二日間の特別セールをやっていた、と」

驚きと不安を抑えて、秀平と妻は羽田から店に直行した。娘の言葉どおり、シャッターは降りたままで、リフォームを行った形跡はまったくない。それどころか、店の事務室の金庫に収めておいた宝石類は、すべて消えていた。

「すぐに警察へ通報しました」

顔なじみの同業者の話でわかったのは、〈天輝堂〉のシャッターが開いたのは特別セールを開催した二日間のみ。あとはシャッターが降りたままだったという。

「休みの予定だった二週間内に、ご両親の姿を見た方は？」

凜子の質問に、秀平は小さく頭を振る。

「いない、と思います。わたしが宝石店街のオーナーに確認した限りでは、そういう返事でした。刑事さんも同じことを言っていましたから」

「確認してもらったんですが、自宅はふだんどおりの状態でした」

隣に来た岩村が補足する。

「特に荒らされた様子はありません。ただ、旅行用の鞄やスーツケース、ご夫妻がよく着ていた洋服類や靴がなくなっていましたね」

と、再確認するように秀平を見た。

「はい。でも、妻に確認してもらったところ、やけに部屋が綺麗だったらしいんですよ。だらしないと言えばそれまでですが、年を取ると掃除や片づけが疎《おろそ》かになりがちなんですね。けっこう散らかっていた部屋が掃除されていた。おかしいとは思いませんか？」

凜子に視線で向けられた疑問を、いち早く岩村が受けた。

「現在、ご両親が住んでいたマンションや御徒町の店近辺の防犯カメラを解析中です。商売柄、店内にも防犯カメラがありますからね。近隣の防犯カメラも数が多い。不審人物が映っていれば、わかると思います」

最後の部分に、答えが表れているように思ったが、凜子は口にしなかった。別の角度から問いかける。

「なにか、そう、リフォーム業者の話とか、聞いていませんか。お母様が頼りにしていた業者名や個人名は浮かびませんか」

記憶に働きかけ、あらたな話を引き出そうとした。秀平は少しの間、宙を見据えていたが、はっとしたように凜子を見る。

「そうだ、先生」

「先生？」

凜子は訊き返していた。先生だけでは、どうにもならなかった。学校の教員、弁護士、学者、作家などを呼ぶ場合、ほとんど名字の下に先生がつく。

初めて出た話だったのだろう、

「名字はわからないんですか」

岩村が秀平の顔を覗《のぞ》き込んでいた。

「うーん、考えているんですが、名字や名前を聞いた憶《おぼ》えはないんですよ。ああ、そうだ。経営コンサルタントと言っていたような気がします。たぶん、そうだったような……あまり自信はありませんが」

経営コンサルタントイコール、怪しい仕事とは言えないが、隠れ蓑《みの》として使うにはいい商売かもしれない。

「もしかしたら、その『先生』が、リフォーム話に関わっていたのかもしれませんね」

凜子の呟きは、独り言のようになっていた。経営コンサルタントの怪しげな『先生』は、若者向けの店造りを持ちかけ、乗ってきた伴野夫妻を殺害。遺体は夫妻のスーツケースに隠してマンションから運び、始末した。むろん殺害したのは他の場所ということも考えられる。

「では、我々は失礼します」

岩村の声で我に返った。事情聴取はまだ続くが、凜子はいったん岩村と廊下に出る。麻衣が待っていた。

5

「防犯カメラの映像からは、手がかりが摑めなかったんですか」

麻衣は的確な質問を投げた。先程、岩村はこう告げている。

〝不審人物が映っていれば、わかると思います〟

凜子も最後の部分に答えが表れているように感じた。不審人物が映っていなかったからこそ、こういう言いまわしをしたように思えたからだ。

「どうぞ、こちらへ」

岩村は答える代わりに、捜査二課の部屋へ案内した。聞き込みや事情聴取で警察官は出払っているため、がらんとしている。一隅の古い応接セットを示して、岩村は一台のパソコンを持って来た。

二人の向かい側に座る。

「久保田刑事の質問の答えは、そのとおりです。マンションの防犯カメラには、不審人物どころか、なにも映っていませんでした。古いマンションでしてね。常駐の管理人はおらず、警備体制も整っていません。使われていた防犯カメラは、形だけのものとしか言えないのですが、これがまた、ご丁寧に故障していたんですよ。『先生』の指図で壊していったのかもしれません」

「アナログタイプの防犯カメラだったんですね」

凛子はメモを取りながら訊いた。麻衣も横で手帳に書き込んでいる。

「はい。だれかが意図的に伴野夫妻が住むマンションの防犯カメラを壊した。それだけでも、伴野夫妻の生存確率が低くなる話です。それでは御徒町近辺や〈天輝堂〉店内の防犯カメラはどうなのか」

岩村はパソコンを操作して、画面を二人の方に向けた。〈天輝堂〉のほぼ正面に取り付けられた防犯カメラの映像ではないだろうか。店の前に停まった黒いバンが、何分間後かに走り出す様子が映っていた。

日付と時間は特別セールの一日目の早朝だが、黒いバンの窓ガラスには黒いシールが貼られており、中の様子はまったく見えない。

「黒いバンを目隠し代わりに使っていますね。偽の従業員が店に入るのを見届けた後、走り出している。帰りもこんな感じですか」

凜子の確認に、岩村は渋面で頷いた。

「そうです。黒いバンが走り去った後に映し出されたのは、シャッターが降りた〈天輝堂〉だけですよ。二日間、これでした」

「店内の防犯カメラは」

と、言いかけた麻衣は唇をゆがめた。

「あまり期待できそうもありませんね」

「残念ながら、仰せのとおりです。比較的、新しい防犯カメラなんですが、データは消去されていました。復元できないか、本庁に問い合わせているんですが」

が、の部分に微妙な含みがあるのを、凜子は感じた。

「復元できるかどうかはわかりませんが、よろしければ、うちのメンバーにやらせましょうか。詳しい警察官がいますので」

申し出に、岩村の顔が輝いた。

「ありがたい。読まれてしまったようですが、特務班の力をお借りできないかと思っていました。あとでUSBメモリを渡します」

馬鹿正直な態度を取られると、麻衣の毒舌は働かなくなる。捻《ねじ》れた心には、真っ直《ます》ぐな対応しかないのだった。

「息子夫妻の関与がゼロとは言えませんが」

凛子は意見を述べる。

「可能性としては低いように思います。伴野夫妻の失踪に関わっているのは、あきらかにプロですよ。リフォームを持ちかけ、店を二週間休みにしたうえで、特別セールを開催。二週間あれば準備できますからね。本物の宝石類はあらかじめ移しておいたんでしょう。高い宝石に関しては、レプリカを作った可能性もあります。常連客の中には狙っていた人もいると思いますから」

話しながら、過去に起きた類似事件の記憶を探っていた。が、宝石店を舞台にした詐欺事件は浮かばなかった。

「似たような事件は起きていないんですか」

麻衣が訊いた。凛子はこういう点に、彼女の感覚《センス》の良さを感じる。まさに問いかけようとした瞬間、麻衣の口から疑問が提示されることが少なくなかった。

「宝石店に限らなければあるかもしれませんが、現状では把握できていません。なさけない話ですが、目の前の仕事を片付けるだけで精一杯でしてね。今回は広域機動捜査隊の協力が得られるとあって、現場は気合いが入っているんです。俯瞰《ふかん》で見るというのかな。全体像を見て、助言を与えてくれる部署があればと常々《つねづね》思っていたので」

途中で入った自問のような呟きだけは、親しげな口調になっていた。まさに特務班の渡りは、願ってもない展開だったに違いない。凜子たちにしてみても、こういうふうに頼りにされるのは嬉しかった。

「鑑識係の結果はどうでしたか」

念のために確認する。相棒は毒を抜かれたコブラのように、ただ無言でメモを取り続けていた。

「これといった成果はありませんね。自宅マンションに残されていたのは、伴野夫妻の洋服や雑貨といった品物です。今回の犯人、早いかもしれませんが、敢えてそう呼びます。犯人は非常に用心深い。自宅マンションを訪れていたとしても、数えるほどではないかと思います。せいぜい一度か二度ではないかと」

「ですが、店には詐欺グループの従業員が丸二日間、いたわけですよね。食事や休憩を取るために外へ出ることはなかったんですか」

麻衣が横から口をはさんだ。答えはわかっていたのかもしれないが、念のために確かめたように思えた。

「従業員と思しき人物たちはひとりも、外、これは道路の防犯カメラですが、店のほぼ真ん前に取り付けられています。ですが、犯人グループらしき人物は、映っていませんでした。隣の店主によると従業員は制服姿だったらしいんですよ。まあ、着替えて一般人のふりをしながら、外に出ていたかもしれませんがね」

岩村は、凜子たちに向けていたパソコンの向きを変えて操作しながら、話を続けた。

「二日目のセールが終わった後、大掃除をしていったのでしょう。鑑識係が採取した遺留物を調べていますが、これといった証拠品は出ていません」

ふたたび凜子たちの方に画面を向けた。外の防犯カメラに撮られていた映像が流れる。店に出入りする人物が次々に映し出された。おそらく二日間のセール中に訪れた客ではないだろうか。

「顔認証システムで確認しましたか」

凜子の確認には、大きく頷き返した。

「やりました。恐喝や大麻所持といった事件の要注意人物が、けっこういましたね。すでに警察官が動いています。ひとりひとり潰《つぶ》していくしかないでしょう。『先生』や偽の従業員を知っている者がいるかもしれませんから」

「その要注意人物たちのファイルはありますか」

凜子の問いに、岩村は覆い被《かぶ》せるように言った。

「用意しておきます」

「あ」

不意に麻衣が小さな声をあげた。パソコンの画面を停めている。映し出されていたのは、眼鏡をかけた女子大生風の若い女だった。

「この女、一日目のときも来ていましたよ」

マウスを操作して、映像を戻し始める。岩村は凛子の隣に来て画面を覗き込んでいた。少し時間はかかったが、ふたたび画面が静止する。

一日目の映像は、ブランド品らしき派手な服に帽子、サングラスという恰好をしている。良家の子女、もしくは若いセレブ妻という感じがした。二日目の女子大生風とは、あまりにも違いすぎている。

「別人でしょう」

岩村は一蹴した。

「帽子やサングラスを使っているので、顔立ちがわからないじゃありませんか。服装もそうですが、雰囲気も見事に正反対ですよ。女は化けると言いますが……」

「靴が同じなんです」

麻衣は言い、一日目のセレブ風女を左半分、二日目の女子大生風を右半分の画面に変えた。矢印で女の白っぽい靴を指し示している。

「ほら、見てください、夏目さん。たぶんブランド品の靴だと思います。わたし、自慢じゃないですけど、画面の変化を当てたり、二枚の写真で違っている部分を探しましょう、というようなクイズが得意なんですよ。よくテレビでやっているじゃないですか、脳検定みたいなやつ。あれ、かなりいい線いくんです」

話を聞きながら、凜子は慎重に確かめてみる。色は白かグレー、もしくはベージュなのか。断定はできないが、靴の形は似ているように思えた。

「そうですね。同じ靴だとまでは言い切れませんが」

「二日続けて来た客は、他にも何人かいましたよ。ですが、前日、悩んで買わなかった宝石をあらためて買いに来たんじゃないんですかね。もし、久保田刑事の説があてはまるとなれば、二日間訪れた客が怪しいということですか」

岩村はいかにも男性警察官らしい質問を投げた。麻衣がなぜ彼女にだけ目を留めたのか、凜子は理解していた。

「変装している感じがしませんか」

考えを言葉にする。

「一日目はセレブの若妻風、そして、二日目は女子大生風というように、対照的な女性の姿をしています。久保田刑事はそれが引っかかったのでしょう」

そうですよね。というような凜子の視線に、麻衣は頷いて同意した。

「夏目警部補の言うとおりです。どうして、変装しなければならなかったのか。ただの趣味と思うには、状況的に厳しい感じがします。特別セールの二日間、〈天輝堂〉は詐欺グループのビッグ・ストア――暗黒街の劇場でした。だから変装する必要があったのかもしれません」

今度は麻衣が、岩村を見る。試すような雰囲気があった。少しの間、岩村は考えていたようだが、

「そうか！」

自分の膝を打った。

「変装女は、同業者だったのかもしれないな。同じ詐欺仲間で互いに顔を知っている。あるいは顔を知られたくないがゆえに、変装した可能性もある。暗黒街の劇場が開催されると聞き、様子を見に行った」

思いつくまま口にしたようだった。凜子と麻衣を交互に見やっている。さすがは捜二の課長、盆暗《ぼんくら》では務まらない。

「仰るとおりです。ただ、同じ靴かどうかまでは断定できません。顔貌や耳の形、身長といったものを厳密に調べたうえでも、何割ぐらいまで人物を特定できるか。特に一日目のセレブ風装いは、帽子を被っていますからね。耳の形がわかりません。もちろん、防犯カメラを意識したうえでの変装でしょうが」

「だが、調べる価値はある」

岩村の目に力がこもった。おそらく〈天輝堂〉を喰らいつくしたと思われる詐欺グループは、顔はもちろんのこと、人数や男女比、年齢、店長格はいたのか、といった

ことがまったくわかっていない。どんなに小さな手がかりであろうとも、そこから辿りたいというのが正直な気持ちに違いなかった。

「シンデレラはガラスの靴を残していったけど、御徒町シンデレラは靴の映像を残して、消えた。とにかく、これが手がかりになればと思います」

麻衣の造語を聞き、凜子は別のアイデアを出した。

「気分を害したら、ごめんなさい。御徒町シンデレラよりも、下町シンデレラの方がしっくりくるんじゃないかしら。上野シンデレラ、御徒町シンデレラと頭の中で考えたけれど、地名を入れるとなんだか安っぽくなるような気がして」

「ああ、そうですね。じゃ、怪しい女の異名は下町シンデレラにしますか」

麻衣は珍しく素直に従った。横で聞いていた岩村は、笑っている。

「なんですか、今のは」

「怪しい変装女性のように、重要参考人や被疑者だと断定できない場合は、造語で表現した方が通じやすくなると思うんですよ。今回の事件は早晩、『天輝堂店主夫妻行方不明事件』などと命名されて、上野署に帳場が立つじゃないですか。警察官同士で話をするときにわかりやすくなると思い、特務班ではよく造語をつけるんです。名前がすぐに出てこないときも、下町シンデレラと言えばわかりますから」

「なるほど。言われてみればそうですね。本庁と所轄の共通語があれば、合同捜査のときも話が早い。うちでも使わせていただいて、よろしいですか」

岩村の申し出を、凜子は快諾した。

「もちろんです」

正体を突き止められるか、下町シンデレラ。

凜子の脳裏には……なぜか、桜木の昔の彼女が浮かんでいた。

第三章　下町シンデレラ

1

二日後の夜。

行方《ゆくえ》不明の〈天輝堂〉店主夫妻、正体不明の詐欺グループと下町シンデレラ。

上野署には本庁との合同捜査本部が設けられた。午前中、開かれた記者会見には、渡里が上野署の署長や捜査二課長と一緒に参加した。被害者は時間毎《ごと》に増え続け、現時点では五十件を超えている。まだまだ増える感じがあった。

（訊《き》いていいものかどうか）

凜子は、運転中の桜木をそれとなく見やっている。蔵前署の捜査に協力していたメンバーは、いったん上野署で合流した後、解散となっていた。覆面パトカーで送ると申し出た桜木の厚意に甘えて、駒込の自宅に向かっている。送るのを申し出た裏には、なにか話があるのではないかと読んだのだが……。

「ねえ、桜木君」

呼びかけに、桜木はすぐさま返答する。

「わかっています」

ちょうど信号で停まった。ルームミラーに目を向ける。凜子が見上げると、互いの目が映っていた。

「下町シンデレラと名付けられた変装女は、昔の彼女に似ていると思いました。身長は百六十二センチ、体重は変わっていなければ四十二キロ弱、年齢は自分と同じで二十六です。二日目の女子大生風では、右耳だけですが映っていたじゃないですか」

「ええ」

凜子は答えた。蔵前署の身許保証事業所〈関東光ライフ〉への内偵は今も続いているが、午前中の記者会見のとき、正式に『天輝堂店主夫妻行方不明事件』と発表された事件は、伴野夫妻の生存が危ぶまれていることから緊急性が高いとされた。

ゆえに特務班は上野署に渡って、協力態勢を敷いている。

「耳の形、自分が持っている写真の彼女に似ているんですよ。指紋やDNA型と同じように、本人確認には非常に役に立つと言われているじゃないですか。顔立ちや雰囲気は微妙に変化しますが、骨格や耳の形は子供の頃から変わりませんからね。彼女じゃないか、と思います」

語尾に躊躇《ためら》いがちなニュアンスが加わった。揺れ動く複雑な気持ちが表れているように感じている。信号が変わって、ふたたび面パトが動き出した。

「名前を訊いてもいいかしら」

凜子の言葉を、またもや早口で受ける。

「あとで写真と一緒にメールします。今夜、渡里警視にも話すつもりです。断定はできませんし、できれば違っていてほしいと思いますが……追いかけたとき、自分はほとんど彼女だと確信していましたから」

声が重く沈んだ。今も愛しているのだと、言葉の端々から伝わってくる。別れた理由を訊きたいが、立ち入りすぎるだろうか。

物言いたげな沈黙を感じ取ったに違いない。

「突然、いなくなったんです」

桜木が告げた。

「ある日突然、本当にいきなり自分の前から姿を消しました。どうして、いなくなったのか。なぜなのか。なにが彼女に起きたのか。自分のせいなのか。おれはなにかやったただろうか」

ふだんはあまり使わない「おれ」を使っていた。

「悩みましたよ。いや、過去形じゃないな。今も自問しています」

「あなたに追いかけられてしまい、焦りながらも、彼女は喜多川篤史のところに逃げ込んだ。喜多川とは、おそらく知り合いだったんでしょうね」

「たぶん、そうだと思います。したたかな狸爺《たぬきじじい》ですよ。見事に騙《だま》されました」

口元に苦笑が滲《にじ》んでいる。喜多川篤史はどこに隠れているのか、まだ見つかっていない。リフォーム会社の〈松波工務店〉や〈マツナミ建設〉からも、連絡は来ていなかった。凜子は明日もう一度、事務所を訪ねてみるつもりだった。

「詐欺グループに」

桜木が続ける。

「関わっていると思いますか？」

恐れと不安が入り交じった問いかけだった。警察官としては、昔の彼女に手錠を掛けるのだけは避けたいと思うだろう。桜木ならずともそうではないだろうか。

「なんとも言えないわね。でも、単なる客には見えなかった。変装したのが、やはり、引っかかる。でも」

（なんだか目立ちすぎている。セレブな若妻風や女子大生風の恰好《かっこう》は、いやでも目を引くわ。考えすぎかもしれないけれど『わざと目立つように振る舞った』なんていうことが、あるかしら）

そうだとしたら……なんのために？

「でも、なんですか、凛子さん」

桜木に促されて、はっとした。

「ごめんなさい。また、ぼんやりしちゃったわね」

「いいですよ。ミラクル推理をフル稼働させてください。彼女は関係ないと証明してほしいんです。変装していたのは、単なる趣味なのかもしれないし」

「そういう趣味があったの？」

すかさず訊いた。

「いえ、付き合っていたときはありませんでした」

笑って、続ける。

「いなくなったのは、二年前なんです。おれは交番勤務の警察官でしたが、非番のときを利用して、片っ端から探しました。住んでいた家、友人知人関係、彼女と一緒に行った場所。思いつく限りの捜索をしたんですが、だめだった。じつは」

躊躇いがちに言った。

「不謹慎と思われるかもしれませんが、警察庁α特務班に志願した理由のひとつが彼女なんです。もちろん姉がレイプされたことが一番の理由ですが、もしかしたら、と思いました」

特務班には優秀な警察官や最新鋭の機器が揃うはず。当然、情報が入るのも早いだろう。

　彼女を探し出せるかもしれない。

　言葉にされなかった部分を、凜子は的確に読み取る。重要な話が抜けているのを感じたが、敢えて口にしなかった。

「桜木君の考えが、的中したかもしれないわね」

　凜子の推測を受ける。

「もう少しまともな再会のシミュレーションをしていたんですけどね。喜多川篤史のような詐欺老人や〈天輝堂〉の詐欺事件に関わっているのだとすれば、相当ヤバイ状況だと思います。なぜ、そんな真似をしているのか。出会ったその日からハリケーンに突入したような感じですよ」

　苦笑いしていた。ハリケーン麻衣は、久保田麻衣の異名でもある。凜子も苦笑いするしかなかった。

「〈天輝堂〉の詐欺事件は、現時点で被害が五十件を超えている。しかも買い求めた宝石は、すべて偽物だった。本物はひとつ残らず持ち去られたわけですね。岩村課長が言っていたビッグ・ストア——暗黒街の劇場が開かれたのは、おそらく間違いないでしょう」

　ふと思いついた話を口にする。

「彼女は宝石が好きだった？」

「いや、興味なかったと思いますが……わかりません。普通程度には好きだったと思いますけどね。誕生日に大奮発《だいふんぱつ》してブランドもののネックレスを贈ったんです。『無理しなくていいのに』と言いながらも嬉しそうでしたから」

「わかるわ。散財させちゃって申し訳ないなと思いつつも、それを選ぶまでの気持ちや手間を考えるとね。こう、じわーっと喜びが湧いてくるの。密《ひそ》かに泣いたりして」

「草むしりの話と一緒にしちゃいけないんでしょうが、実感がこもっていますね。そうか。そのスニーカーを抱き締めて、凜子さんは泣きましたか」

また、信号で停止したとき、桜木は凜子の足下を見やる。ブランド品のスニーカーは、恋人から婚約者に昇格した長谷川冬馬《はせがわとうま》からの贈り物だった。おろしたての頃は汚さないように気をつけていたが、今は毎日のハードワークが浮かびあがるほど馴染《なじ》んでいた。

「わたしの話は、どうでもいいのよ」

凜子は核心にふれようとしたが、

「そういえば、長谷川さんは夏目家の近くに引っ越したんですよね。賢人君《けんと》とはどうですか。うまくいっているんですか」

桜木はそれを許さない。私生活には立ち入らないという暗黙の了解があったはずなのだが、かなり強引に冬馬と息子の賢人の話を振った。

「今夜は彼が面倒を見てくれているの。それで遅くまで仕事ができたというわけよ。冬馬も仕事があるでしょう。お互いに調整しながら、なるべくどちらかが側《そば》にいるようにしているわ。それが無理なときは、老夫婦のご家庭に預かっていただいているのよ」

老夫婦による時給七百円のサポートは、ほとんどボランティアのような感じだった。子供好きで暮らしに余裕のあるシニアしか務められないだろう。実際、凜子が頼んでいる老夫婦は、まさに理想の家庭といえた。

「ファミリーサポートセンターは、うまく利用した方がいいですよ。ひとり親家庭が利用できる支援は遠慮なく受ける。そのために税金を払っているわけですから」

話しているうちに、自宅に着いていた。桜木のペースで終わったように思わせておくのが凜子流だ。

「ありがとう、桜木君。あとでメール、忘れないでね」

大きな鞄《かばん》を持ち、助手席から降りる。

「もちろんです。渡里警視のところにも一緒にメールしますので」

「お願いします」

玄関に向かって歩き始めたとき、自宅の玄関扉が開いた。

2

「いちおうご挨拶だけはと思いましてね。よけいな不安を与えてしまったようなので、気になっていたんです。お邪魔しました」

聞き憶《おぼ》えのある声に、凜子は緊張する。玄関内の明かりが、長身の男を浮かびあがらせていた。こちらに歩いて来た男の前に立ち塞《ふさ》がった。

「前に会っていますよね」

ひと月は経《た》っていないかもしれない。自宅の前に停止していた不審車の中にいた男だった。年は五十前後、見上げるような背丈の感じにも憶えがある。不穏な空気を感じ取ったに違いない。

桜木はスタートさせずに、運転席から降りている。玄関先には長谷川冬馬が見守るように立っていた。

「前後をナイトに護衛されれば恐《こわ》いものなしですか」

男は後ろを見やってから、桜木にも目を向けた。

「ごまかさないでください。なにしに来たんですか」

「引っ越しの挨拶ですよ」

肩をすくめて言った。

「先日も住む場所の下見をしていたんです。たまたま夏目さんの家の前に車停めて、地図を見ていたのがいけなかった。お子さんを怯《おび》えさせてしまったかと思いましてね。手土産持参で来たわけです。パートナーの男性に名刺を渡しておきました。詳しい話は彼に聞いてください」

それでは、と、一礼して男は立ち去った。目で男を追いかけていた桜木に、凜子は小声で告げる。

「大丈夫よ。ありがとう」

「わかりました」

運転席に乗り込んだ桜木が、走り去るのを見送って、自宅に走る。玄関先にいた冬馬が、大きく扉を開けた。

「お帰りなさい。お疲れ様でした」

たったそれだけのことなのに、張り詰めていた気持ちがゆるむ。

「ただいま」

玄関に入ると、息子の賢人がリビングルームの扉を少しだけ開けていた。凜子を見て、やはり、ほっとしたのだろう。

「お母さん、大丈夫だった？」

廊下に飛び出して来た。パジャマ姿なのは、冬馬と風呂に入ったからに違いない。

十一月の冷たい風を遮るために、冬馬が急いで扉を閉める。

「大丈夫よ。さあ、もう寝る時間でしょう。二階に行きなさい」

「はーい」

返事が少し間延びした部分に名残惜《なごり》しさが表れていた。凜子は洗面所で手を洗い、二階に行った賢人を追いかける。階段の下にいた冬馬には「話はあとで」と小声で告げた。

「メシは？」

「食べてきました」

階段を上がって、いったん自分の部屋に行く。大きな鞄を置き、コートや上着を掛けてから賢人の部屋に足を向けた。

「電気、消しますよ」

「待って、待って」

賢人は慌てて枕元の電気スタンドを点《つ》ける。父の貞夫《さだお》が亡くなった後、暗闇を恐がるようになっていた。若年性認知症を患う母の房代《ふさよ》と散歩中の事故だった。以来、賢人はひとりで寝るのもだめだったのだが、時々、冬馬がリビングルームに泊まるようになったからだろうか。一週間ほど前に自分の部屋で寝ると言い出したのだった。

「決勝戦のケーキはどんなものにするか、決まりましたか」

凛子は勉強机の椅子を引き寄せて枕元に座る。パティシエ希望の賢人は、スイーツ甲子園の予選を見事通過して、今月のなかばに開催される決勝戦への出場権を勝ち取っていた。

予選に応募する手続きをしたのは他ならぬ冬馬である。点数稼ぎのようでいやなんだけどと言いつつ、凛子と応援にも駆けつけていた。

「うーん、まだなんだよね。おじいちゃんが好きだった和菓子を取り入れたいんだけどさ。どうしても色が地味になるでしょう。ケーキのデザインも、どうしようかと思って」

賢人が料理好きになったのは、父の影響が大きかった。貞夫は仕事一筋だった反省からか、警察を定年退職した後は心機一転、料理を習い、主夫として夏目家を支えてくれた。父の助けがなければ、とうてい特務班にはいられなかっただろう。

息子の気持ちは痛いほど理解できた。

「まだ時間はあるわ。焦らないで、じっくり考えなさい。あまりおじいちゃんにとらわれない方がいいかもしれないわね。あなたが言っているように、和物に偏《かたよ》ると色は地味になる。まずは味、それと見た目じゃないかしら」

「そう、見た目は大事だよね」

相槌《あいづち》を打ったとたん、母子《おやこ》で笑っていた。見た目の話をテーマにしたドラマを思い出していた。

「お母さんさぁ、冬馬さんと結婚するの？」

賢人は不意に言った。語尾を少し伸ばすのは、訊いていいものかどうかというときの癖だ。笑顔のまま答える。

「そのつもりよ。でも、賢人の気持ちが一番大事なの。賢人がいやなら……」

「ぼく、冬馬さん、好きだよ」

早口で遮る。

「さっき変な人が来たじゃない。ぼくには絶対にリビングルームから出るなって言ったんだ。でも、心配だったから覗《のぞ》いていたんだけどさ。すごく頼もしかった。勉強の教え方も優しくて、上手なんだよ。この頃よく冬馬さんが本当のお父さんだったらいいのになあって、思うんだ」

恥ずかしかったのだろう。掛け布団を引っ張って、顔の下半分を隠していた。本当の父親である古川輝彦は、メンタル面に大きな問題があるため、良い父親とは言い難かった。

凜子にはもちろんだが、子供の賢人も平気で怒鳴りつけ、無理やり支配しようとする。パティシエになりたいという願いには否と即答した。

「ありがとうね」

凜子は嬉しくて、賢人の髪を撫《な》でている。反面、息子に気を使わせてしまうことに、申し訳なさも覚えていた。

「賢人の気持ち、冬馬にも話しておくわ。喜ぶわよ、きっと。スイーツ甲子園や色々なことについては、今度のお休みにゆっくり話しましょうね」

「うん」

賢人はウトウトし始めていた。これも冬馬効果だろうか。なかなか寝付けないばかりか、夜中に何度も飛び起きることがあったのだが、今は落ち着いていた。母親が安心することによって、息子も安心できるに違いない。

凜子は電気スタンドを消して、そっと子供部屋を出た。

（さあ、次はあの怪しい男の件ね）

もう一度自室に行き、部屋着に着替えた。廊下に出たとき、姉の瞳子《とうこ》の部屋に目が行った。地下鉄サリン事件の折、命を失った姉のために両親は部屋を用意した。ひさしぶりに電気を点けて姉の部屋を見る。

瞳子が使っていた整理簞笥《だんす》、机には今では珍しくなったワープロが置かれていた。さすがにベッドは処分したが、亡き父と介護施設に入所している母は、時々ここに来て写真を見たりしていた。

「でも、もうお父さんはいない。お母さんも、わからなくなっている」

瞳子姉さん、ここを使ってもいいかしら？

凜子は心の中で問いかけた。冬馬と籍を入れた場合、同居するのがあたりまえだ。

凜子の服や靴、ドレッサーや小物類などはこちらに移して自室は寝室として用いる。二人分の荷物が入りきらない場合は庭に物置を設けてもいい。とにかく、受け入れ態勢を整えたかった。

「そろそろ真剣に考えないとね」

電気を消して廊下に出ると階下に降りた。怪しい男は不気味だが、賢人も不安を覚えたからこそ、ああいう言葉が出たのだろう。マイナスに思えたことをプラスに変えるのは、渡里班の得意技だった。

リビングルームに入ったとたん、

「賢人君は大丈夫だった？」

冬馬がキッチンテーブルの椅子から立ち上がった。いつでもまず第一に、賢人のことを気にかけてくれる。

「ええ。すぐに寝たわ。あなたのお陰よ。わたしの精神状態が安定したからでしょうね。最近は母子ともに熟睡できるようになったの。おねしょもしなくなってくれたので、助かっているのよ」

言った後で唇に人差し指をあてた。

「おねしょの話をしたことは、賢人にはナイショね」

「わかってるよ」

冬馬は笑顔になったが、すぐに表情が引き締まる。キッチンテーブルに置いてあった名刺を目で指した。凛子は向かい側に腰をおろして、名刺を見る。

「名前は向井《むかい》省吾《しょうご》、警備会社勤務で五十二歳。君が二階に行っている間に、ざっと調べてみた。ついこの間までは探偵事務所に籍を置いていたようだ。その前は警察官だったよ。経歴についてはだいたい予想どおりだが、わざわざ引っ越して来たのはなぜなのか」

「夏目家を見張るため、かしら」

継いだ凛子に冬馬は小さく頷《うなず》き返した。

「その可能性はある」

「古川が差し向けたんだと思うわ。あなたが出入りし始めているでしょう。気になって見張り役を置いたんじゃないかしら」

「その可能性も大だが……ちょっと来てくれないか」

冬馬は立ち上がって、リビングルームの扉に足を向けた。凛子もあとに続いた。冬馬はジャージの腰ポケットからメモ用紙を二つ折りにした紙片を出した。

「この家、平日の昼間はだれもいないことが多いだろ。念のために玄関扉と勝手口、それからリビングルームの扉に紙を挟んでおいたんだ。玄関扉のやつは、風にでも飛ばされたのか、見あたらなかった。勝手口の紙は挟んでおいたままだったよ。問題はここの扉のやつなんだ」

廊下に出た冬馬に倣《なら》い、凜子も出る。

「上だと気づかれやすいと思ってね、ここのやつはわざと下の方に挟んでおいたんだ。勝手口の紙は扉の一番上の右角。ここのやつは、そうだな、床から三分の一程度の位置に仕掛けておいた」

屈《かが》み込んで、告げた位置あたりに紙を挟んだ。試しに扉を開けてみる。紙は廊下の床に落ちた。

「落ちていたのね？」

答えを待てずに訊いた。

「いや、挟まれていた。ただし」

冬馬は立ち上がって、紙を扉の一番上の右角に挟んだ。

「ここに挟まっていたんだよ」

身長のある彼なればこそ、台がなくても挟めるが、凜子がやる場合は台や椅子がなければ無理な位置である。そう、名刺を置いていった怪しい男、向井省吾も長身だ。なんなく挟めたことが想像できた。

「…………」

凛子は悪寒《おかん》が走るのを覚えた。あってはならないことが自宅《ここ》で起きている。だれもいないはずの昼間、だれかが家に入った、のだろうか……？

「あなたが勘違いするとは思えないけど」

乾いた唇を舌で湿らせてから問いかけた。

「間違いないのね」

「間違いない」

即座に断定した。

「あくまでも、おれの想像だけど、侵入者はリビングルームの扉に挟んでおいた紙に気づき、念のために勝手口の扉も確認した。さっき言ったように勝手口の扉のやつは、一番上の右角に挟んでおいたんだよ。それを見て真似たんだと思う」

「つまり、今日の昼間、うちにだれかが侵入したと、いえ、待って。玄関の鍵はどうやって開けたのかしら。鍵がなければ開けられないはずよ」

凛子は懸命に否定しようとする。玄関扉には最初から取っ手の上下に鍵がついていた。しかし、母の徘徊《はいかい》を案じた凛子は、勝手に外へ出て行けないよう、上の方に新たな鍵を取りつけていた。

「新しくつけた鍵は、扉の高い位置にあるため、賢人君には届かない。だから平日の昼間はこの鍵、わかりにくいから補足錠とでも呼ぶか。補足錠の鍵はかけていないよね」

冬馬は玄関の三和土《たたき》に降りて、新たに取りつけた鍵を指し示した。

「ええ。補足錠の鍵は賢人にも、だれにも渡していないわ。持っているのはわたしだけ」

頭の中に自宅の鍵を持つ人物が浮かんでいる。冬馬、息子の賢人、そして、母の介護施設の職員。土日だけ自宅に戻る母が家に入れなかった場合を考えて、職員には通常の鍵だけは渡しておいたが、補足錠の鍵は渡していなかった。

今日は冬馬に仕事を早めに上がってもらい、賢人が帰って来る三時前後からお守り役を頼んだ。だれもいなかったのは、午前八時頃から午後三時頃までということになる。その間にだれかが忍び込んだ。

「いやだ、気持ちが悪い」

思わず身震いする。空き巣に入られた家の住人が「恐い、気持ちが悪い」とよく言うが、幸いにも経験のなかった凜子は、その恐怖を今実感していた。

「大丈夫だ。君が承知してくれるなら、大急ぎで鍵を取り替えるよ。あと防犯カメラも設置した方がいいだろうな。まあ、一連の侵入劇が向井の仕業《しわざ》だった場合は、無駄かもしれないけどね。外にひとつ、自宅内に二つ。気づかれにくい場所に、防犯カメラをつけた方がいい」

「あなたにまかせるわ」

答えたとき、部屋着のポケットに入れていた携帯がヴァイブレーションした。たとえ部屋着になろうとも、身につけていないと落ち着かないのは、もはや職業病かもしれない。凜子はリビングルームに戻って、内容を確認する。

桜木陽介からだった。

「有田美由紀《ありたみゆき》、二十六歳」

写真も送られていた。

切れ長の眸《め》が印象的な美しい女性がこちらを見ていた。ふっくらした肉感的な唇や綺麗な形の顎《あご》を、凜子は記憶に刻みつける。サングラスをかけたセレブ風の映像を見ていたお陰だろう。いつも以上に意識していた。

「はじめまして、美由紀さん。あなたが下町シンデレラではないことを祈っています」

凜子は声に出して呼びかけていた。

3

祈りもむなしく――。

有田美由紀は、おそらく下町シンデレラだろうとされた。

「宝石店の特別セールに二日続けて現れたと思われる女、これはまだ同一人物とは断定できていませんが、一日目は帽子とサングラス姿のセレブ風、二日目は清楚な女子大生風でした。女子大生風の方は、両目や唇、顎、そして、右耳だけが防犯カメラに映っていたんですね。桜木巡査が提供した写真を顔認証システムで調べました」

弥生は早朝会議で告げた。上野署のオフィスで楕円形のテーブルを囲み、互いの顔を見る形になっていた。精神科医の藤堂は遅れる旨、連絡が来ている。肩書きだけの司令官は、いつものように遅刻だった。

プロジェクターの画面には、有田美由紀の写真が映し出されている。友美が操作して、左は有田美由紀の写真、右は防犯カメラの女子大生風に二分割した。同じ大きさの静止画像になっている。

「写真の有田美由紀と女子大生風の両目や唇、右耳、顔の輪郭、顎のラインを比べてみた結果、ぴたりと合致した次第です」

弥生の説明に従い、左右に分かれていた映像がひとつになる。両目と唇はもちろんだが、右耳や顔の輪郭、さらに顎のラインも見事に重なっていた。

「さらにセレブ風と女子大生風は同一人物なのか否か。セレブ風はサングラスをかけて帽子を被《かぶ》っているため、両目や耳は確認できません。確認できる下半分、唇と顎の部分を重ね合わせてみました」

　肩越しに振り返った弥生を受けて、友美はふたたび画面を変えた。今度は左に有田美由紀、右にセレブ風が映し出される。左右の静止画が近づいて、重なった。三度目は、女子大生風とセレブ風を重ね合わせてみる。

「唇の形と顎のラインは、ほぼ同じだろうと思います。断定するためには、耳や目の画像がほしいところですね。久保田巡査が気づいた靴につきましては似ていると思いました。たぶんローヒールのパンプスでしょう。現在、画像をより鮮明にする作業を進めています。靴の件はわかり次第メールします」

「わたしからも、一点、お知らせがあります」

　凜子は立ち上がって告げた。

「有田美由紀は、元警察官です」

　小さなどよめきが起きた。桜木はうつむいて顔を上げようとはしない。美由紀の話をしたときやメールを流して来たとき、彼女の職業、もしくは知り合った場所といった話が出ていなかった。

　凜子や渡里に元警察官と知らせなかった裏には、激しい葛藤《かっとう》があったのではないだろうか。美由紀の話をした中で職業だけが出なかったのを不審に思い、凜子は調べたのである。昨夜、渡里に電話で伝えていた。

「桜木巡査と同期だったと聞いています。同じ交番に勤務していたそうですが、警察官を辞めたのは二年前でした。その後については、まったく不明です。どこで、なにをしていたのか、判明していません。ちなみに現在の住所が置いてあるのは、飲み屋街にたったひとりで住む喜多川篤史の店でした。関わりがあったのは確かでしょう」

有田美由紀が警察官だったことを、桜木が教えなかった件は、敢えて口にしなかった。渡里は知っているが、必要ならばボスが話すだろう。凜子が座るのを待っていたように、麻衣が挙手した。

「なんだ？」

進行役の渡里が促した。

「有田美由紀は、桜木巡査の恋人だったんですか」

刹那《せつな》、ぴくりと桜木の眉毛《まゆげ》が動いた。麻衣は射《い》るような眼差《まなざ》しを向けている。他のメンバーは、それとなく彼の様子を見ていた。

「そうです」

桜木は、低いが、はっきりした声で答えた。腹にひびくような声だった。

「では、彼を捜査から外すべきだと思います」

麻衣は立ち上がる。

「当事者ですからね。ひさしぶりに逢《あ》えた嬉しさで、逃がすかもしれません。匿《かくま》う可能性も……」

「ありえません！」

桜木も立ち上がった。

「自分は警察官の仕事に誇りを持っています。公私混同するような真似は絶対にしないと、この場で宣言します。だからこそ、写真を提供しました。あれが役に立ってくれたのは、よかったと思っています」

言い終えるや、音をたてて座る。抑えきれない気持ちが、荒々しい行動になっていた。しかし、麻衣は追及の手をゆるめない。

「納得できません、信じられませんね。寝癖男だったのに、最近はびしっと決めているじゃないですか。有田美由紀に逢えたときのことを考えて……」

「しつこいわね」

友美が割って入った。

「桜木巡査は写真を提供してくれた。それだけで充分でしょう。捜査に参加させるかどうかは、渡里警視が決めることです。新参者がえらそうに口を出すのは、いかがなものかと思いますが」

「………」

摑みかかろうとした麻衣を止め、迎え撃とうとした友美を押さえつけて、早朝会議は終わりを告げる。

桜木は、プロジェクターの画面をじっと凝視《みつ》めていた。

「なんなんですかね、井上友美は。頭にくるったらないですよ。人の顔を見りゃ喧嘩を売ってくる。少しは警察官としての自覚を持てと言いたいです」

麻衣の言葉に、凛子は思わず噴き出していた。二人は上野署から徒歩でマツナミビルに向かっている。会議が始まる前に、部長を名乗る男から出勤しているという連絡が入っていた。

「なにがおかしいんですか」

麻衣の冷ややかな目を笑顔で受ける。

「いえ、友美さんも、あなたには言われたくないだろうなと思っただけです。この場にいたら間違いなく、二度目のバトルだったでしょうね」

「二度目のバトル、受けて立ちますよ。一度目もいい勝負だったんですけどね。右手を捩《ねじ》り上げられたのが致命的でした。彼女は喧嘩慣れしていますよ」

「あなたもね」

「言うようになりましたね。でも、その方がいいですよ。自然だと思います。それはそうと、なにかあったんですか」

不意に訊いた。

「え？」

意味がわからなくて、歩きながら麻衣を見る。

「いえ、時々ふっと集中力が途切れるような感じがするんですよ。心ここにあらずまではいかないんですが、憂悶《ゆうもん》の表情とでも言いますか。朝、会った瞬間に感じました。悩みでもあるのかと思いまして」

やはり、麻衣は勘がよかった。凜子は自宅の鍵をだれかに使われた挙げ句、謎の不審者に入られたとあって不安を持っている。今日は冬馬が休みを取って、玄関の鍵を取り替える役目と賢人のお守り役を引き受けてくれた。

が、鍵を替えただけで賢人を守れるだろうか。そう思い、つい考え込んでしまうことが増えていた。

「悩みはありますが、プライベートな件ですので」

正直に言い、足を速めた。気をつけなければと自分に言い聞かせている。麻衣は鋭いがゆえに察したのかもしれないが、他のメンバーとて優秀だ。気づいているのに言わないだけかもしれなかった。

（あの女性）

マツナミビルに近づいたとき、こちらに歩いて来る女が見えた。サングラスにショートヘア、ジーンズに白っぽいパーカを羽織っている。靴はスニーカーだろう。凛子はなぜか目が離せなくなっていた。

ふっくらした唇に口紅は塗られていない、ようだ。唇の形や綺麗な顎のラインは有田美由紀に似ているのではないか。

「あの女がどうかしたんですか」

麻衣の言葉を仕草で止める。ショートヘアの女は、マツナミビルに入って行った。

「気になるのよ」

凛子はビルに駆け込んだ。狭いエレベーターホールに女はいなかった。古いエレベーターが音をたてて上がって行った。あの女が乗って行ったのかもしれないが、桜木を騙《だま》した手口が浮かんでいる。

エレベーターに乗ったように見せかけて、じつは裏口から外に出たのではないか。

「久保田さんは、エレベーターが止まった階に行ってください」

言い置いて、ビルの裏口に走った。小さなビルなのだが、裏手に設けられた駐車場には四台ほど車を停められる。〈松波工務店〉や〈マツナミ建設〉の車も一台ずつ停められていた。

(いない)

凛子は裏通りに行き、女の姿がないか確かめた。すでに姿を消してしまったのか。

あるいはビルの何階かに上がって行ったのか。

「夏目警部補」

麻衣が裏口から呼んだ。凜子は彼女のところに戻る。

「エレベーターは五階で止まりました。ネイルサロンがある階です。念のために確認しましたが、客はまだ来ていませんでした。三名の従業員の中にも、ショートヘアの女はいませんでした」

「わたしたちがこうやっている間に、表玄関から堂々と外に出たかもしれないわね。もしくは、ネイルサロンの奥に隠れていたか」

「調べましたよ」

麻衣は優秀な警察官であることを証明した。

「制服に着替える荷物置き場兼休憩所のような場所が、店の奥にあったんです。トイレも確かめましたが」

頭を振る。

「わかりました。エレベーターを使うふりをして、他の階に上がったのかもしれません。いちおう一階ずつ調べてみましょうか」

他の階に行ったのだとしても、今はいないかもしれない。自分が階段を上がって行き、麻衣はエレベーターホールに待機させておいた方がよかったのではないか。ミスしたように思えて、気持ちが暗くなる。

「とにかく行きましょう」

「ショートヘアの女が、下町シンデレラに似ていると思ったんですか」

麻衣が訊いた。

「ええ。久保田さんはどう？　唇の形や顎のラインが似ているとは思わなかった？」

「そこまで細かく見る暇がありませんでした。目をやったときには、ビルの中に入っていたので」

「なんとなく、引っかかるのよ。喜多川篤史のところへ逃げ込む事案の前に、有田美由紀は御徒町の宝石店〈天輝堂〉に足を運んでいた。そして、今日はここ」

駐車場から古びたビルを見上げる。

「〈天輝堂〉は詐欺グループに喰われてしまったのかもしれませんね。そして、喜多川篤史はリフォーム詐欺に関わっていた可能性がある。もしかしたら、ここでも事件が起きているってことですかね。下町シンデレラはそれを教えるために、わざとわたしたちの前に現れた」

先んじて言った麻衣に、内心、驚いていた。凜子の考えをそのまま口にしたような言葉になっていた。

「それを確かめてみましょうか」

促して、ビルの中に戻る。

ひやりとした空気を感じたように思って、凜子は小さく身震いした。

4

「臨時休業にしたのは、松波社長が死んだからなんですよ」

八階の〈マツナミ建設〉にいた部長は、田口譲治《たぐちじょうじ》という名刺を渡した後、告げた。彼は〈松波工務店〉の部長も兼ねている。訪ねたときに二人いた社員には、早めの昼休みを与えていた。会社の一隅に置かれた応接セットに座った凜子と麻衣は、どちらからともなく顔を見合わせていた。

怪しまれたと思ったに違いない。

「いや、殺人事件になるような話じゃないですよ。急性心不全です。社長はずっと不眠症でしてね。睡眠薬を常用していたんです。最近では糖尿病も出てしまって……酒が好きだったので一緒に飲むこともありました。酒で睡眠薬を流し込むのは危ないからやめた方がいいと常日頃から言っていたんですがね。今回もおそらくそれが原因じゃないかと思います」

角張った顔に短髪の田口は、反社会派組織の人間という感じがした。身長は百七十五センチ前後で、がっちりしている。建設会社や工務店の社員には荒っぽい男も少なくない。意識的に押しがきく風貌にしているのかもしれなかった。

「行政解剖はしましたか」

凜子の問いかけに頷き返した。

「はい。社長は億単位の生命保険を掛けていたらしくて、保険会社から要請がありました。繰り返しますが、別に不審死じゃないですよ。だから奥さんも解剖を承諾して、三日間ぐらい遺体は戻って来なかったんです。なにしろ急でしたし、箱入り妻とでも言いますか」

苦笑まじりだったが、強面《こわもて》の顔がゆるみ、人懐《ひとなつ》っこい表情になる。

「奥さんはなにもできない人なんですよ。仕方なくわたしが行って、あれこれ指図した次第です。うちの社員も奥さんほどじゃないですが、使えないやつが多いんですよ。会社は休みにした方がいいと思い、休みにしたわけです」

「松波社長のフルネームと年齢、自宅の住所を教えてください」

凜子の要請に、田口は「いいですよ」とすぐさま応じた。立ち上がってデスクの抽《ひき》出《だし》から松波社長の名刺を持って来る。

「裏に自宅の住所と電話番号を書いておきます」

「お願いします」

「どうぞ」

書き終えて名刺を渡した。

「すみません」

受け取った凜子は、監察医の資格を持つ長田弥生にメールする。松波純一《じゅんいち》、五十八歳、自宅は上野不忍池《しのばずのいけ》近くのマンション。行政解剖の結果を精査してほしいと依頼した。

「人間なんて、わからないものですね」

田口は呟《つぶや》いた。

「前の日まで元気だったんです。会社に来て帰りは一緒にメシを食い、もちろん酒も飲みました。これから不動産関係は景気がよくなるぞ、なんて盛り上がったんです。わたしは家が近いんで、社長をタクシーで送ってから帰りました」

思い出しているのか、少し遠い目をしていた。しんみりした空気を壊したくはないのだが、一緒になって浸るわけにはいかない。

「こちらに伺ったのは、リフォーム詐欺のことなんです」

凜子は切り出した。麻衣は隣でメモを取っている。

「三週間ほど前に、自宅の車庫の扉を電動シャッターに替えた方から相談がありましてね。すぐに故障してしまい、動かなくなったとのことでした。会社にいくら連絡しても繋《つな》がらないという話が……」

「お話ししたとおりですよ。遺体の解剖、通夜、葬儀、さらに前後の挨拶まわりに追われましてね。社員総出で野辺送りをした次第です。だれも会社にはいませんでした」

「でも、携帯は持っていますよね」

すかさず麻衣が確認する。

「あります。ですが、名刺に記した携帯は、仕事のときしか使いません。葬儀の最中に電話を受けるのはいやですからね。面倒だったので今回は電源を切っておきました」

田口は平然と答えたが信用できなかった。電話番号を見たうえで出なかったことも充分考えられる。もちろん私用の携帯も持っているだろうが、仕事の関係者からの連絡は名刺の携帯に掛かって来たのではないか。また、電源を切っていたのが事実だったとしても、時々確認したはずだ。

「電動シャッターの件は把握していらっしゃいますか」

凜子は相談者の訴えに切り込む。

「承知しております。仕入れた中に不良品があったんでしょう。当社が責任を持って工事し直しますので」

「名刺の裏にでも一筆書いてください」

またもや麻衣が鋭く迫った。田口はなにか言いかけたが、女といえども相手は警察官。逆らうのは得策ではないと思ったのかもしれない。

「わかりました」

懐から出した名刺入れの一枚に、間違いなく工事をやり直すとしたためた。差し出されたそれを麻衣が受け取る。

「相談者に渡しておきます」

「喜多川篤史さんというご老人ですが」

凛子は話を変えた。

「ご存じでしょうか」

工務店には来ていたかもしれないが、田口に会っていたかどうか。知らないと答えるのを予想しながらの問いになっていた。

「知っています」

意外な答えに、凛子はあらたな問いを投げる。

「喜多川さんが住む家の周辺では、今回のような騒ぎが何度か起きているようです。地域課の担当者に確認したのですが、その中の一件は詐欺事件として立件されたと聞きました。裁判沙汰になったようですね」

昨日、念のため交番勤務の警察官に話を聞いていた。上野署の『天輝堂店主夫妻行方不明事件』に集中したいと思い、先にこちらを片付けておこうと思ったのである。

が、ショートヘアの女が出現したことによって、にわかに事件性を帯びたように感じ
ていた。

(ショートヘアの女イコール下町シンデレラとは断定できないけれど)

気持ちを引き締めて返事を待っている。

「誤解を招くような言動があったんでしょう。暇を持て余していたんじゃないですか。

立ち話の延長で知り合いの工務店を紹介したところ、たまたま不具合が起きた。そん
な感じですよ、きっと」

なんとなく、はぐらかしているような印象を受けた。喜多川篤史の名前が出ない点
に不審を覚えていた。

「たまたまにしては、多いように思いますが」

凜子は言い、続けた。

「喜多川さんは以前、こちらか、工務店の方に勤めていたのでしょうか」

「まあ、勤めていたと言えばそうなりますかね」

田口は唇をゆがめている。意味ありげな含みを、凜子は即座に読み取っていた。ま
さかと思いつつ、問いを投げた。

「もしかしたら、この会社を興《おこ》したのは」

「喜多川会長です」

　ようやく重要な話を口にした。流れによっては、話さないまま終わらせたことも考えられる。油断がならないと思った。

「詳細《しょうさい》を教えてください」

　促されて、田口は言った。

「子供がいなかった会長は、何棟かのビルとあの寂《さび》れた飲み屋街を自分の財産にしました。名義は〈マツナミ建設〉でしたがね、要は会長のものですよ。それ以外の物件は、このビルも含めて松波社長に譲り渡したんです。時々工務店に仕事を持って来たんですが、先程も話に出たように、そのうちの何件かはトラブルになったようですね」

　冷ややかな口調に、凜子は反論しようとしたが、

「他人事《ひとごと》ですか」

　いち早く麻衣が皮肉たっぷりに言った。

「喜多川篤史が会長職に退いたとはいえ、会社の創業者でしょう。現にあなたは今も『会長』と呼んでいる。よく出入りしていたんじゃないんですか」

　舌鋒《ぜっぽう》鋭い点は評価できた。こういう流れになったとき、麻衣は頼りになる。凜子の立場では言いにくいことを、ズバズバ切り込んでくれるのがありがたかった。

「たまにですが、来ていましたよ。一時期、経営が危なかったんです。会長は資産を擲《なげう》って、会社を救ってくれました。社長は当然、恩義を感じるじゃないですか。『おやっさんはおれの父親みたいなもんだ』と言って大事にしていましたね」

「でも、あなたはさほど恩義を感じていない？」

麻衣の切り返しに、田口の頰《ほお》が強張《こわば》る。

「いや、わたしはもちろん松波社長と同じ気持ちです。近頃は少し認知症でしたか、会長はそんな感じになっているんですよ。最後まで持っていた飲み屋街を処分したいと言い出したときは、さすがに止めましたがね。古い店を壊してビルにすればいいと提案しました。そうすれば家賃収入だけで老後は悠々自適ですから」

飲み屋街を処分のくだりが引っかかった。

「なにに使うのか、訊きましたか」

訊いた凜子に対して、またもや唇をゆがめる。

「女ですよ」

煙草を吸っていいかと仕草で求めた。凜子も仕草で了解する。田口は麻衣にも視線で確かめたうえで煙草に火を点けた。

「好きなんですよ、このうえなく女が」

煙を吐き出して、続ける。

「奥さんが生きていたときからです。しょっちゅう揉《も》めていました。飲み屋街は当初、亡くなった奥さんの名義だったんですが、当然でしょうね。離婚した場合のことを考えていたんでしょう。昼間は定食をやって、けっこう繁盛していましたよ。安くて美味《う》味《ま》かったんです」

女に目がないという証言は、おかず横丁の女将《おかみ》の証言と一致した。近所でも評判の絶倫《ぜつりん》老人だったらしい。

「奥さんが亡くなった後、喜多川氏は飲み屋街の名義を自分に変えた？」

凛子の確認には素早く頭を振る。

「すぐに女の名義にしました。土地を餌にして若いのを釣り上げたんじゃないですか。おれが死んだら土地はおまえのものだ、とか言ってね。名義変更はうちの社員が引き受けていたんですが、しょっちゅう名義人が代わっていましたよ。店は会長が続けていたらしくて、つい最近まで夜だけやっていたようですね。ボケ防止になってよかったんじゃないでしょうか」

あまり好感を持っていないのが、突き放したような言葉に表れていた。見た目は昔気質《かたぎ》という感じだが、中身は違うのかもしれない。義理の親子のごとき熱い絆《きずな》を結んだと思われる喜多川と松波を、心のどこかで鬱陶《うっとう》しく思っていたのかもしれなかった。

「この女性をご存じですか」

凜子は携帯を操作して、有田美由紀の画像を出した。向けられた画面を見た田口は、嘆息まじりに答える。

「美人ですねえ。でも、見た憶えはありません。一度見たら忘れないですよ、それだけの美人ならば」

好みのタイプなのだろうか、名残惜しそうに画面を見つめていた。

「喜多川さんは、松波社長のお通夜と葬儀に姿を見せましたか」

質問役は凜子が担っていた。

「来なかったんですよ。何度も携帯に連絡したんですけどね。電話にも出ないうえ、メールにも応えない。そして、刑事さんたちが来た」

田口は、探るような目を向けた。

「会長、どうかしたんですか？」

「捜査中ですので答えられません。訊きたいことがあるので探しているのですが、どこにいるのかわからないんですよ。喜多川さんの携帯番号を教えていただけますか」

「かまいませんが、会長の携帯はプリペイド式ですよ。なにを警戒しているのか、わかりませんがね。捨てては新しいのに買い替えるんです。女を取り替えるごとに携帯を取り替えているのかもしれないな」

ニヤニヤしながら、携帯を操作して電話番号をメモ用紙に記した。

「これが一番新しい電話番号です。もう替えているかもしれませんがね。ついでに今までの番号も記しておきました」

「どうも」

　麻衣にも見せると、彼女はすぐに電話を掛けた。が、通じなかったのだろう。頭を振って電話を切った。

「社員の話では、何人かの若い女が、飲み屋街の家に出入りしていたらしいんですよ。しかも美人揃い、あ、そうか」

　田口はぽんと膝を打つ。

「さっきの美人は、そのうちのひとりかもしれないですね。最近の女は油断がならないからな。社長の生命保険の金額には及ばないまでも、三千万だったか、四千万だったか。会長もそこそこの保険には入っていたはずなんですよ。もしかしたら、会長も喰われちゃいましたかね」

　面白がっているように見えた。案じている様子はなかった。

「会長も、とはどういう意味ですか。松波社長は保険金目当てのだれかに、殺されたと考えているのですか」

　すかさず凛子は問いかける。田口はそれが癖なのか、あるいは渋くていい男にでも見えると勘違いしているのか。三度、唇をゆがめた。

「会長もなんて言いましたかね。単なる言い間違いですよ。そろそろいいですか。十日以上、休んでいたんです。仕事が山積みなんですよ」

昼食に出ていた二人の社員が戻って来たのを機に、凜子と麻衣は暇《いとま》を告げる。若い方の社員が通り過ぎざま、凜子たちにちらりと目を投げた。物言いたげな雰囲気があったのを頭に留め置いて、オフィスをあとにした。

喜多川篤史が消えたのは本人の意思なのか、それとも……凜子の脳裏にはいやでも『天輝堂店主夫妻行方不明事件』のことが浮かんでいた。

5

その夜。

「〈マツナミ建設〉の社長、松波純一の行政解剖鑑定書を精査しました。死因は急性心不全でほぼ間違いないと思います」

班会議の折、長田弥生が報告する。解剖を担当した監察医から鑑定書を取り寄せて彼女なりの考えを纏《まと》めていた。

会議に参加しているのは、古川警視長以外の七人である。ただし麻衣だけは子供の世話があるため、自宅からのインターネットの画像参加になっていた。古川はよりを戻した警察庁の彼女とデートでもしているのか、そそくさと姿を消していた。

メンバーは楕円形のテーブルを囲む形で話している。

「ここからは、所轄の調書に載っていた妻への聞き取りも含めてご報告します。どうも松波社長は、薄毛に効果があるという怪しげな外国製の育毛剤を使っていたらしいんですよ。飲み薬を併用するタイプだったようなのですが、毛は生えるどころか抜けるばかり。その頃から激しい頭痛に襲われるようになったということでした。眠れないため、最初の頃は睡眠導入剤を処方されていたのですが、当然、効果がなくなります。で、睡眠薬の常習者になった」

「恐いな」

渡里は呟き、自分の頭頂部にふれた。薄くなっているのは自他ともに認めるところだろう。典型的な男性型脱毛症の部位だった。

「自然が一番ですよ、渡里警視」

仕草に気づいた友美が笑っている。

「まあ、そうだが……わたしのことよりも松波社長だ。続けてくれないか」

「はい」

弥生が受けた。

「妻の話では、松波純一は相当なストレスを受けていたようです。一時期、会社が危なくなった件は、凜子さんの聞き込みでも得られていましたが、じつはここにきてまた、経営が傾き始めていたらしいんですね。リーマンショック以降、業績ががくっと落ち込んでいたそうです」

「会社の資産状況については、調書に出ていないのか」

渡里は調書に目を通している。

「資産状況は、明日、わたしが確認します。鑑定書では病死と判定されていますので、事件性なしと判断したのではないでしょうか。どの所轄も忙しいですから、よけいなことはしなかったようです。念のために妻の話も聞きに行きたいと考えていますので」

凜子の申し出を、ボスは承諾する。

「頼む」

告げた後、弥生に視線を戻した。

「続けてくれ」

「はい。妻の話では、松波純一は完全に不眠症だったそうです。睡眠薬をいくら飲んでも眠れない。それで酒と一緒に流し込んだ。凜子さんの聞き込みでは、糖尿病の症状も出ていたとか。調書によりますと、通院していたクリニックから処方されていたのは睡眠薬だけでした。糖尿病の薬は記されていません」

「コルチゾールの量はどうだったでしょう。数値に異常は出ていませんでしたか」

精神科医の藤堂が挙手する。

「出ていました」

弥生は答えた。

「かなり大量に分泌され続けていたようです。経営悪化の影響かどうかは断定できませんが、松波社長は相当なストレスがあったのかもしれません。コルチゾールとストレスの関係については、藤堂先生に説明していただきたいと思います」

説明を藤堂に譲る。あらかじめ用意しておいたに違いない。藤堂は何枚かのプリントを配った。

「わたしにもお願いします」

パソコン画面の中で、麻衣が挙手した。

「今、送りました」

友美がすぐにパソコンを操作する。会えば角突き合わせる間柄だが、こうやって画面越しであれば互いに手は出せない。睨《にら》み合いは時々あるものの、比較的、スムーズにやりとりできていた。

「まずコルチゾールから説明します」

座ったまま藤堂は切り出した。

「コルチゾールは副腎《ふくじん》から分泌されると、血流にのって体内を循環しながら、エネルギー補充などの重要な役割を果たす物質です。役割を終えると脳に辿《たど》り着いて、脳に吸収される。これは正常な流れです。ところが」

プリントを繰って、さらに続ける。

「我慢するようなストレス状態が長い期間にわたって続いた場合、とめどなくコルチゾールが分泌されてしまうんですよ。これは異常な状態です。大量に分泌されたコルチゾールは、キラーストレスと化してしまうことが、近年、大きな問題になってきました」

「具体的には、どんな症状が出るんですか」

桜木が質問する。

「うつや認知症といった病気が典型的な症状でしょうね。松波純一の場合、処方されていたのは睡眠薬だけですが、他にも市販薬を飲んでいたかもしれない。それらの薬のせいで認知症を併発したことも考えられます」

興味深い話だった。凛子の母は、若年性認知症を患っている。

「どんな薬の使用が、認知症を併発しやすいんでしょうか」

真剣な問いかけが出た。

「うちのクリニックに来た患者さんの中に、ステロイドを長期間、服用し続けていた方がいるんです。関節リウマチの痛み止めとして日常的に服用していました。けっこうな量でしてね。もしかしたら、これが原因かもしれないと思い、やめてみましょうと提言したんです。ステロイドは急には減らせないので、少しずつ減らしていったら、認知症の症状が消えました」

「ということはだ」

渡里が話を纏めにかかる。

「松波純一は、間違いなく激しいストレスを感じていた。そのためにコルチゾールを大量に分泌し続けて」

視線で答えを藤堂に求めた。

「大量のコルチゾールを分泌し続けると、どうなるのか。心筋梗塞や脳梗塞、くも膜下出血といった危険な病気を引き起こしやすくなります。松波純一の死因は急性心不全ですので、特におかしな点はないと思いました」

「意図的に大量の睡眠薬を投与したら、どうですか。本当に病死なのか、あるいは殺されたのか。松波純一の状態では、判断するのは無理ですか」

凜子は弥生に目を向ける。ショートヘアの女が、どうしても気になっていた。現在、マツナミビル周辺の防犯カメラを解析中だった。

「そうですね。なかなかむずかしいと思います。松波純一はお酒と一緒に睡眠薬を飲んでいました。喫煙者でもあったことから、検査数値はよくありません。いつ、心筋梗塞を起こしても、不思議ではない健康状態だったと思います」

「夏目さんが引っかかっているのは、ショートヘアの女——有田美由紀ですか」

パソコン画面の麻衣が訊いた。

「そうです。我々が最初に彼女の存在を知ったのは、喜多川篤史の自宅付近で桜木巡査が出会った事案ですが、時間的なことを考えると喜多川事案の前に、有田美由紀は御徒町の宝石店〈天輝堂〉に出没していたと思われます。このときは二日続けて、現れました。そして、今度は上野駅近くの〈マツナミ建設〉です。とうてい偶然とは思えません」

「つまり、有田美由紀は意図的に現れていると？」

ふたたびパソコン画面の麻衣が問いかけた。

「そうとしか考えられないでしょう？　天輝堂、喜多川篤史、マツナミ建設と、まるで三者の繋がりを示すかのように現れています」

さらに、と、凜子は続ける。

「喜多川と松波純一は、会長と社長の関係でした。子供のいない喜多川は松波を可愛がっていたようです。部長の田口は喜多川に対しては、あまりいい感情を持っていなかったような印象を受けました。男にも嫉妬心がありますからね。田口は、松波にばかり目を掛ける喜多川を、心のどこかで疎ましく思っていたかもしれません」

「そして、田口は『もしかしたら、会長も喰われちゃいましたかね』と言った」

渡里が継いだ。凜子はマッツナミ建設を出た時点でメールを送っていた。

「他の方も同じだと思いますが、その田口という部長は、すべてを話していないような感じですね」

藤堂が代表するような感想を述べた。

「いずれにしても、明日だな。〈松波工務店〉の親会社である〈マッツナミ建設〉の経営状態や資産状況を調べるとともに、松波社長の妻に話を聞く。そうそう、マッツナミビル周辺の防犯カメラにショートヘアの女が映っているかどうかは、今所轄の鑑識係が調べているところだ」

ボスの言葉に、桜木が挙手する。

「〈マッツナミ建設〉の調べは自分がやります」

「だから、あなたは外れるべきだと言ったじゃないですか。どの現場にも有田美由紀と思《おぼ》しき女が現れているんですよ。元恋人、いいえ、わたしは今も桜木巡査の方には、恋愛感情があると思っていますけどね。普通は自分から申し出る事案ですよ」

パソコン画面の麻衣は、この場にいなくても強い存在感を放っていた。友美が画面を自分に向ける。

「だから、その件を決めるのは、あなたじゃなくて、ボスだと言ったじゃないですか」

真似た口調で言い返した後、渡里に画面を向けた。

「どうぞ、ボス」

「桜木は捜査から外さない。有田美由紀は井上同様、変装が得意のようだ。夏目警部補は見事に見破ったが、桜木も見誤ることはないと思っている」

「ですが」

反論しようとした麻衣を仕草で止める。

「わたしが責任を持つ。決めたことだ。従ってくれ」

短く告げて、メンバーを見まわした。

「本日はこれで終了する。眠る時間をちゃんと確保して、明日も頑張ってほしい」

それぞれ荷物やコートを持ち、オフィスから出る。

6

（お待ちかねでしたか）

凜子は廊下の先を見やった。廊下の壁に寄りかかるようにして、古川警視長が佇《たたず》んでいた。凜子を待っていたに違いない。

「送りますよ」

桜木は古川を見たうえで申し出る。なにかあった場合、凛子ひとりでは危ないと思ったのだろう。

「お願いします」

答えて、古川に近づいて行った。他のメンバーたちも、それとなく気にしているのがわかる。友美と弥生は通り過ぎて行ったものの、少し先で様子を見ていた。渡里と藤堂は、オフィスの扉の前でなにか話をしている。あるいは話しているふりをして、様子を見ているのかもしれない。

「班会議だったんですよ。中に入ってくれればよかったじゃないですか」

凛子はどうしても重い気持ちになる。なにを言いたいのか、だいたい想像はついていた。

「今、来たところなんだ。終わりそうな雰囲気だったんでね。わたしが姿を見せると、最初から説明し直さなきゃいけないじゃないか。遅い時間なんで遠慮したのさ」

うまく言い繕《つくろ》っていた。が、本当はメンバーと顔を合わせたくなかっただけではないだろうか。よくない噂が広まっているのは、古川もわかっているはずだ。

「賢人のことでしたら、お話しすることはありません」

凛子は機先を制して言った。

「パティシエになるのは、小さいときからの夢なんです。亡くなった父に手ほどきを受けて、料理上手になりました。スイーツ甲子園の決勝に残れたのは励みになると思います。参加を中止することは考えておりません」

「賢人君、スイーツ甲子園の決勝に出るんですか」

桜木の言葉を聞き、他のメンバーたちが戻って来た。

「すごいですね」

「美味《おい》しいもの、賢人君のスイーツは」

弥生と友美が賛同すれば、古川はなにも言えなくなる。肩を落としてすごすごと玄関に足を向けた。

「デートの最中に事件勃発でしょうか。暴力的なセックスをきらって、よりを戻した彼女が逃げた可能性もありますね」

友美の辛辣《しんらつ》な呟きには、苦笑を返すしかない。

「足止めさせてしまって、ごめんなさい。桜木君、送ってもらえると助かるわ。車の用意をしてもらえますか」

「わかりました」

「ちょっと失礼します」

凜子は、玄関から出て行きかけた古川を呼び止める。受付の近くに残っていた所轄の警察官たちを気にしながら、少し離れた場所に連れて行った。

「なんだ、君もその気になったのか。すぐにホテルを予約するよ。新しくできたホテルがいいんじゃないか。連れて行きたいと……」

的外れな推測しかできない元夫を仕草で制した。

「ホテルに行きたいという話ではありません。そういう誘いは二度とないことを、この場で宣言しておきます」

「もったいつけて。女ってのは……」

ふたたび仕草で止める。

「向井省吾のことなんです。夏目家の見張り役として、あなたが依頼したのはわかっているんですよ。今すぐにやめてください。賢人も恐がっています。引っ越しまでさせて、どういうつもりなんですか」

小声で告げたが、どうしても厳しい表情になっていた。対する古川はきょとんとしている。

「なんの話だ？」

「とぼけないでください。元警察官の男を夏目家の見張り役として雇ったでしょう。気持ち悪くて仕方ないんですよ」

「いや、待て、待ってくれ。それはわたしじゃない」

古川は懸命に否定する。

「時々興信所に調べさせたりはしていた、と、正確じゃないな。今後も調べさせるつもりでいる。だが、得体の知れない男を夏目家の近くに住まわせるような真似はしないよ。第一、無駄な経費がかかるじゃないか」

最後の部分が、真《ま》っ直《す》ぐ胸にひびいた。古川の実家は資産家だが、妙にケチ臭いところがある。短い結婚生活の間も、食費や光熱費、日用品などの必要経費を常にチェックしては、あれこれ文句を言っていた。

それでも確認せずにいられない。

「本当に？」

古川は嘘をつけばすぐにわかる。しどろもどろになったり、目を逸《そ》らしたりして、嘘をついていますと自ら言動で告げるのが常だった。

「言ったじゃないか。わたしは知らない」

胸を張ったその顔に嘘の痕跡はなかった。

「それじゃ、だれが？」

自問の呟きを、古川が継いだ。

「君の若い恋人じゃないのか。いかにも他者の仕業のように見せかけて、その実、君の行動を監視している。嫉妬心が強いんだよ」

「ありえません。あなたじゃあるまいし」

「そう、いかにもわたしがやりそうな……え？」

訊き返した古川を置いて、凜子は所轄を出る。桜木が表玄関に覆面パトカーをまわしてくれていた。古川が飛び出して来た。

「待てよ、凜子。わたしが送って行くよ」

「行きましょう」

凜子の呼び掛けで、面パトは帰路についた。いまだに行方のわからない喜多川篤史。一緒にいたと思われる下町シンデレラ——有田美由紀は悪の使いなのか。

（そして、向井省吾もまた、悪の使いなのか）

美由紀の美しい切れ長の眸《め》を思い浮かべて、不吉な予感を追い払っている。消せない黒い不安が胸に在《あ》った。

第四章　悪の使い

1

翌日は朝一番で、松波純一の自宅を訪ねた。麻衣と一緒であるのは言うまでもない。上野不忍池近くの十階建ての古いマンションは、かつては一世を風靡《ふうび》した大手不動産会社の建物だった。

松波の家は、六階である。築四十年は軽く超えていそうだが、管理組合がきちんとしているのだろう。こまめにリフォームや手入れをされているのが見て取れた。

「突然のことなので、もう、ただただ驚くばかりで」

松波純一の妻――頼子《よりこ》は小さな声で言った。五十歳のはずだが、とてもそんな年齢には見えない。せいぜい四十前後という感じがした。簡単な挨拶と焼香の後、松波が死んだときの状況を訊《き》いていた。

「あ、どうぞ、召し上がってください。お茶のお代わりが必要なときは、遠慮なく仰ってくださいね」

　と、和菓子を勧める頼子の手は子供のように小さかった。背丈も百四十五センチぐらいではないだろうか。非常に小柄だった。

「お辛《つら》いとは思いますが、松波社長が亡くなったときの状況を教えていただけますか」

　凜子は口火を切る。

「所轄の調書では、救急隊員が到着したときには自宅の寝室で心停止状態だった。その後、救急搬送されて病院で死亡を確認ということでした。間違いないでしょうか」

　念のために確認した。

「いいえ、見つかったとき主人は、地下駐車場に停めた車の中にいたんですよ」

　さっそく意外な発見場所の話が出た。所轄はろくに聞き取りを行っていなかったのかもしれない。調書では、松波の遺体は自宅の部屋で発見されたことになっていた。

　印をつけて、訊いた。

「ご自分の車だったんでしょうか」

「ええ、そうです。わたしは朝、管理人さんからの連絡で気づきました。どうしたらいいのかわからなくて、とにかく会社の田口さんに連絡したんです」

　このあたりの話は、田口譲治のものと一致する。なにもできない箱入り妻、社長の急変を聞いてすぐに、頼もしい部長は駆けつけた。

「失礼ですが、発見時はまだ息があったんですか」

あらためて確認した。

「たぶん、そうだと思います。田口さん、大きな声で主人に呼び掛けていましたから。それで自宅に運びましょうとなったんです。わたしは管理人さんに救急車を呼んでほしいと頼みました」

「で、その後、こちらに運び込んだ」

「はい」

「どの部屋ですか。よろしければ、拝見させてください」

凜子は言い、立ちあがった。

「あ、こちらです」

立ちあがった頼子は、まるで小学生のようだった。所轄の聞き取りや戸籍の確認調査では、二十歳のときに娘を産み、二十三歳のときに息子を産んでいる。現在はそれぞれ所帯を持ち、別に住んでいるが、確か孫も二人いたはずだ。孫が小学生になったとき、おばあちゃんは母親に間違われるのではないだろうか。

「ここです」

和室のひと部屋を開けた。３ＬＤＫのマンションは、玄関近くにひと部屋と廊下を挟んで風呂やトイレ、その向こうに十畳程度のＬＤＫ、ベランダに面して和室が二部屋という造りだった。もうひとつの和室は、仏間を兼ねた茶の間になっていた。

「朝の六時頃だったので、布団を敷いたままだったんです。それで田口さんと社員の方が、主人を布団に横たえました」

着物を着るのか、桐簞笥《きりたんす》が一棹《ひとさお》、置かれている。隣に並ぶ昔ながらの古い三面鏡が、懐かしさを運んで来た。凛子の母も持っていた品だった。畳は取り替えたらしく、藺草《いぐさ》の薫りが立ちのぼっている。

寝室を見られるのは、抵抗があるのかもしれない。

「よろしいですか」

頼子は遠慮がちに訊いた。

「はい。ありがとうございました」

凛子は答えて、リビングルームに戻る頼子に続いた。麻衣と一緒にもとの位置に座る。聞き取りを再開させた。

「先程の続きになりますが、ご主人をこちらに運んだときは、社員の方も一緒だったんですか」

凛子の問いに頷《うなず》き返した。

「ええ」

「若い社員ですか」

麻衣が口を挟む。マツナミ建設のオフィスを出るとき、擦《す》れ違った若い社員が、ちらりと目を向けたことに彼女も気づいていたのだろう。凛子同様、含みがあるような視線を頭に留め置いた点は流石《さすが》だった。

「はい。今年、入社したばかりの方じゃないかしら。お盆休みでご実家に帰る前、挨拶に来たんですよ。主人は、ほら、お酒が好きでしょう。酒だ、酒だと言って、宴会になりました」

睡眠薬を常用しながら酒をやめない生活では、寿命が縮むのも当然のように思えたが、私的な感想は控えた。

「ご主人は、多額の生命保険に入っていたそうですね」

田口の話を頭に置き、重要な話を振る。

「そうらしいんですが……おかしいんですよ。以前、生命保険の証書を見せられたときに、保険会社の電話や証書の番号を記しておいたんですけどね。金額が大きかったので、なんとなく不安だったんですよ。主人が亡くなった後、連絡したんです。ところが」

箱入り妻は話のテンポが非常に遅い。時々つっかえながら、記憶を探りつつ、言葉にしている感じがした。

「すでに支払われていた？」

凜子は先んじて言った。スムーズに話を引き出すには、多少の技が必要かもしれない。時間ばかり取るのは、互いによくないことだと思った。

「あ、ええ、そうなんですよ。わたしが受取人になっていたはずなんですが、いつの間にか書き替えられていたのかもしれません。保険会社に確かめましたが、守秘義務を持ち出して、受取人の名前は教えてもらえませんでした」

保険金殺人。

という不吉な事案を思い浮かべずにはいられない流れになっていた。

「申し訳ありませんが、保険会社の連絡先を教えていただけますか」

切り出した凜子に、頼子は快く応じた。

「もちろんです。調べ直していただけるのであれば、どんな協力も惜しみません」

リビングの食器棚の抽出《ひきだし》から家計簿のようなものを出して来た。ちょっとはにかむようにして、座り直した。

「わたしは、整理整頓が苦手なんです。大切な書類をなくしてしまったことがあるんですね。それで主人が毎年、家計簿を買って来るようになりました。日記を書く場所もありますから、ちょうどいいんです」

家計簿を開いて探し始める。すぐに一枚のメモ用紙を探し出した。差し出されたそれを受け取って、凜子は手帳に二社の生命保険会社を書き写した。

「来年から家計簿は、ご自分で買い求めなければなりませんね」

麻衣がよけいなひと言を口にする。はっとしたように頼子が顔を上げた。言われて気づいたに違いない。同席していたのが友美だったら、後でバトル勃発の事例ではないだろうか。凜子は目顔で窘《たしな》めた。

気づいただろうが気づかないふりをしている、ように見えた。敢えて確認や追及はしなかった。

「そう、そうですね。来年からは自分で買わないと」

急に元気を失った頼子に、違う問いを投げる。

「喜多川篤史さんですが、ご存じですよね」

いまだに目撃情報さえ出ていない喜多川老人。いったい、どこに雲隠れしているのか。あるいは田口が言ったように、だれかに『喰われて』しまったのか。

「ああ、はい、会長さんのことはよく知っています。我が家にとっては恩人のような方ですから。奥さんが亡くなった後は、寂しかったんじゃないでしょうか。夜中ふらりと来て、ここに泊まるときもありました」

頼子は話しながら、ひとりになった寂しさを実感しているのではないだろうか。沈んだ声音や表情に、気持ちが浮かびあがっているように感じた。

「念のための確認です。喜多川さんはご主人のお通夜や葬儀には、参列しなかったと伺いました。これも間違いありませんか」

「弔電《ちょうでん》だけは来ました。あと、お香典も人を介して届けていただきました。それから昨夜《ゆうべ》、いつものようにふらりと来てくれたんです」

「昨夜、ここに来たんですか」

思わず身を乗り出していた。喜多川篤史は生きているのか、あるいは……非常に暗い予感を覚えていただけに朗報だった。

「そうです。ええと、何時頃だったかしら」

頼子はふたたび家計簿の頁を繰る。

「昨夜の十一時十分です。お焼香をしてくださって、主人が好きだった日本酒を仏前に供えてくれました。今日は急いでいるからと仰ってすぐに帰りましたよ。一周忌のときは参列するからと言っていましたが」

不安そうな面持《おもも》ちになっていた。

「なにかあったんでしょうか。会長さん、生命保険の件を知っていたんですよ。わたしに受け取っていないだろうと確認した後で、『おれにまかせておけ。話をつけるから』と意味ありげに言ったんです」

お茶を飲み、喉《のど》を潤してから、続けた。

「ご存じだと思いますが、主人は保険会社の勧《すす》めで行政解剖しました。特に不審な点はないと報告されたんですよ。それなのに保険金はどこかに消えてしまった。警察官ではなくても疑問をいだきますよね？」

否とも応とも答えられなくて、凜子はただ見つめ返した。ありきたりな「捜査中ですので」は使いたくなかった。肝心の警察官は疑問をいだくことなく、捜査は終わりを告げようとしている。

「失礼ですが、保険金の額はどれぐらいだったんですか」

横から麻衣が問いかける。ときに率直すぎるほどの質問は、彼女が得意とするところだ。

「ご覧になるとおわかりのように、生命保険を掛けていたのは二社なんです。一社の方は昔から積み立てていた生命保険で、死亡時には三千万円、入ります。問題なのは、あとから入ったもう一社の方なんですよ」

「どちらの会社ですか」

凜子が返したメモ用紙に、頼子は赤のボールペンで一社を丸く囲った。

「こちらです」

見せながら続けた。

「掛け始めたのは、昨年、いえ、一昨年だったかもしれません。『万が一、おれになにかあったときは、おまえが困るからな』と主人は言っていたんです。死亡時の受け取り金額は、確か八千万円じゃなかったかと」

両方合わせれば、一億一千万円だ。少ない額ではない。仮にこれが保険金殺人だったのだとすれば、立派な動機になりうるだろう。

「長年、掛け続けていた三千万円の方も、もらえなかったんですか」

麻衣がさらに訊いた。金の話はわたしにおまかせといったような感じになっている。実際、個人的に気になる部分もあるのではないだろうか。古川警視長との交際を金のためと割り切る性格に、そういった気質が表れているように思った。

「もらえませんでした。さっきも言いましたが、知らない間に受取人が変更されていたんです。せめて、と、思いますでしょう。昔から掛けていた三千万円ぐらいは、受け取りたいんですよ。お金のことばかり言ってと思われるかもしれませんが、これからの生活もありますからね。必死になりますよ」

頼子の言い訳を、凜子は穏やかに受ける。

「正式にご結婚なさっていたわけですから当然のことだと思います。内縁関係であろうとも、今は保証されていますからね。あたりまえの訴えですよ」

通夜や葬儀、墓への埋葬を経て、頼子はようやく日常を取り戻しつつある。そうなったときに考えるのは、これからの人生ではないだろうか。ひとりだけ残された長い、長い老後。五十歳の頼子が夫だった松波のもとに旅立つのは、三十年後かもしれない。できるだけ蓄えておきたいと思うのが普通ではないだろうか。

「そう言っていただけると、ほっとします。仮にこれが事件性ありとなった場合、真っ先に疑われるのは、妻のわたしですから」

うつむいた頼子に、別の話を投げた。

「たぶんご存じないと思いますが、念のために伺います。喜多川篤史さんの立ち寄り先に、お心当たりはないですか」

「さあ、会長さんのことまでは」

頼子が首を傾《かし》げたとき、凜子の携帯がヴァイブレーションを伝えた。

「ちょっと失礼します」

言い置いて、マンションの通路に出る。

2

「夏目です」

掛けて来たのは渡里だった。

「下町シンデレラの靴だが、ほぼ同じ靴ではないかという結果が出た。画像を鮮明にした処理の結果だがね。確率としては九割程度のようだ。唇や顎《あご》のラインから考えても、御徒町の宝石店に現れたセレブ風と女子大生風の女は、同一人物の可能性が高い」

「マツナミ建設に現れたショートヘアの女はどうですか。付近の防犯カメラの映像を確認中ですよね」

「いくつかの防犯カメラに、下町シンデレラらしき女が映っていたが、まだ、データが全部揃っていない。揃い次第、精査して連絡する」

「わかりました。こちらの状況をお伝えします」

凜子は簡潔に説明する。自宅で発見されたはずの松波純一が見つかったのは、マンションの地下駐車場に停められた松波所有の車の中だった。消えてしまった一億一千万円の生命保険金。にわかに事件性を帯びてきたように思える。

「第一発見者は、妻ではなくて、マンションの管理人だったわけか」

渡里の問いに答えた。

「そうなりますね。ここは管理人が住む古いタイプのマンションですので、管理人にはこの後、話を聞きます」

「わかった」

「松波社長を救急搬送した隊員に、遺体の発見場所や現場に到着した時間などを確認しておいていただけますか」

言うまでもないことだろうが、敢えて口にした。

「すぐに確認する」

「お願いします。それから喜多川篤史が昨夜、焼香に訪れたそうです」

「生きていたか」

渡里の答えには、安堵《あんど》したようなひびきがあった。松波やマツナミ建設と深い関わりを持っていた老人の生死を、口にはしないまでも案じていたに違いない。

「それにしても、いったい、どこに隠れているのか」

自問のような呟きを発した。

「案外、近くに潜んでいるのかもしれません。上野駅近くで建設会社を営んでいた人物ですからね。知り合いは多いはずです。松波夫人の話では『おれにまかせておけ。話をつけるから』と言い置いていったらしいですが」

「だれと話をつけるのか。これが殺人事件だった場合、喜多川は犯人を知っていることになるな」

「おそらく、そうではないかと思います。確実ではないまでも、心当たりはあるんじゃないでしょうか」

にわかに喜多川老人の存在が大きくなっていた。おかず横丁の住人から見ると、寂《さび》れた飲み屋街に住むホームレス同然の老人が、じつは建設会社の会長であり、ある程度の資産を持つ人物とわかったときには、どんな感想を持つだろう。年老いてなお艶《あで》やかな女将《おかみ》に訊いてみたかった。

「ああ、それから昨夜の件だが手配しておいた。今日は早く上がっていいぞ。最近は帰りが遅くなっていたからな」

昨夜の件とは、凜子の自宅近所に引っ越して来た向井省吾のことだ。元夫の様子からして、依頼したのは古川ではないと感じていた。では、だれなのか。それがわかるまでの間、自宅近辺のパトロールを強化してもらえないかと、帰路の面パトの中から相談していた。

「ありがとうございます。お言葉に甘えさせていただきます」

電話を終わらせたとき、麻衣が通路に出て来た。

「夏目警部補。他になにかありますか。なければ、終わりにしますと伝えたのですが」

「一階の管理人に話を聞きます」

「連絡しておきましょうか」

玄関先にいた頼子が申し出た。

「すごくまめで器用な人なんですよ。一階の木の剪定《せんてい》や草むしりはもちろんですが、簡単な修理ならば自分でしちゃうんですね。いつもマンションのどこかでなにかやっているんです。管理人室には、いないかもしれません」

「では、お願いします。また、お邪魔するかもしれません。なにか思い出したときには、電話してください」

一礼して、凜子は麻衣と辞した。エレベーターで一階へ降りる間、麻衣は、念のため頼子に有田美由紀の写真を確認してもらった件を告げた。

「見憶《みおぼ》えはないとの返事でした。喜多川老人の女癖については、知っていると笑っていましたよ。ただ、喜多川はどちらかと言えば年増好みだったらしいんです。孫のような年齢の有田美由紀に関しては『ちょっと違和感がある』みたいな感じでした」

きっちり自分の仕事はこなしていたが、他にもなにかありそうな感じがした。意味ありげな表情を凜子は鋭く読み取っていた。

「気になったことがありましたか」

促すと、苦笑した。

「読まれてしまいましたか。松波頼子は喜多川篤史と性的な関係を持っているのかもしれないと感じました。有田美由紀の写真を見た瞬間、なんとも言えない表情をしたんですよ。敵対心《ライバル》とでも言えばいいのか。年増好みという話にも『若い女には負けないわよ』みたいな気持ちが、見え隠れしているように思いました」

麻衣ならではの洞察力ではないだろうか。当たっているかどうかはともかくも、他の警察官とは違う見方をする点は評価できた。また、喜多川が告げた『おれにまかせておけ。話をつけるから』という言葉が俄然《がぜん》、生きてくる。性的な関係があったからこそ、喜多川は任俠気《おとこぎ》を発揮しようとしているのではないか。

「頭に留めておきます」

答えるのと同時に、エレベーターが一階に着いた。初老の管理人がエレベーターホールで待っていた。

「松波さんから連絡をいただきました。ご苦労様です」

年は六十代後半、ジーンズを穿《は》き、デニム素材のシャツを着ている。短くしたゴマ塩頭の持ち主は、身長は百六十五センチぐらいだが、まくりあげたシャツの袖から出た両腕は吃驚《びっくり》するほど太かった。現役時代は建築現場で活躍したブルーカラーだったのかもしれない。

「松波社長の車があれば、見せていただきたいのですが」

凛子の言葉をすぐに受ける。

「ご案内します」

きびきびとした動作や受け答えが、有能さを示しているように思えた。エレベーターホールの床には、ゴミひとつ落ちていない。光り輝くほどに磨き上げられていた。

「この車です」

管理人は駐車場の奥に停められたシルバーグレーの日本車に案内した。高級車と言われる部類の乗用車だが、新車ではなく、かなり古い型だった。窓ガラスにはスモークガラスが使われている。それが妙に目立っていた。

「窓ガラスがこれなんで、中の様子はよく見えなかったんです」

問わず語りに告げた。

「ですが、後部座席に人が乗っているのは、フロントガラスから覗《のぞ》いたとき、どうにか判別できました。松波さんかどうかはわからなかったんですよ。でも、とにかくご自宅に知らせた方がいいだろうと思い、連絡したんです」

松波の妻とは違い、簡潔かつ明瞭だった。訊き返すまでもなく、必要な情報を与えてくれた。

「奥様は、会社の方に知らせたとのことでした。どういう流れでしたか」

凜子は訊いた。麻衣は隣でメモを取っている。

「会社の人はタクシーで駆けつけて来ました。奥さんには、自分が行くまで下には降りるなとでも言っていたんでしょうか。早く車の鍵を持って来てほしいと何度か連絡したのですが、奥さんはなかなか持って来ませんでした」

管理人の話は、田口が苦笑まじりに言った箱入り妻を証明するようなものだった。

しかし、凜子の頭には疑問が浮かんでいる。普通であれば田口に連絡した後すぐに、頼子はここへ降りて来るのではないだろうか。中の人物はまだ生きているかもしれないのだ。とにかく救急車を呼び、車の中から後部座席の人物を外に出すだろう。

「田口部長はどうですか。ご存じだったのですか」

「はい。何度も会ったことがありますよ。松波社長を迎えに来たりしていましたんで、よく知っています。社長がここに降りて来るまでの間、いつも雑談をしていました。確か工務店の方も彼が部長として取り仕切っているんじゃないかな。たまに関東近県のお土産をもらったりしましたから」

「松波社長が亡くなったときの状況ですが」

凜子は重い話を切り出した。

「生きていましたか」

「いや、どうかな。顔は土気色《つちけいろ》で唇は真っ青でしたよ。あたりまえの話かもしれませんが、奥さんはもう、オロオロするばかりで役に立ちませんでしたね。田口部長は大きな声で社長に呼び掛けながら、若い社員と一緒に松波社長をエレベーターに乗せたんです」

「若い社員も来たんですね」

ちらりと凜子たちに目を投げた社員が浮かんでいる。物言いたげな視線の意味がわかったように思えた。

「はい。奥さんに救急車の手配を頼まれましたので、わたしが通報しました。元々顔色はよくない人でしたが、普通の状態ではないように見えました」

「亡くなっていると感じたわけですか」

凜子の確認に、管理人は同意する。

「そうです」

「訃報《ふほう》を聞いたのは、いつですか」

「その日の夜です。奥さんが病院から戻って来たときに聞きました。行政解剖されると知ったときは、驚きましたけどね」

「松波社長は元々顔色はよくなかったと、先程仰いましたね」

「はい。だいぶ前ですが、不眠症だと奥さんから聞いた憶えがあります。酒で睡眠薬を流し込むから困っていると」

「奥様から……そうですか」

管理人にまで体調の話をしていたのかと少し驚いていた。どちらかと言えば頼子は、話をするのが苦手なタイプに見える。が、常日頃からの不安が言葉になったことも考えられた。また、管理人にも気をつけてもらいたいと思うがゆえだったのかもしれない。

「最後にもうひとつ」

と、凜子は傍《かたわ》らの古い日本車を目で指した。

「この車ですが、亡くなる前夜も停まっていましたか」

「なかった、と思います。松波社長はお帰りが遅いですし、わたしは朝が早いんです。真夜中には確認していませんが、管理人室に戻る前は、停車していなかったように記憶しています」

「防犯カメラのデータをお願いします」

駐車場の入り口付近に防犯カメラが設置されている。松波社長の車が映っていればいいのだが、位置的にどうだろうか。死角になるかもしれなかった。

「わかりました。すぐに用意します」

ふと目を上げる。

「社長は、五十八歳でしたよね」

「はい」

「相当、具合が悪かったのかもしれません。亡くなる三日ぐらい前に会ったときだったと思います。『この分じゃお迎えが来る日もそう遠くないよ』と冗談まじりに言っていましたが」

ふたたび携帯のヴァイブレーションを感じて、凜子は少し離れた場所に行く。渡里からの連絡だった。

「マツナミ建設の社員が、田口に殴られたようだ。警察を呼ぶ騒ぎになっている。田口は暴行容疑で所轄にしょっぴかれた。この後、マツナミ建設にまわる予定だったと思うが、すぐに行ってみてくれないか」

「わかりました」

松波純一は発見当時、生きていたのかどうか。

所轄が病死と片づけた事案は、にわかに事件性を帯びてきた。

3

「松波社長は死んでいましたよ」

若い社員はさらりと言った。物言いたげな視線を投げたあの社員だった。

「車の後部座席で小便を垂れ流していました。糞も洩《も》らしていたんじゃないですか。口をぽかっと大きく開けていましたが、いや、臭いのなんのって……まいりましたよ」

唇が切れて、腫れあがっていた。二度、殴られたのか。右目の瞼《まぶた》にいたっては開けていられないような状態である。近くの病院で手当てを受けた後、所轄に来て事情聴取に応じていた。

「死んでいたと断言できるその根拠は？」

　凜子の問いに即答する。

「自分の祖母も亡くなったばかりなんですよ。死後硬直って言うやつが、松波社長の身体《からだ》にも起きていました。あと非常に重かったんです。酔っぱらったときに社長を支えたことがあったんですけどね。そのときの重さとは違っていました」

　嘘をついているとは思えないし、嘘をつく必要もないように思った。

「ですが、田口部長は必死に呼び掛けていたそうですね」

「はい。なぜ、田口部長が生きているように装ったのか、おれにはよくわかりませんけどね。警察を騙《だま》したのが、納得できなかったんですよ。ちゃんと話した方がいいと言ったとたん」

　若い社員は殴られた痕《あと》を指し示した。

「これでした。大丈夫だと言ったんですが、パートの事務員のおばさんが、慌てまくって警察に連絡しちゃったんです」

　それらの話を聞いたうえで、凜子は所轄の取調室にいる。後ろには急遽《きゅうきょ》、駆けつけた渡里が控えていた。田口譲治の事情聴取を始めていた。

「発見時、松波社長はすでに亡くなっていたそうですね。部下の社員や救急隊員から証言が得られています。かなり死後硬直が強かったと聞きました。ところが、あなたは呼び掛けるなどして、生きているように装った。なぜですか」

「生きていると思ったからですよ」

田口は最初から不満顔だった。

「それで自宅に運びました。可哀想じゃないですか、狭い車の後部座席にいるなんて。自宅に運べば意識を取り戻すかもしれない。とっさにそう思って運びました」

信じられるわけがない。

「車を調べられるとまずいことでもあるのでしょうか」

凜子の問いかけに、田口は右眉《みぎまゆ》を軽く上げた。

「まさか。思う存分、調べてくださいよ。行政解剖もすでに執り行われています。不審があると言うのであれば、調べ直してください」

平然と受けた。

アルコールで睡眠薬を大量に流し込み、急性心不全に見せかけて殺す。充分、考えられることだったが、物的証拠を示せと言われた場合はむずかしいものがある。渡里に肩を叩かれて、凜子は聴取役を上司に譲った。

少し後ろに控える。

「マツナミ建設の経営状態を調べました」

渡里はあがったばかりの調査結果を口にした。

「リーマンショックのときには、会長の喜多川篤史が、持っていた資産を処分して会社を助けたようですね」

「そうです。会長が興した会社ですからね。潰《つぶ》れてしまうのは、忍びなかったんじゃないですか。社長だけでなく、社員一同、路頭に迷うことになりますから」

田口の答えは、どこか他人事《ひとごと》のようだった。喜多川や松波に対して、尊敬の念をいだいているようには思えない。不満が鬱屈《うっくつ》しているように見えた。

「一度は立て直したように思えたが、一昨年、またもや業績が悪化。原因はなんでしょうか。思い当たる理由がありますか」

渡里の問いには、重要な意味が隠れている。一昨年は松波が八千万円もの生命保険に加入した年だ。自ら進んで加入したのか、だれかに無理やり加入させられたのか。

凜子は手帳に記して集中力をいっそう高めた。

「不動産のセンスがないんですよ、松波社長には」

鼻で笑った。

「センスがないのは、すべてにおいてかもしれませんがね。クソみたいなクズ物件を平気で買い付けるんです。しかも、そういうときだけは決断が早い。衝動的と言った方がいいかもしれないな。なんの相談もなしに億単位の金を出してしまうんですよ。後始末は、わたしの役目です。売れないクソ物件をなんとか売らないことには、負債が増えるばかりですから」

「ですが、喜多川会長は、この男ならばと松波社長を見込んだんじゃないんですか。自分が興した会社をまかせられると」

「松波社長は取り入るのが、うまいんですよ」

冷ややかな目をして、続けた。

「相性もあるんじゃないですか。松波社長は会長のお気に入りでした。会社に来ると吉原の幇間《ほうかん》さながらに、ご機嫌を取っていましたね。米つきバッタみたいに、ヘコヘコお辞儀をしていましたっけ。大仰な態度というのか、オーバーリアクションでへつらう人間が、会長は好きですから」

好きでしたから、と、過去形にならなかった部分に凜子は印をつける。喜多川が生きているのを、知っているように思えた。

「立て直したはずなのに、また、経営状況は悪くなってしまった。喜多川会長はどう思っていたんでしょう。話したことはありますか」

「会長は、おれがなんとかすると言っていましたよ。それで最後に残っていた飲み屋街を売る決心をしたんじゃないですか。そこまで詰めた話はしていませんけどね。おそらく、そうじゃないかと勝手に想像しています」

「飲み屋街は売買契約が成立しているんですか」

確認の問いを投げる。

「まだ正式には決まっていないと思います。仮契約まで話が進んだのは聞きましたけどね。買い主の温情があったのか、会長は住み続けていましたが、売買の詳細についてはわかりません」

「わたしの部下の報告によると」

渡里は一呼吸置いて、告げた。

「あなたは『もしかしたら、会長も喰われちゃいましたかね』と言ったようですね。松波社長と同じように、という意味ですか。だれに喰われたと思っているんですか」

適当にかわすかと思ったが、不意に田口は黙り込んだ。机に視線を落としたまま、考えているようだった。逡巡《しゅんじゅん》しているのが見て取れた。

「どうですか」

渡里が再度、促した。無言で田口は顎を上げる。

しばし沈黙が続いた後、

「『五位鷺《ごいさぎ》』ですよ」

ぼそっと答えた。凜子はどこかで聞いたと思い、記憶を探るが結びつかない。しかし、渡里はベテランらしく応じた。

「都市伝説のように語り継がれる女詐欺師のグループですね。五位鷺は中形のサギらしいですが、背中は緑黒色、翼や腰、尾は灰色をしている。後ろの頭に二、三本の白羽があって、幼鳥は星五位と呼ばれているそうです。夜烏《よがらす》とも呼ばれるらしいですね」

「へえ、そうなんですか」

さして興味はなさそうだったが、とりあえず相槌《あいづち》を打ったような印象を受けた。渡里はさらに知識を披露する。

「そうそう、五位鷺という名は、醍醐《だいご》天皇が神泉苑の御宴の折、五位の位《くらい》を与えた故事によるものだそうです。異名のせいでしょうね。女五人のグループだという話が、まことしやかに広がった時期もありました。一定期間を経ると必ず出る噂です」

説明を聞き、凜子の淡い記憶と繋《つな》がった。噂にはなるが、一度として捕まったことのない女詐欺師のグループだ。かなり古くから話が出ている点を考えると、代替わりしている可能性もある。もちろん、実在していた場合は、という但《ただ》し書き付きであるのは言うまでもない。

(女詐欺師のグループ)

と聞いて浮かぶのは、下町シンデレラの異名を持つ有田美由紀だった。桜木の恋人だった女は、今、どこにいるのか。喜多川に接近していたのは、老人が所有していた飲み屋街の土地が目当てだったのだろうか。桜木の辛そうな顔が浮かび、凜子は眼前の話に気持ちを戻した。

「たぶん、その『五位鷺』ですよ。鳥のサギと詐欺を掛けたわけです。わたしは社長は病死だと思っていますがね。仮に、いいですか、あくまでも仮の話ですが」

なかなか本題に入らないのを感じたのか、渡里は告げた。

「どうぞ、続けてください」

「『五位鷺』は、会社を助けると松波社長に持ちかけて、殺したのかもしれません。資金を出す条件が、多額の生命保険を掛けろという話だったのかもしれない。ただ、気が弱い人ですからね。おれの命を狙っているんじゃないかと強い警戒心を働かせたはずです。そんな条件を吞むとは、とうてい思えませんがね」

この男はどこまで真実を知っているのか。仮に実行犯がいた場合は、犯人と組んだことも考えられる。

「しかし、警察官の間では、『五位鷺』は絶対に殺しをしない詐欺グループだと言われています。ほとんどの被害者は騙されたことにさえ、気づかない、いや、気づかせないんでしょう。鮮《あざ》やかな手口が噂になる頃には姿を消していますからね」

「こういうご時世だ。いつまでも綺麗事だけじゃ、やっていけませんよ。タブーを破ったんじゃないですか」

自身の生き様を口にしたような感じになっていた。『五位鷺』は実在の女詐欺師グループなのか。不文律の掟《おきて》を破って、松波社長を殺したのか。そもそも本当に関わりがあったのだろうか。

渡里も似たような感想をいだいたのかもしれない。

「少し話は逸《そ》れますが、訴えのあった電動シャッターの件はどうなりましたか」

いいかげんな仕事はしていないだろうな、というような問いが出た。

「ちゃんと対応しましたよ。信じられないのであれば、本人たちに確認してください。たまたまなんです。人間もそうですが、機械も当たり外れがありますからね。今度のやつは大丈夫だと思います」

「これはわたしの部下にも訊かれたと思いますが」

前置きして、言った。

「喜多川篤史の立ち寄り先をご存じありませんか。また、最近、連絡が来たりしていませんか」

「昨夜、電話がありました」

重要な証言だったが、渡里は冷静に受け止めた。

「どんな話をしましたか」

「松波社長は殺されたんだと言っていました。そのときに出たんですよ、さっきの『五位鷺』の話が。喜多川会長は保険金目当ての殺しだと断言していました」

昨夜、喜多川は松波の妻のもとを訪ねている。そういった流れで田口への連絡を思い立ったのかもしれない。

「会長は任侠気《おとこぎ》のある方のようですね」

渡里の言葉に苦笑いを返した。

「昔のヤクザ映画が大好きですから。目を掛けていた松波社長が急死してしまい、狼狽《うろた》えているんじゃないですか。たとえ社長が殺されたんだとしても、義理や人情で我が身を危険に曝《さら》すのは、ただのバカだとわたしは思います」

非常に現実的な田口らしい意見といえる。が、そういう性格であるがゆえに、喜多川とは馬が合わなかったのではないか。

「あなたは、松波社長の死には関わっていない？」

渡里は最後に確認する。

「もちろんです。無能な社長ってのは大変な反面、やりやすくもありました。クズ物件を衝動買いしたりはしましたが、その後は丸投げですから」

にやりと笑った。丸投げされたのをこれ幸いと、支払われる歩合《ぶあい》以外にも金を抜いていたのかもしれない。会社が傾いた一番大きな原因は、田口の横領ではないのだろうか。マツナミ建設と子会社の松波工務店を喰ったのは、本当に別のだれかなのだろうか。

（もう少し詳しくマツナミ建設と松波工務店の経営状況を調べた方がいいかもしれない）

要調査と手帳に記した。

「帰ってもいいですか」

田口は早くも訴える。

「たいした騒ぎじゃないのに、パートの事務員が通報したから大騒ぎになった。殴られた社員が訴えると言っているのであれば、引き続き事情聴取に応じますがね。あいつは嫁さんをもらったばかりで、稼がなきゃならないんです。多少のことは我慢しますよ、家族のためにね」

「辞められないのがわかっているから暴力を振るったんですか」

渡里の静かな追及に、松波は慌て気味に顔の前で手を振った。

「そんなことはありません。わたしの中では、松波社長の件は終わった話だったんですよ。蒸し返すようなことを言うから、つい……手を出したのは、間違いだったと思っています。特別ボーナスで詫《わ》びますよ」

締めくくるような言葉が、終わらせる合図になった。

「我々は失礼しますが、田口さんの釈放を決めるのは、所轄です。今しばらくご滞在いただきたいと思います」

渡里は得意の狸親父《たぬきおやじ》対応で煙に巻いた。指揮権を持っているのは渡里だが、その都度、うまく使い分けている。立ちあがった渡里と一緒に、凜子は取調室を出た。

4

一件、重要なメールが流れていた。

「モンタージュが上がったようだな」

渡里も携帯を操作する。御徒町の宝石店〈天輝堂〉の被害者たちに、偽スタッフのモンタージュ作成を依頼していた。かなりの人たちが協力してくれた結果、男と女がひとりずつ、偽スタッフのメンバーとしてモンタージュ写真になっている。

男は三十前後で、なかなかのイケメンタイプだ。それゆえ、特に女性客たちの記憶に残ったのではないだろうか。女は四十前後に見えるが、常日頃の手入れや化粧によって女性は驚くほど化ける。もしかすると、五十前後かもしれない。整った顔立ちの持ち主は、真面目そうな印象を受けた。

「渡里警視。ちょっとよろしいですか」

取調室の隣室から出て来た中年男が、会釈《えしゃく》しながら近寄って来た。捜査一課の竹内《たけうち》だと自己紹介する。五十前後だろうか。洗練されたスーツの着こなしが、テレビキャスターのような課長だった。

仲を取り持つ役目なのか、捜査二課の岩村課長が近くに控えている。

「なんでしょうか」

応じた渡里に、竹内はいきなり頭をさげた。

「申し訳ありませんでした」

数秒後、顔を上げる。

「松波純一の件ですが、地域課だけに任せたのは、わたしの判断ミスでした。人が亡くなっている以上、念のために捜査一課も現場に足を運ぶべきだったと後悔しております。取り調べの様子を拝見していましたが、松波純一の件は保険金殺人の疑いが濃厚になってきましたよね」

手柄をすべて持っていかれてしまうのではないか。さらに捜査の補佐役を務めさせられるのだけは避けたい。そんな不安が浮かびあがっているように思えた。

少し離れた場所には岩村だけでなく、竹内の部下らしき数人が、落ち着かない様子で立っている。特務班の捜査でにわかに持ち上がった松波純一への殺人容疑。署内は色めきたっているように感じられた。

当然、渡里も察したに違いない。

「まだ、わかりません。行政解剖では監察医は病死と断定しています。事件性があったとしても、有力な物的証拠、もしくは目撃者や証人を見つけないことには、覆《くつがえ》せないでしょう。起訴できないことも考えられます」

自分の頭頂部に手をやり、笑った。

「少し話が逸れるかもしれませんが、松波は若い頃から禿《は》げていたらしいんですよ。彼は外国製の育毛剤や飲み薬を使っていたようでしてね。それが原因かどうかはわからないのですが、眠れなくなってしまい、睡眠薬を常用していた。煙草や酒の愛好者でもあったことから、監察医は急性心不全の診断をくだしたのではないかと思います」

帳場を立ててほしいと申し出るからには、最低限の仕事はしているんだろうな。そんな意味合いを含めた問いに感じられた。察したのかもしれない。

「鑑定書には目を通しました」

竹内は頷き返した。

「松波は睡眠薬を酒で流し込むような暮らしをしていたようですが、やはり、生命保険の金額が引っかかります。昔から掛けていた保険が三千万、まあ、これは普通ですよね。最近では五千万円の保険に入る人も珍しくありませんから」

「仰るとおりです」

同意した渡里に、竹内は続けた。

「しかし、一昨年、新しく掛けた生命保険は八千万円です。さすがに額が大きすぎますよ。しかも奥さんの話では、総額一億一千万円の保険金が、どこかに消えてしまったとか。受け取っていないと明言していました。遺体の発見場所も自宅ではなくて、駐車場だったことが判明しています。もしかしたら、殺された現場は駐車場かもしれません」

告げた後で言い添える。

「もちろん自宅で死んだ可能性もありますし、会社で死んだことも考えられる。あるいは、まったく違う場所に連れて行かれて大量の睡眠薬を飲まされた後、駐車場に戻されたのかもしれない。一概には断定できませんが」

「松波純一の車の押収は終わりましたか」

渡里は冷静に確認を取る。

「はい。先程、ここに届きました。嘔吐物や血痕といった遺留物を、鑑識が調べ始めています」

「駐車場の防犯カメラの映像は？」

二度目の確認にも大きく頷き返した。

「精査中です」

「わかりました。それらの結果を踏まえたうえで……」

「これは、わたしの推測なんですが」

竹内は素早く遮る。

「御徒町で起きた『天輝《てんき》堂店主夫妻行方不明事件』と、今回の松波事件は繋がりがあるんですか。同じ犯人の仕業《しわざ》なんですか」

少なからず、凜子は驚きを覚えた。どうして、二つの事件を結びつけたのか。推測と言ったが本当だろうか。

渡里も同じ疑問をいだいたのはあきらか。

「なぜ、二つの事件を結びつけたんですか」

率直な問いを投げた。

「いや、まあ、その……先程は推測と言いましたが、昨夜、密告《タレコミ》があったんですよ。捜査一課の課長と名指ししたので、わたしが受けました。声の感じからして、年配の男性だと思いますが、『二つの事件には先生と呼ばれる男が関わっている』と言いまして」

昨夜、そして、年配の男性というキーワードを与えられれば、思い浮かぶのは喜多川篤史だ。

（でも、田口の証言とは食い違う。田口の話では、喜多川は松波事件は『五位鷺』の仕業だと言っていた）

田口譲治と喜多川篤史。どちらかが嘘をついているのか、あるいは捜査を攪乱《かくらん》するための策なのか。

ここにも重要事項と印をつけ、凜子は渡里たちの話に集中する。

「念のため、捜査二課にも確認したんですが」

竹内は、そばに来ていた岩村を見やって、視線を戻した。

「捜査二課にも電話があったそうです」

「わたしが受けました」

岩村が告げた。

「まさか二つの事件が関係あるとは思ってもいませんでしたからね。吃驚しました。その後、捜査一課の課長と話をした次第です」

「早急《さっきゅう》に合同捜査会議を開きたいと思いますが、日時は上と相談して決めます」

渡里は結論を先延ばしにした。またしても『上』を出すという狸親父対応になっていた。

「情報はすべて伝えますので安心してください。密告にあった『先生』と呼ばれる男については、名前や年齢などはいっさい判明していません。ですが〈天輝堂〉のオーナーの息子が、同じ話を口にしました。経営コンサルタントかもしれないということでしたが、これも定かではありません」

いつの間にか、竹内の部下たちも集まって、熱心にメモを取っていた。凜子は渡里の少し後ろに立っていた。

「田口譲治との話に出た『五位鷺』ですが、わたしは関係あるようには思えません。もはや都市伝説の域を出ない噂話です。まだ経営コンサルタントと思《おぼ》しき『先生』の方が信憑性《しんぴょうせい》があるんじゃないですか」

代表するように捜査二課の岩村が訊いた。

「そうかもしれませんが」

渡里の語尾が曖昧《あいまい》に消える。凜子と同じように事情聴取のとき、有田美由紀を思い浮かべたのではないだろうか。五人の女詐欺師のグループに、彼女は属しているのかいないのか。凜子は疑いが消えなかった。

「なにか気になることでも？」

今度は竹内が鋭く切り返した。近くに来てメモを取っていた部下たちの目が、いっせいに渡里に集まる。

「断定はできないんですが、もしかすると、本当に『五位鷺』が動いているのかもしれません。いや、現時点ではあくまでも推測です」

質問の気配を感じたのだろう、早口で付け加えた。有田美由紀は『先生』の手下として動いているのかもしれないが、『五位鷺』と『先生』は詐欺師の可能性が高い人物たちだ。桜木の苦悩は深まるばかりではないだろうか。

「あ」

凛子は携帯のヴァイブレーションを感じた。渡里の携帯にも連絡が行ったのだろう。取り囲まれて動けないボスに、「わたしが受けておきます」と目顔で告げ、その場を離れた。

「井上です」

「ご苦労様です」

凛子は答えた。

「ついさっきメールしたモンタージュの件ですが、男の身許が判明しました。モンタージュと犯罪者のデータを突き合わせた結果、特殊詐欺——色々種類はありますが、よく言うところのオレオレ詐欺に関わっていたことが判明した次第です。名前や住所はもちろんですが、ＤＮＡ型も登録されていました」

「名前や現住所を後でメールしてください。男の家に警察官は行かせましたか」

「今、所轄の警察官が向かっています。女の方は犯罪者データには載っていなかったため、被害者に名前などを聞いていないか確認中です。名刺をもらっている人が何名かいるみたいなんですよ。偽名の名刺かもしれませんが聞き取り中です。ここまでの詳細はメールしておきますので」

「わかりました」

「そちらはどうですか。田口譲治の事情聴取をしていたんですよね」

「少し前に終わりましたが、いくつか興味深い話がありました。それから所轄の気合いが尋常ではありません。渡里警視は取り囲まれてしまい、解放されていない状況です。電話をくれたついでにお願いなんですが、『五位鷺』について調べてもらえますか」

「ゴイサギ、ですか？」

友美の問いかけは、片仮名でひびいた。

「鷺の一種ですか」

訊き返しながら、おそらくパソコンを操っているに違いない。凜子が説明する前に、五位鷺の概要を告げた。

醍醐天皇関係の話をした後、

「鷺と詐欺を掛けたんでしょうが、警察庁や警視庁の犯罪データに残っているのは、もしかしたらという但し書き付きの事案ばかりですよ。『五位鷺』の仕業かもしれないが、断定はできない。噂は上がったが逮捕には至らず、などといった話ですね。被害者たちが騙されていないと証言する点や、殺人事件が起きていないのが、『五位鷺』の特徴と言えなくもないですが」

「渡里警視の話も似たような感じでした。事件の陰に女あり、でしょうか。仮に彼女たちが実在の人物であり、詐欺を働いたのだとしたら、鮮やかなお手並みとしか言いようがありませんね。被害者が騙されたことにも気づいていないわけですから」

「話の腰を折るようで恐縮ですが」

友美は言った。

「たった今、モンタージュ女の名前が判明しました。犯罪者データには載っていませんが、二週間ほど前に駐車違反のキップを切られています。こちらも免許証の写真と一緒にデータをメールします」

「お願いします。喜多川篤史ですが、目撃情報は寄せられていませんか」

「ないんですよ。昨夜、松波頼子のもとを訪ねたわけですからね。都内に潜伏しているような気はするんですが、職質の情報も入って来ません。下町シンデレラを真似て変装でもしているんでしょうか」

きっと美しい顔に、皮肉まじりの笑みを浮かべているに違いない。冗談めかした言葉には、生活面での余裕が垣間見えた。友美は元メンバーの酒井昭男《さかいあきお》の家に居候《いそうろう》している。家庭の味を知らない彼女は、朝起きたら出てくる食事や、綺麗に畳まれた洗濯物などに、いちいち感激していた。

「そうかもしれません。カツラや服装で若作りして、警察官の目を欺《あざむ》いているのかもしれませんね。松波純一のマンション近くの防犯カメラは、データを集めて解析中と聞きました。田口譲治の不審な行動を探すついでに、喜多川篤史の映像も探してください」

「そちらは、桜木巡査が熱心に取り組んでいます。真剣にやっていると思いますが、もう一度、伝えます」

「よろしく」

友美との連絡を終わらせて、凜子は渡里のもとに戻る。さらに増えた警察官が、ボスを取り囲んでいた。

5

モンタージュの男の名は、古賀道治《こがみちはる》、三十一歳。住んでいるのは、墨田区のアパートだった。所轄の私服警官や警察官が何度も訪れたのだが、留守で任意同行できないまま、三日目の朝を迎えていた。

「静かですね」

麻衣が小さな声で囁《ささや》いた。凜子と二人で、古賀のアパート付近に潜んでいる。特務班は交代で見張り役を務めていたが、むろん所轄の応援部隊も一緒だった。

墨田区はスカイツリーや水族館、江戸東京博物館といった派手な部分がある反面、シャッター通り商店街しかない区域もある。古賀が住むアパートは、昼間でも人通りの少ない場所だった。

「古賀は、女のところにでも泊まっているんでしょうか」

二度目の呟《つぶや》きには、首を傾げることで応えた。

「三十一歳にもなって特殊詐欺をやっているなんて、ろくな男じゃありませんよ。また、つまらない悪事に首を突っ込んでいるのかもしれません。モンタージュで判明した偽スタッフの女は、知らぬ存ぜぬの一点張りでした。あれ、本当ですかね」

疑惑まじりの問いを投げた。お喋《しゃべ》りなのは朝だからだろうか。夜よりも麻衣のテンションが高くなるのが、凜子は最近わかってきた。

「どうでしょうか」

一昨日、所轄に任意同行された女——伊藤千尋《いとうちひろ》の供述を思い出している。

〞携帯で募集広告を見ただけです。期間は二日間、時間は朝の八時から夜の十時、報酬は一日二万円。拘束《こうそく》時間は長いですが、今時のバイトでは、破格の報酬金額です。ヤバイ仕事じゃなければいいなと思いつつの応募でした〟

新宿駅に七時半集合、そのまま車で御徒町の宝石店街に連れて行かれた。仕事内容は説明にあったとおりの販売員だったため、ほっとしながら二日間、勤めた。

〞宝石の知識はありませんでしたが、それでもいいと言われたんです。テレビやネットのニュースで事件を知ったときは、もう、頭が真っ白になっちゃいました。警察に行こうと思ったんですが……どんな罪になるんだろうと考えている間に、時間が経《た》ってしまった感じなんです〟

四十歳の女は、資格を取るために仕事を辞めていた。貯金を切り崩しながら、短期のアルバイトで繋ぐ日々だっただけに、一日二万円の報酬は魅力的だったと告げた。

「あの女」

麻衣が話を再開させる。

「見るからに普通の人という雰囲気でしたけど、じつは『五位鷺』のメンバーだったりして」

軽い口調だったが、凜子はどきりとした。同じことを考えていたからである。渡里も同じ考えだったため、伊藤千尋には今も監視が付いているはずだ。

「でも、『普通の人』が演技だったとしたら、恐ろしい女だなと思いますね。この世の中でなにがむずかしいって、普通を演じることですよ。演じていると感じたその時点で、それは普通じゃなくなる。俳優や小説なんかもそうですよね」

少し大きくなった声に気づいたのか、古賀のアパートに一度目をやって、続けた。

「エキセントリックな人間を演じたり、とぼけた人間を描いたりするのは、割合できると思うんです。一番むずかしいのは、ごくごく普通の人を演じたり、描いたりすることじゃないのか。わたしは常日頃から、そう考えています」

まったく同じ考えだった。

「有田美由紀はどう？」

凛子はあらためて訊いた。『五位鷺』のメンバーだと思うか。言葉にはしなかったが、麻衣は的確に読み取る。

「どうかなぁ。彼女、美人すぎますよ。目立ちすぎるじゃないですか。臨時雇いの仮のメンバーだったら、ありうるかもしれませんけどね」

「なるほど。あなたの考えでは、正規のメンバーと仮のメンバーがいるわけですか」

苦笑したのは、凛子もそう思っていたからだ。この相棒はどこまでも似たような考え方をする。頼もしく思うとともに、気をつけなければという警戒心も湧いていた。麻衣の警察官らしからぬ言動は、ときに悪い結果をもたらすかもしれない。

「そうです。正社員と派遣社員ですよ。そうやって、メンバーを流動的にしておいた方が、特定しにくくなるじゃないですか。相当の切れ者がボスなのは間違い……」

素早く麻衣を止めた。耳に繋いでおいた無線が、バイクの接近を伝えていた。古賀がバイクを持っているのは把握している。しかもアパートに、彼のバイクはなかった。

「帰って来たかもしれませんね」

麻衣の両目が鋭く光った。バイクの排気音が徐々に近づいて来る。早出の会社員は、すでに出勤時間なのだろう。大欠伸《おおあくび》をしながら、二人の前を通り過ぎて行った。アパートの前に原付バイクが停まる。

降りた男が、フルフェイスのヘルメットを取った。

（古賀道治）

凜子は待機していた警察官に、手筈《てはず》どおりに行くと伝える。任意同行を求めるのだが、古賀は逃亡を図るかもしれない。アパートの表と裏に警察官を配備していた。

「行きます」

凜子は麻衣や警察官に言い、忍びやかに古賀へ近づいて行った。彼はアパートの一階通路で、左手にフルフェイスのヘルメットを抱えたまま、鍵を開けようとしている。隣室の若い男が出て来たものの、凜子たちを見て、素早く引っ込んだ。

その様子を不審に思ったのだろう、古賀が振り向いた。

「警察庁広域機動捜査隊ＡＳＶ特務班です」

凜子は警察バッジを見せて言った。

「御徒町の宝石店〈天輝堂〉をご存じですよね」

「なんだ、そのことですか」

古賀は引き攣《つ》るような笑みを浮かべた。

「知っています。二日間だけ、臨時のスタッフとしてバイトしました。特別セールで人手が足りないと知り合いに言われたんです。店長役を務めてくれるのであれば、一日三万という条件を提示されたんですよ。割のいい仕事だったので引き受けました」

ちらちらと周囲に目を走らせている。逃げ道を探しているような感じがした。所轄の警察官たちも、アパート周辺を固めている。逃げ場はないと諦めさせて、すみやかに任意同行を終了させたかった。

「その件でお話を伺いたいんです。署までご同行願えませんか」

「ネットでは、オーナー夫妻が行方《ゆくえ》不明と流れていました。その件ですか」

質問されたのに、質問を返していた。じりじりと警察官が古賀に近づいて行く。凜子はにこやかに答えた。

「話は署でしましょう。人目につくのは、古賀さんもいやなのではありませんか」

「言っておきますが、おれはオーナー夫妻になんか、一度も会っていませんからね。面接したのは中年女でした。すぐに決まったので、これはヤバイ仕事かもしれないなと思いましたが」

「とにかく行きましょう。話は……」

「だれが行くか！」

いきなり古賀は持っていたフルフェイスのヘルメットを投げつけた。凜子と麻衣は避けようとして、追いかけるのが一歩、遅れる。地面に落ちたヘルメットを横目で見ながら、それでも懸命に走った。

「止まりなさい、古賀道治」

凜子は叫びながら追いかけた。麻衣も隣を走っている。配備しておいた警察官が、古賀の前方に現れた。とっさに反対方向への逃亡をはかったのだろうが、そこには凜子たちや所轄の警察官が立っていた。

「署までご同行願います」

もう一度、警察バッジを提示する。麻衣が後ろにまわって、手錠を掛けようとした。

「おい、おれは犯罪者じゃないぜ」

古賀は怒りをあらわにして訴えた。

「それじゃ、どうして、逃げたんですか」

こういうとき、麻衣は必ず反論する。

「なにか後ろめたいことが、あるんじゃないですか。身体検査をさせていただきます。拒否することはできません。暴れた場合は公務執行妨害で逮捕しますので」

告げて、古賀の上着やジーンズのポケットを規定通りに探った。ジーンズの腰ポケットに入れた手が、ふと止まる。麻衣の右手にはビニールの小袋が握られていた。

「それはなんですか」

凜子は訊きながら、覚せい剤用の簡易キットを鞄《かばん》から取り出している。古賀は無言でそっぽを向いていた。近くにいた制服警官が、凜子の渡した簡易キットで覚せい剤かどうかを判別する。

「色が変わりました」

大きな声で言い、逮捕を伝えた。警察官たちが取り囲み、私服警官のひとりが古賀に手錠を掛ける。逮捕するのを待っていたように、携帯がヴァイブレーションした。凜子は相手を確認しながら、離れた場所で受ける。

「おはようございます。連絡しようと思っていたところでした」

相手は渡里だったが、部下に合わせて泊まり込んでいた。そういう点に指揮官としての資質や優劣が表れるのではないだろうか。給料が多少安くても頑張れるのは、理解してくれる上司や同僚がいるからだ。

「古賀が戻って来たのか」

渡里の問いに答えた。

「はい。覚せい剤を所持していたため、逮捕しました」

「そうか。こちらは桜木巡査のお手柄だ。彼が徹夜で二カ所の防犯カメラのデータを精査していたんだが、まずは最初の件。これはマツナミビル近辺のデータだが、確認されたショートカットの女は、おそらく有田美由紀ではないかと思われる。耳が見えていないんでね。適合率は七割程度だ」

「もう一件は、松波の上野不忍池の自宅近辺ですね」

「そうだ。マンションに出入りする女の中に、似た人物を見つけ出した。装いは眼鏡を掛けた女子大生風といった感じだよ。ただし、長い髪で両耳や顎のラインをわかりにくくしていた。照合できたのは眼鏡越しの両目と唇の形だけなんだが、桜木は彼女だと断定している。画像が粗《あら》いため、井上が解析度を高めているところだ」

掠《かす》れた声にこの数日の疲労感が滲《にじ》み出ていた。家に帰らないボスのために、妻はそっと着替えを届けに来ていた。

「やはり、松波純一は病死ではないのかもしれませんね。御徒町の『天輝堂店主夫妻行方不明事件』と関係があるのかもしれません」

凜子は、若いメンバーの苦悩を感じていた。

有田美由紀が詐欺師グループの一員であるならば、なにがなんでも自分の手で捕まえる！

桜木の悲愴な覚悟が、徹夜の作業に浮かびあがっているように思えた。

第五章　五位鷺《ごいさぎ》

1

有田美由紀らしき女は、眼鏡を掛けた女子大生風の装いで、松波純一のマンションを訪れていた。日時を確かめた結果、斎場で松波の葬儀が執り行われていた時間帯だったことが判明している。まさかと思いながらも未亡人となった松波頼子を訪ねて、もう一度、美由紀の写真を見せた。

「前にも言ったと思いますが、見憶《みおぼ》えはありません。もしかしたら、主人の愛人が産んだ娘でしょうか。年齢的にはそんな感じがします。喜多川会長ほどではないんですが、うちの主人も若い頃はけっこう派手に遊んでいたんですよ。離婚の話が出たのは、一度や二度ではありません。ようやく落ち着いてきたと思った矢先、これですから」

頼子は告げた。

「そうそう、いくつか思い出したことがあるんです。亡くなる少し前、二カ月ほど前だったでしょうか。『おれはタカツジ先生に殺されるかもしれない』と言ったことがありました。一度だけですが、やけに深刻な顔をしていたんですよ。それで家計簿を調べてみたら、疑問符付きで『タカツジ先生？』と記してありました」

「タカツジ先生ですか」

凛子はすかさず確認する。

「漢字や、下の名前はいかがでしょう。わかりませんか」

「わかりません。喜多川会長が来たときにも、ちらりと出たんですよ。『松波は先生に喰われちまったのかもしれない』と口にしたんです。そういったことが色々と浮かんで、ああ、そういえばと思い出しました」

第一印象通り、相変わらず話すのが遅い。思い出すのも多少時間がかかるのかもしれなかった。

「いくつか思い出したと仰いましたが、他にはどんなことを？」

凛子は促した。

頼子は家計簿の頁を繰る。

「ええと、これなんです」

「亡くなるひと月前ぐらいなんですが、車載カメラと言うんでしょうか」

目を上げて、訊《き》いた。

「ドライブレコーダーのことですね。車載カメラとも言います」

答えると安心したように続けた。

「主人は、それを車につけたんです。亡くなっていたのが車の中だったので、わたしはもう動転してしまって……カメラのことは忘れていました。家計簿を確かめてみて、ようやく思い至りました」

「そうですか」

凜子は手帳にドライブレコーダーが搭載《とうさい》されていたと書いた。しかし、発見されてはいない。おそらく松波は危険な気配を感じていたのだろう。多額の生命保険、ちらつく『五位鷺』や『先生』の不吉な影。

〝おれはタカツジ先生に殺されるかもしれない〟

という危機感あふれる言葉。

詐欺師たちはカモを殺害して、保険金を受け取ったのではないか？

凜子たちの再訪を受けたときから話が出ると考えていたのか、

「あの、保険会社には連絡してくれましたか」

頼子は遠慮がちに切り出した。合わせて一億一千万円あった松波の生命保険は、いったい、だれが受け取ったのか。頼子ならずとも気になるだろう。

「はい。ですが、守秘義務を持ち出して拒否しました」

「そんな」

衝撃を受けたように目をみひらいた。

「警察が言っても駄目なんですか」

「確実に事件性があるとなった場合は、令状を取って捜査はできますが、おそらくそれでも保険会社は拒否するのではないかと思います。松波さんの場合、行政解剖の鑑定書で病死と断定されていますからね。覆《くつがえ》すのはむずかしいかもしれないというのが、我々の見解です。もちろん」

凜子は早口で付け加える。

「内偵は続けますが」

はたして、頼子の耳に届いたかどうか。

「そうなんですか、警察でも駄目なんですか。頼りにしていたのになんの役にも立たないんですね。これじゃ、税金泥棒と言われても仕方ないわ」

うつむいて呟《つぶや》いた。目が虚《うつ》ろだった。凜子たちの再訪に、どれだけ期待をかけていたのかが表れていた。

「ご存じないかもしれませんが」

凜子は、念のためにモンタージュの男――古賀道治の写真を見せた。頼子は老眼鏡だろうか、眼鏡を掛けて凝視している。五十歳でも老眼にならない者はいるが、眼鏡を掛けた顔は年相応のように見えた。

「いかがでしょう。見憶えはありませんか」

「さあ」

掛けていた眼鏡を外して首を傾《かし》げた。熱心に見ていた割には冷ややかな反応だった。凜子はてっきり知っている相手ではないのかと思ったのだが……打って変わった対応には、警察への不信感が浮かびあがっていた。

それでも辛抱強く問いかける。

「マツナミ建設の経営状況について、松波さんはなにか言っていませんでしたか。先程の話に出た『タカツジ先生』に借金を申し込んだ。もしくは『タカツジ先生』の方から金を貸すという話を持ちかけられた。そういった話は聞いていませんか」

「資金繰りに奔走《ほんそう》していましたよ。寝言でも『金をなんとかしないと会社が』と言うぐらいでした。夜中に叫び声を上げて、飛び起きることもありました。取り引きしていた銀行は、掌《てのひら》を返したように知らん顔ですからね。向こうが言って来たときは、積み立てや定期をやってあげたのにですよ。まったくもう信じられませんよ」

どこか的外れな答えを返した。タカツジ先生の件を訊いたのだが、無関係ではないものの、望むような答えではなかった。怒りの持って行き場がなくて、鬱屈《うっくつ》しているのが見て取れる。独立している子供には頼れないのかもしれない。当てにしていた生命保険がどこかに消えてしまい、あたりまえの話だが苛立《いらだ》っていた。

「『五位鷺』ですが、これも知らないですよね」

麻衣が横から口をはさんだ。面倒だが確認しなければならない、という気持ちを露骨に示していた。

「ああ、鷺の一種でしょう？　わたしは奈良県の出身なんですが、確か醍醐天皇が命名者みたいな話じゃなかったですか。昔、聞いた憶えがあります」

またしても手がかりに結びつくような内容ではなかった。警察への信頼感を失い、心を閉ざしたような印象を受けた。

「車に搭載したというドライブレコーダーですが」

凜子は話を戻した。

「松波さんは命の危険を感じていたのでしょうか。タカツジ先生に殺されるかもしれないので、映像を残しておこうと思ったのか」

「ええ、そう、そんな感じです。車載カメラの話をしたときに、殺されるかも云々《うんぬん》という話が出たんですよ」

話が前後していた。これも頼子の特徴ではないだろうか。話すのが遅いのもそうだが、順序だてて話をするのも苦手なように感じられた。

「会長の喜多川篤史さんですが」

最後のつもりで問いを投げた。

「あの後、連絡はありましたか」

「ありません。でも、見かけたという話を聞きました」

だれが、どこでという重要な部分が抜けている。

訊き返そうとしたとき、

「おかず横丁の人ですけどね」

頼子は言い添えた。

「昨日だか、一昨日だかの話だったと思います。浅草の六区に寄席があるでしょう。午後、あそこにいたらしいですよ。会長さんは落語が大好きなんです」

「そういう話は、最初にしてください」

麻衣は表情が変わっていた。

「まったく話が要領を得ないというか、鈍いというか。喜多川会長が重要参考人であるのは、わかっているでしょう。警察は彼を探しているんですよ。松波さんが死んだ本当の理由を知っているかもしれない。それらしき密告が……」

「久保田さん」

凜子は素早く止めた。捜査内容を教えるわけにはいかない。だが、だれが密告したのかは、想像できる内容だった。力を失っていた頼子の目に生気が宿る。

「密告ってなんですか。会長さんが、犯人を探し当てたんですか」

腰を浮かせ気味にしていた。凜子と麻衣を交互に見やっている。あとはおまかせとばかりに、麻衣はそっぽを向いていた。

「捜査中ですので、お話しできません」

ありきたりの返事をするしかなかった。

「肝心なことになると、その返事。重要な話は教えないけれど手がかりだけはもらいますよ、という感じですね。いかにも警察らしい対応ですよ」

頼子はうんざりという顔をしていた。あとはもうなにを訊いても答えない。凜子は麻衣を促して、松波家をあとにした。

2

さすがにまずかったと思ったのだろう、

「すみませんでした」

珍しく麻衣が謝罪した。二人はエレベーターに乗っている。凜子はエレベーターに乗る前に、渡里への連絡を終えていた。頼子の話に出た『タカツジ先生』を調べる件と、六区の寄席で喜多川篤史が目撃されたという話の裏付けを、さっそく他のメンバーに確認させると言っていた。

「あの話し方を聞いていると苛々しちゃうんですよ。おっとりと言えば聞こえがいいですが、要は鈍いんです。松波に守られて苦労知らずの箱入り妻。思いもかけず夫を喪《うしな》ってしまい、右往左往している。同じ女として許せないんです、ああいう人は」

両親や交際相手だった男の庇護《ひご》下には、置かれたくなかったのか。あるいは庇護下に置かれたかったが、置いてもらえなかったがゆえに苛立つのか。生い立ちやシングルマザーになった複雑な事情が、見え隠れしているように思えた。

頼子に対する嫉妬だと言われても反論できまい。

「とにかく、寄席に行ってみましょう。昼間、堂々と落語を楽しみに行っているのだとすれば、喜多川は余裕たっぷりだわ。もしかすると、松波の件に関係のある人物もまた、落語好きなのかもしれないけれど」

「なるほど。だから警察に見つかるのを覚悟で、喜多川は寄席に足を運んでいるのかもしれない、ですか」

「ええ」

一階に着いたとき、エントランスホールに管理人がいた。凜子たちを待っていたのかもしれない。

「先程、刑事さんたちをお見かけしたものですから」

開口一番、告げた。

「なにかありましたか」

凜子の問いに、管理人室の受付を目で指した。妻だろう。白髪の婦人が、二人に会釈しながらこちらへ来た。

「うちのやつが、鶯谷駅の近くで喜多川会長を見たと言うんです」

管理人の言葉を妻が受ける。

「昨日の午後です、三時頃でした。カツラを着けていましたが、喜多川会長に間違いないと思います。なんというのか、その、遊びに行くときは若作りして出かけるんですよ。何度か見かけたことがあるので間違いないと思います。目が合った瞬間、足早に立ち去りました」

「昨日の午後ですか」

凜子は、たった今聴取したばかりの内容を確かめる。頼子の話では昨日、もしくは一昨日におかず横丁の住人が、六区の寄席にいた喜多川を見たらしい。おかず横丁の住人の話は昨日ではなく、一昨日の目撃談だったのか。

手帳を確認する様子が、気になったに違いない。

「どうかしましたか」

管理人が訊いた。

「いえ、たいしたことではありません。似たような目撃情報が入ったんですよ。ただ、昨日の午後だった場合、どちらかの目撃者が、勘違いした可能性もあるかと思いまして」

凛子の答えを、妻が受ける。

「昨日のことなので、間違えるわけがありません。時間は午後三時頃です。なんとなく携帯で時間を確認していたんですよ」

少しむきになっているように思えた。すぐに認知症を疑われたり、揶揄《やゆ》するような言葉を投げられたりしがちな年齢だ。凛子の母は若年性認知症だが、さりげなく間違いを指摘しただけでも怒り出すことが少なくない。敏感になっているのかもしれなかった。

「間違っていたら、すみません」

管理人が謝罪した。

「お役に立てばと思い、お話ししました。会長さんは顔が広くて、神出鬼没ですからね。馴染《なじ》みの女性がいる鶯谷ならば、ありうるかもしれないと思いまして、いちおうお伝えした次第です」

補足には、おかず横丁の艶っぽい女将《おかみ》の証言が重なってくる。鶯谷の風俗店は、他では勤められなくなった年増の女性がいるのだと言っていた。とはいえ、喜多川は金に困っていなかったはず。松波頼子の話通り、年増好みということも考えられた。

「今更の質問ですみません。最初にお訊ねするべきでした。喜多川会長のことですが、わたしはお話ししたでしょうか」

あらためて訊いた。凜子は話した憶えがなかった。

「所轄の警察官が、会長の写真を見せながら、廻《まわ》っているんですよ。それがあったのでお知らせした方がいいだろうと思いました」

管理人の答えが締めくくる合図となる。

「ありがとうございました。また、なにかありましたら、連絡してください」

礼を言って、凜子と麻衣はマンションを出た。

「わたしたちは、寄席に行きましょう。おかず横丁の住人への確認は、渡里警視にお願いしましたから」

「喜多川は一昨日が寄席、そして、昨日が鶯谷の風俗店に行ったのかもしれませんね。いずれにしても、元気潑剌《はつらつ》じゃないですか。喜多川篤史が生きているのは確かです。足のない男が、風俗に行くわけないですから」

麻衣は『足』の部分で意味ありげな笑みを浮かべた。両足だけではなく、股間の逸物を足と表現したのではないだろうか。

「あるいは、どちらかが勘違いしているのか。嘘をついている可能性も頭に入れておくべきだと思います。おかず横丁の住人か、管理人さんの妻か。どちらかの話が違っているのか。同じ日の同じ時間に、二カ所に存在するのは不可能です。それこそ足のない幽霊じゃないか、なんて話になってしまいますから」

凜子の答えに、麻衣は目を向けた。

「こだわりますすね。さっきも似たような言葉を口にしました。どちらかの目撃者が、勘違いしている可能性も云々《うんぬん》と言っていたような」

「言いました。目撃情報の日時は重要だと思いますが、管理人さんの妻は断言していました。躊躇《ためら》うことなく言い切ったんです。それが少し引っかかったというか」

「昨日のことだからですよ。ボケていると思われるのが、いやだったんじゃないですか。ちょっとむきになっていたように感じました」

麻衣も似たような印象を持ったようだ。異論はない。が、管理人がすぐに補足した点にも妙な引っかかりを覚えていた。妻を後押ししなかったのはなぜだろう。鶯谷は喜多川の馴染みの風俗店がある場所だ。妻の話に間違いはないと、夫は断言してもよかったのではないだろうか。

(考えすぎかもしれない)

それが凜子の悪い癖でもある。深く考えすぎて、読み誤ることがなきにしもあらず。それよりも喜多川だ。もしかしたら、近くにいるかもしれない。

「喜多川らしき男の密告電話と、田口譲治の証言は、どちらが正しいんでしょうね。

「夏目さんはどう思いますか。容疑者は『先生』なのか、『五位鷺』なのか」

歩きながら訊いた。むろん彼女の両目も油断なく行き交う人波に向けられている。下町シンデレラこと有田美由紀や喜多川篤史、さらには宝石店の店主夫妻がいないかと探していた。

「久保田さんはどう思っているのかしら？」

凜子は相棒に答えを譲る。

「ずるいですね。先にわたしの答えを聞くわけですか」

などと言いながらも満更ではない顔をしていた。

「信憑性《しんぴょうせい》が高いのは、喜多川らしき男の密告電話だと思っています。理由は松波頼子の話にも『先生』が出たから。しかも『タカツジ先生』という名字まで口にしました。彼女は保険金を取り戻せないか必死ですよ。それゆえ嘘を言う可能性は、きわめて低いのではないかと思います」

お金に対する執着心の強さは、麻衣も負けていないだろう。だからこそ、より正確な判断ができたといえる。

「同意見です」

凜子は大きく頷《うなず》いた。

「わたしのように優秀な相棒だと、楽できて、いいですね」

皮肉と照れ隠しが綯《な》い交《ま》ぜになったような表情をしていたが、いつもの皮肉は鋭さを欠いていた。

「ええ、本当に助かるわ。一番の問題は、喜多川篤史がどこにいるのかということね。久保田さんの考え方でいくと、松波頼子の話に軍配が上がるかもしれない。でも、本人が目撃したわけではなくて、見たのはおかず横丁の住人。又聞きだから、信憑性は低くなるかもしれないわ」

「だから言ったじゃないですか。一昨日が寄席、昨日が鶯谷の風俗店なんですよ」

麻衣は繰り返した。

「わたしには、もうひとつ、気になることがありました。松波頼子ですが、モンタージュ男の古賀道治を見ていた時間の長さや熱心さが、引っかかっています」

「美《い》い男だからですよ」

麻衣は言い切った。

「昔は三十歳前後が女盛りとか言われていましたけどね。今は寿命が延びていますし、熟女だのなんだのともてはやされているせいか、自分の年を実感しない中高年女性が増えています。松波頼子は典型的なタイプだと思いました。まだまだ色気たっぷりで、まだまだ男がほしいんですよ」

いつものように露骨な表現だったが、あながち的外れではないように思えた。とはいえ、凛子が気になった理由は他にある。

「松波頼子が古賀道治を知っていたから、とは考えられないかしら？」

問いを投げた。それゆえ眼鏡まで掛けて確かめた。しかし、警察への不信感をいだいてしまった頼子は、ある企みとともに真実を胸に秘めたのではないか。

「え」

と、麻衣は足を止めた。二人は浅草の六区に入って、目撃情報のあった寄席に向かっていた。遊廓再現の建設工事は、佳境に差し掛かっているらしい。足場に掛けられた覆いは外されていないものの、観光客は足を止めて、完成図が印刷された実寸大の覆いを見上げている。遊廓再現の派手な予想図の前で、みな携帯を操って写真を撮っていた。

数秒の凝視の後、

「ありえますね」

麻衣は認めた。

「やけに熱意があるなとは思ったんです。ですが、さっき言ったような理由だろうと思いました。確かに知り合い、もしくは見憶えがある男という可能性もありますね。それで眼鏡を掛けて確認した」

「これはあくまでも、わたしの推測ですが」

前置きして、凛子は続ける。

「古賀道治は『先生』の配下なのかもしれません。見張りを兼ねた連絡役として、松波純一に会っていたということも考えられます」

「ああ、確かにそうですね」

「松波頼子への監視も、強化してもらう必要がありますね。モンタージュ男の古賀は、覚せい剤所持で捕まったため、簡単には釈放されないでしょうが、尿検査の結果によっては釈放が早まるかもしれない」

凛子はふたたび歩き出した。渡里に連絡を入れて、松波頼子の監視を提言する。麻衣が隣に並んだ。

「ですが、古賀は特殊詐欺で実刑をくらっています。たとえ尿検査の結果がシロでも、釈放はされませんよ。ただ……特殊詐欺をやっていたというのが、やはり、気になると言えば気になりますね」

怪しげな『先生』や『五位鷺』は、どちらも詐欺師という点で共通している。特に自称経営コンサルタントを名乗っていた『先生』の場合、古賀のような半グレと繋《つな》がりがあったのはまず間違いないだろう。

「鍵を握っているのは、古賀道治と喜多川篤史かもしれないわ」

凛子は寄席の入り口に行き、警察バッジを掲げた。警察庁の捜査を告げる前に、キップの半券切りで立っていた女性に目が向いた。

「伊藤さん」

めったなことでは驚かない凜子も、次の言葉が出なかった。

「刑事さん」

伊藤千尋は、苦笑いのような顔になっていた。

「よくここでバイトをしているのが、わかりましたね」

御徒町の宝石店〈天輝堂〉の偽スタッフだったモンタージュ女。喜多川が出入りしていた寄席でバイトをしていたのは、たまたまなのか。

「ちょうどよかったです。少しお話を聞かせてください」

凜子は申し出た。

3

伊藤千尋は馬鹿正直に本名で名刺を作ったために、早い段階で身許が判明していた。客は親切なスタッフだったという印象が多く、それゆえにモンタージュが作成された経緯がある。事情聴取は何度か行われていたが、凜子は念のために茨城県の実家にも話を聞きに行っていた。

実家に行った後、千尋に話を聞くのは初めてだった。

「確認していただきたいのですが」

凛子は携帯を操作して、喜多川篤史の写真を出した。寄席の隣の和食店に個室があったのをこれ幸いと、そこがにわか取調室になっている。喜多川の写真を千尋に見せるのもまた、初めてのはずだった。

「ご存じですか」

携帯の画面を向けると、千尋は「ああ」と小さく頷いた。

「喜多川さんですね。よくお見えになりますよ。わたしは最初、知らなかったんですが、このあたりでは名物男だと聞きました。競馬や競輪で勝ったとき、ドーナツやお弁当を従業員に差し入れてくれるんです。アルバイトのわたしの分も忘れずに持って来てくれました。すぐに憶えますよ」

「では、こちらの男性はどうでしょうか」

次に出したのは、松波純一だ。『天輝堂店主夫妻行方不明事件』と松波変死事案には、なんらかの関わりがあるのではないか。容疑者が同じなのではないか。

完全に結びつける証拠はないものの、特務班や所轄には疑惑が芽生えていた。

「わかりません。どこかで見たような気もしますが、思い出せないというか。記憶に結びつきません」

千尋は小さく頭を振る。

「そうですか」

凛子は答えて、続けた。

「わたしたちは先日、伊藤さんのご実家へ参りました」

「…………」

はっとしたように千尋が目を上げた。怯《おび》えなのか、恐怖なのか。両目が不安を示すように揺れていた。

（やはり、なにかあったのかもしれない）

千尋の母親は沈鬱《ちんうつ》な表情だったばかりか、非常に口が重かった。別れた夫の話になると顕著《けんちょ》にそれが出た、ように感じられた。また、娘の千尋についても、近況を訊いたり、写真を見せてほしいと言わなかった。

色々思うところはあったが、推測は胸に秘めた。

「あなたは大学に入学したのを機に、ご実家を出て、ひとり暮らしを始めたそうですね。通おうと思えば通える距離だったと思いますが、なぜ、自宅から通わなかったんですか。自宅にいたままの方が、経済的にはプラス面が多いのではありませんか」

「ひとり暮らしをするのが、長年の憧れだったからです。それに」

ふっと目を逸《そ》らした。

「わたしは父とは折り合いが悪かったんですよ。支配的なＤＶ男でした。母はもちろんのこと、わたしや弟も叩かれたり、蹴られたりしました。仕事がうまくいかなかったりすると変貌するんです。お酒を飲むと特にひどくなりました。母はお酒さえ飲まなければと言っていましたが」

原因は酒ではないと暗にほのめかした、ように思えた。

凛子が口を開こうとしたとき、

「実の父親にレイプされたんですか」

麻衣が先んじて言った。千尋の実家に行ったときから同じ疑問を持っていたに違いない。質問というよりは、ほとんど確認という感じがした。

重苦しい沈黙の後、

「母が？」

千尋は、答えではなく、問いを返した。

「違います」

凛子は答えた。

「あくまでも、我々の推測です。特務班はＤＶやレイプ、虐待、ストーカーといった性犯罪に特化した班としてスタートしました。現在は所轄にそういった部署を置き、特務班は広域機動捜査、わかりやすく言いますと日本版ＦＢＩですね。所轄や県警の間を繋ぎ、スムーズに事件を解決することに重点を置いています」

その説明を、麻衣が受けた。

「もちろん現在も性犯罪事案を扱っていますので、他の捜査員よりは被害者の気持ちに寄り添えるのではないかと考えております」

まるで当初からのメンバーのような言葉になっていた。が、いちいち細かいことを突っ込むつもりはない。千尋が話しやすくなってくれればいい話だ。

「先程の質問ですが、答えはイエスです」

ようやく重い口を開いた。

「いつ頃から始まったのですか」

凜子は辛《つら》い質問を投げる。今回の事件には関係ないと言ってしまえばそれまでだが、被害者はおそらく今も苦しんでいるはずだ。必要ならば、藤堂明生のカウンセリングを勧められる。なにかできるはず、話をするだけでもほんの少し心は軽くなるのではないか。

特務班魂に火がついていた。

「中学一年のときでした。建築関係の職に就いていた父は、雨が降ると朝から酒浸りで……母は生活費を稼ぐために、夜は居酒屋で働いていたんです。わたしは可能な限り、友人の家に泊まらせてもらったんですが」

毎回、それができるわけもない。週に一度ぐらいの割合で、父は実の娘を性の捌《は》け口にした。

「辛かった」

告白した千尋は涙声だった。

「一日も早く家を出たくて、朝だけ新聞配達のアルバイトをしました。高校時代は無理でも大学へ進学するのを理由にすれば東京へ逃げられる。それだけが支えでした。わたしは二度、父の子を堕《お》ろしています」

凜子が差し出したティッシュで涙を拭《ぬぐ》い、さらに言った。

「母に何度も訴えましたが、お父さんがそんなことをするわけがないと言って、まったく取り合ってくれませんでした。それなのに、黙って中絶費用を用立ててくれるんですよ。病院にも付き添ってくれて……知っていたんだと思います」

用立ててくれる、病院にも付き添ってくれて。それらの言葉に、母親への隠しきれない愛が滲《にじ》み出ていた。実の父親によるレイプや虐待を受けた子供に共通するのが、親への深い、深い愛だ。

わたしが悪い子だから。悪いのは自分だ。

子供は自分を責め、無理やり折り合いをつけようとする。が、納得できるはずもない。その結果、リストカットや他者への暴力、非行といった行動に走るのだった。

「ご存じかもしれませんが、お母さんは離婚しました」

凛子の言葉に、驚いたような目を向けた。

「本当ですか」

その問いや表情に、家を出て以来、音信不通だったことが表れていた。忌《い》まわしい実家、怒りと憎しみの対象にしかなりえない両親。普通の家族だったならと、千尋は幾度も叶《かな》わぬ夢を見たのではないだろうか。

「はい。弟さんは結婚して、北区に住んでいます。娘さん、千尋さんにとっては姪御《めいご》さんですね。二人の娘さんを授かったそうです。上の娘さんは千尋さんに似ていると聞きました。弟さんは会いたいと言っているらしいですよ」

凛子はそっと弟の住所や電話番号を書いたメモ用紙をテーブルに置いた。千尋はすぐには手に取らない。じっと見つめていた。

「弟には……会えません。あの子、知っていたんです、知っていました、それで父に殴りかかって、すごい騒ぎになったことがあるんです。弟とは二歳違いなんですが、高校に入ったときでした。身体《からだ》が大きくなって自信がついたんでしょう。下手《へた》をしたら殺していたかもしれません。わたし、すぐには警察を呼べなくて……心のどこかで父が死ねばいいと思っていたんです、だから」

一気に話し終えて、深呼吸した。あふれ出した涙が止まらない。千尋は取り出したハンカチで顔を覆った。

四十歳まで独身だったのは、あきらかに心的外傷《トラウマ》だろう。セックスに対して強い嫌悪感を持っているため、親密な関係になりかけると千尋の方から引いたのではないだろうか。二十数年経《た》ってなお、被害者は地獄のような暗闇から抜け出せずにいる。

「あなたは悪くありません」

凜子は告げた。

「悪いのは、あなたの両親です。父親は言うまでもありませんが、母親も同罪です。あなたと弟さんを連れて家を出る選択肢もありました。もしくは、二人を行政に委《ゆだ》ねることもできたはずです。救える手だてがあったのに、なにもしなかった」

「でも、今ほど状況が」

庇《かば》おうとした千尋を、仕草で止める。

「確かに今ほど体制は整っていませんでした。警察にも知識がなかった。『実の父親がまさか』という思い込みが、犠牲者を増やしていたとも言えます。それでも、です」

力を込めて言った。

「母親はあなたを助けるべきでした。見て見ぬふりをするのは、レイプしているのと同じぐらい罪深いことです。いじめの問題もそうじゃないですか。自分はなにもやっていない、見ていただけ。言い訳にしかなりませんよ」

つい厳しい口調になっていた。繰り返される悲劇、大人になった後も続く怒りと苦悩。千尋は何度、悪夢にうなされたことか。いや、今もうなされているかもしれない。

「母親にも責任があります。それをあなたは認めたうえで、できることならば許してあげてください。乗り越えるには時間がかかるかもしれません。苦しんだ分だけ恢復《かいふく》にも時間がかかるんですよ。よろしければ精神科医を紹介します」

凜子の言葉に、千尋は何度も頷き返していた。両目からは、とめどなく涙が流れ出ている。堰《せき》を切ったようにという表現がぴったりかもしれない。

三十分ほど経ったとき、

「少しすっきりしました」

口元に笑みを浮かべた。

「だれにも相談できなくて……辛かった。落ち着いたら弟に会いに行きます。弟も苦しんできたはずですから」

未来に向けて一歩踏み出した印象を受けた。明るいとまでは言えないが、表情に生気が甦《よみがえ》っている。顔色も良くなっていた。

「話を続けても大丈夫ですか」

念のための確認に小さく頷き返した。

「大丈夫です」

「この男はご存じですよね」

凜子が見せる前に、麻衣が携帯を操作して、古賀道治の写真を出していた。それを見た千尋が答えた。

「店長です。確かハルと名乗っていました」

「彼は特別セールの店長だったんですか」

麻衣が確認の問いを投げた。

「そうです。警察が言うところの偽スタッフは、全部で六名。二日間とも同じ顔ぶれでした。スタッフは自己紹介しましたが、店長はハルとだけ名乗りました。わたしは馬鹿正直に応募したときも本名を名乗りましたので、名刺にも応募した通りの名前を使ったんですが」

自嘲のような笑みを浮かべた。

「他の人は偽名だったのかもしれませんね」

「偽スタッフのモンタージュ作成に、協力していただけませんか」

凜子の申し出をすぐに受けた。

「わかりました。わたしを含めて、女性は四人、男性は二人だったんです。もちろん店長のハルさんを入れた数ですが、もうひとりの男性の顔はよく憶えています。知り合いに似ていたので」

「それならば、かなり信頼性の高いモンタージュができそうですね。他にはいかがですか。思い出したことがあれば……」

「話しているうちに、思い出したことがあるんです」

千尋は遮るように言った。

「特別セールの初日、朝七時半に新宿駅へ集合して店に行ったんですが、六十代ぐらいの紳士然とした男性が待っていました。〈天輝堂〉のオーナーだと紹介されたんです。名前がちょっと思い出せなくて」

胸が騒いだ。

「オーナーは伴野浩平です」

凜子の確認には小さく頭を振る。

「違います。伴野ではありませんでした。ええと、確かタカなんとかだったような」

「タカツジですか？」

問いかけた声が、二人綺麗に揃った。凜子は麻衣と顔を見合わせる。互いに苦笑いしていた。

「あ、そう、そうです、タカツジ先生です。オーナーなのに『先生』と紹介されたのが、頭に残ったんですよ」

「紹介したのは、だれですか」

凜子は念のために確認する。『先生』の手下がいたのか。いたとしたら、だれなのか。松波頼子の話が、にわかに信憑性を帯びてきた。

「店長です。タカツジ先生はすぐに帰ってしまいましたが、朝なのに濃い色のサングラスを掛けて、水商売のような雰囲気でした」

サングラスを掛けていたのでは、正確なモンタージュはむずかしいかもしれない。それでも貴重な証言を活かさなければならなかった。

「タカツジ先生のモンタージュの作成にも協力していただけますか」

凜子の要請を受け入れる。

「わかりました」

「これから所轄に……」

立ち上がりかけた凜子の胸元で、携帯のヴァイブレーションがひびいた。失礼しますと言い置いて店の外に出る。

掛けて来たのは渡里だった。

「山梨県の県道に停められた車が、燃えているという連絡が入った。車の所有者は伴野浩平、場所は彼が所持する別荘のすぐ近くだ。わたしは今所轄を出るところなんだが、とにかく現場に向かってくれないか」

野太い声が、緊迫した状況を伝えていた。

「これから向かいます。松波頼子ですが、もしかしたら、古賀道治を知っているかもしれません。理由は後でメールしますが、古賀を泳がせると新たな動きが出るのではないかと思いまして」

答えながら浮かぶのは、老眼鏡を掛けて古賀の写真を見ていた頼子の真剣な表情だ。凜子が思った『頼子のある企み』とは、古賀と接触を持つかもしれないというものだった。ゆえに警察に真実を話すのをやめたのではないか。

「メールを送ってくれないか。その後で決める」

「わかりました」

答えて凜子は麻衣を呼びに行く。

燃えている車に、人は乗っていたのだろうか。

伴野夫妻は無事なのか。

『天輝堂店主夫妻行方不明事件』は、新たな展開を見せるかもしれなかった。

4

特務班が現場に着いたときには、すでに日が暮れていた。

県道に停められた乗用車は、運転席と助手席が完全に焼けた状態だった。人が乗っていなければよかったのだが、運転席と助手席にひとりずつ座していた。しかし、黒焦げになってしまい、性別はもちろんのこと、顔などもいっさいわからない。

二体とも損傷が激しく、四肢がかなり脱落していた。

特務班は藤堂を除く全員が現場に駆けつけている。鑑識係は弥生が指揮を執り、慎重に調べ始めていた。渡里はバンを仮の捜査本部にして、メンバーや警察官が聞き込みや周辺の捜査に着手している。ボスの隣に立つ古川は、あきらかに貫禄負けしてしまい、鞄《かばん》持ちにしか見えなかった。

通行止めにされた現場は、一種異様な雰囲気に包まれている。明かりを補助するための投光器も点《つ》けられていた。東京では考えられないことだが、吐く息の白さを投光器が映し出していた。

今夜はたまたまなのかもしれないが冷え込んでいた。

「通報者は車で通りかかった女性です。すぐに消防が駆けつけましたが、そのときはもう手のほどこしようがない状態でした」

県警の課長が説明する。

「すぐに特務班へ連絡をくれたようですね」

渡里の言葉に頷き返した。

「はい。伴野夫妻が行方《ゆくえ》不明になっているという話は、承知しておりました。特務班から山梨県に別荘があるという知らせを受けていましたので、パトロールを増やして対応していたんです。別荘にも何度か警察官を行かせましたが、伴野夫妻が立ち寄った形跡はなかったんですよ」

「車は伴野浩平の名義ですよね」

渡里が質問役を担《にな》っていた。

「そうです。三日前に県道沿いの中古車販売店で買い求めた車です。警察官が販売店への確認に行っている頃ではないかと思います」

「あちらにいるのが通報者ですか」

視線で少し離れた場所に立つ四十前後の女性を指した。自分の車のそばで山梨県警の警察官と話をしていた。

「はい。動転しきっていましたが、今はだいぶ落ち着いたのではないかと思います」

「わかりました」

渡里はいったん課長と離れて、特務班のメンバーを仮の捜査本部であるバンの近くに集めた。

「長田はこのまま鑑識作業の指揮を執ってくれ。井上と桜木は県道に設置されたNシステムのデータを集めてほしい。夏目と久保田は、通報者および伴野夫妻が車を買い求めた中古車販売店への聞き込みだ。まずは通報者の話を聞いてくれ」

「わかりました」

代表するように凜子が答えた。

「さあ、それではお願いします。情報収集に行ってください。特務班として、くれぐれも失礼のないように……」

古川の言葉はだれも聞いていなかった。凜子は麻衣とともに、通報者の女性のもとへ行く。警察庁広域機動捜査隊ＡＳＶ特務班の簡単な説明をして、聞き取りを開始した。

「同じ質問が出るかもしれませんが、ご理解ください。何時頃、車でここを通りかかりましたか」

「お昼過ぎです。午前中、義母のお見舞いに行ったんですよ。お寿司が食べたいと言っていたので、知り合いのお寿司屋さんに握ってもらい、お昼ご飯に間に合うように持って行きました。一緒に食べて、あとは洗濯物なんかを持って帰りました」

「その帰り道に遭遇したわけですか」

凜子は、ちらりと焼け焦げた車の方を指し示した。

「はい」

「行くときに車は停まっていなかったのでしょうか。故障して路肩に停車していたというようなことは、ありませんでしたか」

「なかったですね。混《こ》むことが多い時間帯なんですが、スムーズに流れていました。

お昼にぎりぎり間に合うかどうかだったので、ああ、よかったと思ったんです」

「燃え方はどうだったでしょう。激しく炎が上がっていましたか」

「炎は上がっていましたが、煙の方がすごかったように思いました。黒い煙がモウモウと立ちのぼっていたんですよ。火の勢いが強かったので近づけませんでしたが、周囲には強いガソリンの臭《にお》いが漂っていました」

車を運転している女性だけに、ガソリン臭はかなり信頼度の高い話だった。つまり、亡くなった人物は、自分でガソリンをかけたか、だれかにかけられたうえで火を点けられたことも考えられる。

「他にだれか見かけませんでしたか。素早く走り去った車や、怪しい人物を見た憶えはありませんか」

「気がつきませんでした。とにかく早く警察と消防に電話をしてということしか、頭にありませんでしたから」

「この方たちなんですが」

凜子は携帯を操作して、伴野夫妻の写真を出した。二人で旅行に行ったときの一枚を、顔の部分だけアップしている。夫妻は二人とも髪を黒く染めているため、年齢よりも若い印象を受けた。

女性は写真を見たが、首を傾げただけだった。

「見憶えはありません」

一瞬、燃えた車に視線を走らせる。

「中にいたのは、この方たちですか」

「まだ、わかりません。近くに別荘があるらしいんですね。そこに来ていたのか、行く途中だったのか。これから調べるんです」

「別荘ですか。確かに別荘地がありますね。バブル時代に建設されたらしくて、山荘風の建物が立ち並んでいますよ。温泉付きだそうです。主人はだいぶ値下がりしたと言っていましたが、それでもけっこう高い値段がついていますよ」

「今、山梨県は人気が高いんです」

麻衣が口をはさんだ。

「特に温泉付きの別荘は、すぐに買い手がつくんじゃないでしょうか。東京から近いですしね。敷地も広いため、野菜作りも楽しめる。老後は山梨県でと考えるシニアが、増えていると聞きました」

まるで桜木のような雑学を披露する。

「野菜作りなんて、楽しくありませんよ。うちは義母が畑を持っているんです。収穫のときは、家族総出になるんですね。子供たちが、まあ、ブウブウ言って大変ですよ。美味《おい》しい野菜が食べられるんだから、なんて言っても野菜嫌いなので効果なし。仕方なく翌月のお小遣いを多少、割増ししてあげたりして……あ、すみません」

話が逸れたことに気づいたのだろう、ぺこりと頭をさげた。

「他にはどうですか。気がついたことはありますか」

凜子は話を戻した。

「いえ、もう、ただただ驚くばかりです。パトカーや消防車が到着するまでは、人が乗っているとは思わなかったんですね。中古車の処分に困って火を点けたのかと思ったんです。落ち着いて考えれば県道でそんなことをするわけありませんよね。警察の方に人が乗っていると聞いたときは、身体が震えてしまいました」

非常にまともな反応といえる。ごく普通の暮らしをしている女性が見た異様な現場。あらたに到着したパトカーからは、伴野夫妻の息子――伴野秀平が姿を見せた。凄惨《せいさん》な状態だと伝えられているに違いない。妻や子供は伴っていなかった。渡里が素早く駆け寄って、仮の捜査本部にしているバンへ連れて行く。

「パトカーがタクシー代わりですか。ずいぶん早いご到着ですね」

麻衣の皮肉は聞き流し、凜子は通報者の女性に礼を言って、別れた。近くに控えていた県警の警察官が、ふたたび聴取を始めた。

「親父たちですか、確認できたんですか」

伴野秀平は無惨な姿の車に目を向けている。投光器が青ざめた横顔を浮かびあがらせていた。

「確認はできていません。司法解剖しますが、なにしろ遺体の損傷が激しくて、DNA型を採取できるかどうか」

渡里が答えた。

「会わせてください。わたしが見れば、わかるかもしれません。親父とおふくろの特徴が、どこかに残っているかもしれない。司法解剖する前に会いたいんです」

「いや、しかし」

躊躇う渡里に、秀平はくいさがる。

「お願いします」

懇願に負けて、ボスは車に案内した。弥生が指揮している鑑識班は、少しの間、離れる。秀平はおそるおそる車内を覗《のぞ》きこんだが……。

「………」

次の瞬間、硬直していた。県道脇の草むらに走って行き、嘔吐する。麻衣がにやりと笑った。

「言わんこっちゃない。ほら、見たことかって感じですね。身内だって、わかるわけがないですよ。火葬場に行く必要がないほどに焼け焦げているんですから」

「久保田さん」

小声で窘《たしな》めた後、規制線を潜《くぐ》って、自分たちの覆面パトカーに足を向けた。麻衣が追い越して行き、運転席に乗る。凜子に運転をまかせるのはいやなのだろう。助手席に座るとすぐにスタートさせた。

二人は、伴野浩平が中古車を買い求めた販売店に向かった。

5

「自殺だと思いますか」

麻衣が運転しながら訊いた。自殺なのか、他殺なのか。さらに事故も否定できないが、可能性は低いように思えた。単独事故だったとしても、車がぶつかったような痕跡はない。さらに車同士の事故だった可能性はもっと低いように思えた。そもそも相手の車がどこにもなかった。

「現時点では、どちらとも言えないわね」

ナビシステムで目的の中古車販売店の位置を確かめる。麻衣も信号停止したときに画面を覗き込んでいた。

「宝石店の〈天輝堂〉は、詐欺師の『先生』に狙われて、ビッグ・ストア——暗黒街の劇場と化した。特別セールを行ったわずか二日の間に、店が持っていた宝石はすべてどこかに消えている。被害者が売りつけられた宝石は全部、偽物だった。まあ、お見事としか言いようがないですね」

不謹慎な表現をふたたび窘めようとしたが、

「殺しをしなければ、という話ですけど」

麻衣は早口で付け加えた。信号が変わって、面パトをスタートさせる。特務班は正体不明の『先生』を特定するために、『タカツジ』で犯罪者データを調べていた。何人か高辻某がいたものの、服役中だったり、すでに死者だったりして、それらしき候補者にはまだ行き着いていない。

「せめて『先生』の年齢だけでもわかれば、もう少し絞り込めるものを」

悔しさが呟きになっていた。

「本当にいるのかしらね、『先生』は」

二度目の呟きに、麻衣が反応する。

「夏目さんは存在していないと思っているんですか。だれかが『先生』を仕立て上げて、いかにもいるように振る舞っている。しかし、現実に『先生』はいない。この世に存在していない人間を捕まえるのは無理ですからね。完全犯罪が成立するかもしれません」

「あるいは、かつていた『先生』という稀代《きだい》の詐欺師をだれかが継ぎ、詐欺を続けているのかもしれない」

「なるほど。それもありえますね。ヤクザの跡目相続みたいなものかな。初代の『先生』はとっくに墓の下かもしれないけれど、技や知識を引き継いで詐欺を続ける。その考え方でいくと『五位鷺』もそうかもしれないですね」

「ええ。あなたが言っていたように、正社員や派遣社員もいるのかもしれないわ。正規のメンバーが中心になって詐欺を行うけれど、時々腕のいい臨時雇いも使う。友美さんのようなサイバー捜査官には、高値がつくかもしれないわね」

「長田さんも高値がつくかもしれませんが、さすがに今回の身許を割り出すのは、てこずるかもしれませんね。あんなに焼け焦げた遺体からDNA型を取り出すのは無理だと思います」

「現代の科学を侮《あなど》ってはいけません。以前、弥生さんに聞いた話では、相当ひどい状態の遺体や、ミイラのような古いものからでも、骨髄が採取できればDNA型はわかるらしいですから。まあ、あれだけひどい遺体となると、確かにむずかしいかもしれませんが」

「へえ、骨髄ですか。『怨《うら》み骨髄に徹す』とかっていう諺《ことわざ》は、そこから来たんですかね。骨の髄まで深く怨むぞ、と」

「それはないでしょう。諺ができた時代に、DNA型は発見されていませんでしたから」

笑って、前方を見やる。

「あそこね」

ナビシステムでもう一度位置を確かめた。隣にはファミリーレストランがあるため、わかりやすかった。凛子たちの面パトと入れ替わるようにして、県警のパトカーが出て行った。出て行く間際、制服警官たちは会釈《えしゃく》していた。

特務班は県警の警察官全員に会っているわけではないが、やはり、かれらは覆面パトカーを見分ける術《すべ》を持っていた。

「挨拶しておきます」

凛子は言い、先に車を降りる。揉《も》み手しながら寄って来た男性販売員は、覆面パトカーだと見分けられなかったに違いない。

「どのようなお車を探していらっしゃるのですか」

年は四十前後、満面の営業スマイルを向けた。細い目で値踏みするようにじっと見ている。金持ちなのか、いくらぐらいの車が望みなのか。彼なりの推測を導き出そうとしているような印象を受けた。

凛子が警察バッジを掲げたとたん、

「ちぇっ、またかよ。昼からこれで何回目になることか」

男性販売員は露骨にいやな顔をした。苛立ちを示すように、地面へ唾を吐きつける。

どうやら伴野夫妻に車を売ったのは彼のようだった。

凜子は儀礼的な挨拶をした後、

「車を買いに来たのは、この人ですか」

伴野夫妻の写真を見せた。

「そう、この人です。何度も同じ話をさせないでくださいよ。警察同士で確認すればいいじゃないですか。防犯カメラのデータもお渡ししました。間違いなく、伴野さんは来ていましたよ。そして、接客したのは、わたしです」

「なるべく早く終わらせますので、ご協力ください。話しているうちに思い出すこともありますからね。伴野さんは、ご夫妻で来たんでしょうか」

凜子は笑顔で話を進める。こういうときは、女子力を最大限に活かすようにしていた。

麻衣は隣に来て、手帳を広げている。

「そうです。ご夫婦で来ました。年配者は選ぶのも決めるのも時間がかかるんですが、早かったですよ。五分ぐらいで『これください』でしたから。魚でも買うような感じでしたね。急いでいる印象を受けました」

「どこに行くかは、言っていませんでしたか」

「特に言っていませんでしたね。あまり話はしなかったですよ。今にして思えばですが、二人とも暗い顔をしていた感じがします。しかし、まさか県道で焼身自殺とはね。そんな思い切ったことをやるようなご夫婦には見えませんでしたが」

焼身自殺だと決めつけていた。

「県道でやったのは、やっぱり早く見つけてほしかったからですかね」

問いかけには答えない。

「ここを出た後は、どちらへ行きましたか」

右か左か。東京方面か、さらに山梨県の奥に向かったのか。

「左です。別荘地の方角ですよ。さっきの刑事さんの話では、別荘を持っていたらしいですからね。いったん別荘に行ったんじゃないですか」

「車の支払いは、カード決済ですか」

「キャッシュですよ、ぽんと現金払い。見るからに裕福そうな感じがしました。着ていた服や靴、バッグ、財布までブランド品だったと思います。残念ですよ。わたしは燃えた車が気に入っていたんで……一生懸命、手入れしていた車が、自殺のために使われたっていうのは、ちょっと複雑な気持ちがしますね」

しんみりとした口調になっていたが、口先だけのように思えた。目が冷ややかに醒《さ》めているような感じがした。

「なにか、そう、落ち着かない様子だったとか、目についたことはありませんか。一緒に来た人などはいませんでしたか」

凛子の言葉が記憶を刺激したのか、

「落ち着かない様子」

男性販売員は一部を繰り返した。

「そういえば、そんな様子に見えました。旦那も奥さんも、しきりに隣のファミレスを気にしていたんですよ。息子夫婦でもファミレスで待っているのかなと思い、そのときは気にならなかったんですけどね。言われてみて、そういえばと思い出しました」

「あなたは、ファミレスの方を見なかったんですか」

答えはわかっていたが、念のために確かめる。

「見ましたよ。なにを気にしているのかなって思いましたからね。でも、いつもどおりでした。混み合う時間帯じゃなかったんで、チョボチョボ車が停まっているみたいな」

不意に男性販売員の目が忙《せわ》しく動き始めた。凛子や麻衣、さらには隣のファミリーレストランを行き来する。何度も警察官が来ることや、買い求めたばかりの車で焼身自殺といった点に疑問があったのだろう、

「もしかしたら、殺されたんですか？」

小声で訊いた。

「それで特務班が出張って来たんですか。インターネットで見たことありますよ。大きな事件しか扱わない部署ですよね。伴野夫妻の死には疑問アリってことですか」

「捜査中ですので、お答えできません」

麻衣が型通りの答えを返した。

「それよりも、伴野夫妻が来ていたとき、隣のファミレスに停まっていた車の種類を教えてください。あなたは専門家ですからね。憶えているんじゃないですか」

持ち上げると、男性販売員は破顔した。

「いやぁ、頼りにされちゃったかな」

「憶えているんですね」

麻衣が促すと、手帳を取り出した。

「待ってください。思い出してみます」

ファミリーレストランの駐車場を見ながら、書き始めた。麻衣は男をおだてるのが非常に上手《うま》い。古川もこれで搦《から》め捕られたのかもしれなかった。蜘蛛《くも》女のごとく男を捕らえたが最後、金を出す限りは離さない……。

携帯のヴァイブレーションに気づき、凜子は麻衣たちから少し離れた。

「夏目です」

渡里だった。

「山梨県警が、記者会見を開くようだ。井上の隠れファンは、あちこちにいるらしくてな。密《ひそ》かに連絡をくれたと言っていたよ。ここだけの話だが、美人サイバー捜査官がいるのはありがたいね」

「台東区で起きた『天輝堂店主夫妻行方不明事件』の帳場は、山梨県警にという考えなのでしょうか。変死事件として発表してしまえば、捜査本部を置くしかないと考えているのか。まだ、伴野夫妻かどうかも確認できていないのに」

凛子の言葉を渡里は受けた。

「思惑は色々あるだろうが、地方の監察医務院は多忙をきわめている。伴野夫妻の司法解剖は東京で執り行うことが決まった。これは長田が伝手《つて》を使い、最優先事項として話を持ちかけてくれたんだ。我が班の女性メンバーは有能だよ」

異論はなかったが、女性メンバーには自分も含まれる。否定も肯定もしなかった。しかし、こちらに来る麻衣の表情を見て、告げた。

「中古車販売店の男性販売員から、有力な情報が得られたようです。現場に戻った方がいいですか」

「いや、山梨県警に来てくれないか。現場の警察官たちは友好的なようだがね。上は違う意見なのかもしれない。会見場に集合だ」

違う意見の上司たちに、やんわりとお灸《きゅう》を据えるのではないだろうか。凜子は麻衣を促して、覆面パトカーに乗った。

6

「県道で起きた車の火災ですが、乗っていたのはおそらく東京都台東区在住の宝石商、伴野浩平さんとその妻ではないかと思われます」

山梨県警の本部長は言った。会見会場は警察本部の会議室だが、入りきれないほどのマスコミが押しかけている。友美に密告した人間がいたように、だれかがリークしたのかもしれない。東京から来た報道陣が大半を占めていた。

「行方不明になっていた夫妻ですか」

「相当、ひどく燃えたようですが、身許は確認できたんですか」

「まだ、司法解剖は終わっていませんよね」

次々に上がった質問を、本部長は笑顔と仕草で制した。

「ひとつずつ、お答えしていきます」

特務班の鼻をあかしてやったという満足感が、言動に浮かびあがっているように思えた。

かねてより疎ましく思っていたのかもしれない。現場に行っている間にさっさと終わらせてしまえという魂胆《こんたん》が見えていた。

「まずは最初の質問ですが……」

本部長の答えを男の声が遮った。

「行方不明になっている夫妻かどうかの確認作業は、まだ終わっておりません」

古川輝彦が、颯爽《さっそう》と登場する。肩で風を切るという表現が、まさにぴったりだった。こういう派手な場面には、古川警視長の肩書きがものを言う。渡里はこういうときだけは後ろに従い、狸親父《たぬきおやじ》ぶりをいかんなく発揮していた。

利用するのが上手い。

「遅れまして、申し訳ありません。現場での作業に手間取りました。車が燃えた事案につきましては、少し前に現場から運び出した次第です。現在は司法解剖を執り行うため、東京の監察医務院に向かっております」

古川は得意満面だった。メンバーには相手にされないが、こういう場こそ自分に相応《ふさわ》しいと思い込んでいるのではないだろうか。警視長に折り畳み椅子を持参させているあたりに、渡里の芸の細かさが表れていた。自分たちの席が用意されていないのはすなわち、と、報道陣に示しつつ、ちくりと本部長を皮肉っていた。

「ご挨拶が遅れました。警察庁の古川です」

古川の挨拶を聞き、本部長は慌てたように立ちあがった。

「あ、いや、どうもご丁寧に」

「到着時にご挨拶に伺ったんですがね。本部長はお留守だったため、そのまま現場に向かいました。この後は我々が説明いたします」

わざとらしく折り畳み椅子を広げて、座る。渡里も持参した折り畳み椅子に腰をおろした。が、古川は現場の状況を頭に入れていなかったに違いない。

「渡里警視。お願いします」

あとは渡里にまかせた。

「えー、燃えた車の持ち主は、伴野浩平氏であることがわかっています。三日前に県道沿いの中古車販売店で買い求めたようですね。対応した販売員に確認したところ、伴野夫妻が訪れたと証言しました」

会場内はざわめいた。買い求めたばかりの中古車で焼身自殺か。理由はやはり金だろうか。特別セールで売り捌《さば》かれた宝石類はすべて偽物。それでは本物の宝石は、どこにあるのか。

「御徒町の店は業績不振だったんですか。借金があったために、外国で宝石を売ったんですかね。ですが、特別セールで偽物を売ることによって、伴野夫妻は二重の利益を得たはずです。大金を得て焼身自殺というのは、ちょっと納得できませんが」

ひとりが挙手して、発言した。よく調べていた。企みを胸に秘めていた本部長よりも詳しいのではないだろうか。

「現段階では、お答えできません。司法解剖の結果待ちです。まだ、伴野夫妻であるかどうかも、わかっておりませんので。車の持ち主が伴野浩平氏だったのは事実ですが、判明しているのはそれだけです」

「宝石店の経営状態はいかがですか。調べはついているんじゃないですか」

他から上がった問いに、渡里は丁寧に答えていた。入り口で様子を見ていた凜子は、静かに帰り支度を整える。麻衣と一緒に早く帰れとボスに言われていた。廊下の片隅で電話をしていた相棒が、小走りにこちらへ来る。

「帰りますか」

「ええ」

「ああやって並んでいると、古川警視長は立派に見えますよね」

会見場を顎《あご》で指しながら笑っていた。二人は玄関に向かっている。友美と桜木は県警の駐車場に停めたバンの中で、新しく得られた情報の確認作業をしていた。弥生は遺体に付き添って、東京の監察医務院に着いた頃かもしれない。

「そうね」

「彼の変態ぶりを知っているのは、わたしたちだけ」

くすっと笑った。

「そういうのって、愉快だと思いません？」

魔女のような笑顔だと思った。弱みを握っているから、いざというときは優位に立てる。おそらくそんな考えなのではないだろうか。

「さあ、どうかしら」

曖昧《あいまい》に返事を濁《にご》して、警察本部を出た。駐車場に停めたバンの窓には明かりが見える。麻衣はさっさと面パトに乗り込んでいたが、凜子は挨拶のために立ち寄った。

「調子はどう？」

バンの扉を叩くと、桜木が開けた。

「友美さんが車の持ち主を調べています。自分はNシステムのデータを確認中です」

どうぞ、という仕草に従い、凜子は中に入る。二人は麻衣が中古車販売店の男から得た情報を元にして、ファミリーレストランに停車していた車を当たっていた。さらにNシステムのデータを照合しながら、同じ車種の車がないか探している。

言うまでもなく、根気のいる作業だった。

「男性販売員は、ファミレスに停まっていた車として、一台だけですが外車をあげているんですよ」

友美が言った。大きな目でパソコンの画面を食い入るように見つめていた。さして広くないバンの車内には、四台のパソコンが置かれている。二人はそれを見やりながら、確認作業を続けていた。

「このあたりでは、ちょっと目立つ高級車です。怪しいなと思い、持ち主を調べているんですが、持ち主が次々に代わっちゃっているんですよ。最初に買った人物に辿《たど》り着けないかと思いまして」

美しい眸《め》は充血していた。

「なにか買って来るわ。少し休憩した方がいいわよ」

凜子の申し出を、二人はほとんど同時に拒否する。

「要《い》りません」

「さっき買い込んで来ました。凜子さんは早く帰ってください。今夜はパートナーが早めに帰っているんでしょうが、賢人君はお母さんを待っていますよ」

桜木の言葉を、友美が継いだ。

「異存なし。ほら、お金大好きという相棒が、ヘッドライトを点滅させていますよ。短気ですからねえ。仕事の話なんだから一緒に来いっての」

拳《こぶし》を打ち出す真似をして、点滅するヘッドライトを睨《にら》みつけた。凜子は苦笑いせずにいられない。

「久保田さんが来たら、ナイトファイトのゴングが鳴るのは間違いないわね。それではお言葉に甘えて、失礼します。なにかわかったときは連絡してください」

「はーい」

「お疲れ様です」

会釈した桜木に、会釈を返して、バンを出た。下町シンデレラ――有田美由紀への想いは完全に封じ込めている。防犯カメラやNシステムのデータ解析といった裏方に徹しているのは、表に出ない方がいいという渡里への気持ちからだろう。ここにきて、桜木はひとまわり大きくなったように感じられた。

「なにかわかりましたか」

面パトの助手席の扉を開けると、運転席の麻衣が訊いた。

「いえ、まだ精査中でした。友美さんはファミレスに停められていた外車が、気になっているようです。外車は一台だけだったようなので」

凜子は助手席に座ってシートベルトを着ける。それを待っていたかのように、面パトは走り出した。

「わたしも聞いたときに、まず外車が気になりました。温泉付きの別荘が近くにありますが、超高級という別荘地ではないと思うんです。それに停めていたのが、ファミレスの駐車場でしょう？」

揶揄するようなひびきがあった。

「あまりあのレベルの外車では行かないように思うんですよ。わからないのは、なぜ、目立つ外車を使ったのか。あ、もちろん『先生』もしくは『五位鷺』が犯人であり、犯人は外車を使っているうえ、無惨な亡骸《なきがら》が伴野夫妻だという仮定の話が前提にありますが」

「わかっています。続けてください」

凛子の同意を受け、麻衣は続ける。

「なぜ、目立つ外車を使ったのか。犯人は警察をなめきっているんですよ。気づかれるとは思っていなかったような気がします。ファミレスの駐車場を調べるとは思ってもいなかった。ただ」

信号で停止したとき、ふと考え込むような顔になる。

「稀代の詐欺師と語り継がれる『先生』にしては、迂闊《うかつ》すぎる行動に思えなくもない」

凛子の推測に驚いたような目を向けた。

「そのとおりです」

信号が変わって、ふたたびスタートさせる。

「なんだか気持ち悪いですよ、夏目さんって。時々わたしの考えが読めるみたいだなって感じるんです。テレパシーとか使えるんじゃないですか」

冗談めいた言葉には笑顔を返した。

「そんな力があれば苦労しません。とっくの昔に『先生』もしくは『五位鷺』といった詐欺師を捕まえていますよ。久保田さんの考えがわかるのは、わたしに似ているからです。似たような考え方をするので……」

二人の携帯が同時にヴァイブレーションを伝えた。麻衣は路肩に面パトを停止させる。携帯だけでなく、タブレットにも連絡が来ていた。

「わかりました、外車の最初の持ち主が」

友美の声は昂《たか》ぶっていた。電話越しでも興奮しているのがわかった。

「高辻恭平《たかつじきょうへい》です、たぶん『タカツジ先生』ですよ。年齢は七十歳。今は住んでいないかもしれませんが、住所も判明しました」

幻ではなかった。『タカツジ先生』は現実に存在していた。

それでは今はどこにいるのか。

特務班は、稀代の詐欺師を全力で追いかける。

第六章　『先生』の正体

1

高辻恭平の写真が、プロジェクターの画面に映し出されている。

白髪まじりの髪は綺麗に整えられており、高級品と思《おぼ》しきグレーのデザインシャツと洒落《しゃれ》た髪型がよく合っていた。シャツは銀座あたりの老舗《しにせ》でオーダーしたのではないだろうか。シルクのような光沢が、味気ない免許証の写真でも目を引いた。

伊藤千尋に頼んで作成したモンタージュは、すでに配ってある。特徴をよくとらえており、免許証の写真にサングラスを掛けたような感じに仕上がっていた。

「これは、二カ月ほど前に免許を更新する際、撮影された写真です。七十歳の誕生日にでも撮影したのかもしれません。かなりめかし込んでいます」

渡里は推測をまじえて、説明する。

「豊島区の現住所は、高辻の実家のものでした。今は高辻の妹一家が住んでいます。

一年に何度か連絡がある程度の付き合いらしく、高辻の行方《ゆくえ》についてはわからないとのことでした。しかし、密《ひそ》かに会っている可能性も否定できません。高辻は妹に金を渡して口封じしているのかもしれない。警察官に見張らせております」

と、警察官たちを見まわした。

合同捜査本部が設けられた警視庁の会議室には、六十人前後の警察官が詰めていた。本庁はもちろんのこと、所轄の警察官や山梨県警の副本部長や捜査一課の課長といった指揮官クラスも駆けつけている。上野署の捜査一課の竹内課長や、同じく捜査二課の岩村課長の顔も見えた。特務班は長田弥生と藤堂明生を除く全員が、渡里の後ろに控えていた。こういう派手な場面のときには、古川警視長も遅れずに出席する。

秋の気配は早くも去って、朝晩は冷え込みを感じるほどになっていたが、会議室は人いきれで蒸し暑かった。何人かは襟元をゆるめて、扇子を使っている。凜子は会議室の窓を開けておいたが、気温の高さを気にする者はおそらくいないだろう。全員が真剣な目をプロジェクターの画面に向け、渡里の話に集中しているのが伝わってきた。にわかに殺人事件の疑いが濃厚になっていたが、まだ断定はできない。警察官の熱気とは裏腹に、会議室は静まり返っていた。

「伴野夫妻らしき男女が、中古車を買い求めた山梨県の中古車販売店ですが」

渡里の話に従い、友美がプロジェクターに繋《つな》いだパソコンを操作する。画面が切り替わって、山梨県の県道沿いの中古車販売店が映し出された。

「この店の隣に、ファミリーレストランがあります。伴野夫妻はしきりに気にしていたらしいので、駐車場に停車していた車を調べました。中古車販売店の男性販売員が、職業を活かして思い出してくれたようです。その結果、不審な外車が挙がりました」

今度は問題の外車に切り替わる。色はシルバーグレーだが、だれもが知っている外国の自動車メーカーのものだった。

「わたしの部下は目立ちすぎると思い、まず最初にこの外車の持ち主を調べたのです。そして、最初の持ち主――高辻恭平に行き着きました」

タカツジ先生という呼び方は、松波の妻、頼子から最初に出た。麻衣曰《いわ》く保険金がほしくてたまらない頼子は、金を手に入れるため必死になっている。それだけに信《しん》憑《ぴょう》性《せい》が高いと考えて、メンバーは頭に留め置いた。

（でも、引っかかる。目立ちすぎる車を、なぜ、高辻と思しき男は使ったのか。『先生』や『五位鷺』は、できるだけ目立たない車を使うように思うけれど）

気になっていたが、口にするのは控えた。目立ちすぎるという点においては、下町シンデレラこと有田美由紀も例外ではない。不自然な行動のように思えたが、これも心に留め置くにとどめた。

「この外車は高辻の手を離れた後、四人の男のもとを渡り歩きました」

渡里の名字と渡りを掛けたようになったが、だれも笑わなかった。咳《せき》をするのも憚《はばか》られるほどの静寂に覆われていた。

「不思議なことに一、二年で車を手放した男が多いんです。事情聴取の際、四人とも似たりよったりの話をしました。纏《まと》めた内容は次の通りです」

手許《てもと》のプリントに視線を向けて読みあげる。

〝事故ばかり起こすんですよ。交通規則は守っているのに、どういうわけか、相手の車がぶつかって来る。後ろの車にオカマを掘られて、自分の車が前の車にオカマを掘る、なんてこともありました。死亡事故にはいたりませんでしたが、気持ちが悪くなりましてね。乗るのをやめたんです〟

供述は主に最後の持ち主が告げたものだった。二十代後半の男は夢だったメーカーの外車が格安で手に入り、天にも昇る気持ちだったという。

〝でも、自分が天国に逝《い》っちまったら、なんにもならないですからね。一年半ぐらい前だったかな。思いきって売ろうと決めたんです。格安だった理由は、このせいかと妙に納得したりして〟

他にも重要な証言をした。

〝売ろうと思ったのに売らなかった理由、ですか？〟

躊躇《ためら》いながらも答えた。

〝名義をおれのままにしてくれれば、高値で買うという奇特《きとく》な御仁《ごじん》が現れたからですよ。名前は山田《やまだ》だったか、山下《やました》だったか。ほら、携帯なんかであるでしょう、名義貸しってやつ。あれですよ〟

悪びれた風もなく言ったが、事件に関わりがあるかもしれないと聞き、青くなっていたのを凜子は思い出していた。

(男が嘘をついている可能性も否定できない。本当は高辻恭平の手下として、動いているのではないか?)

もちろん名義貸しをした男にも見張りを配している。高辻がわずか二カ月前に免許証の更新をしていたという、非常に現実的な事態が警察官たちに力を与えていた。幻を追っているわけではない、『先生』は存在している。

凜子が今考えていた内容を、渡里は警察官たちに説明していた。高辻の実家と外車の持ち主に配した警察官。他にもいくつか気になる話が出ていた。

「松波純一が死亡した事案につきましても、不審点が浮かびあがっています。病死という診断を覆すのは大変ですが、保険金殺人の疑いが拭《ぬぐ》いきれません。合わせて一億一千万にもなる保険金は、いったい、どこに消えたのか。さらに松波の妻、頼子は夫の話としてこう告げました」

渡里は話を続ける。

〝おれはタカツジ先生に殺されるかもしれない〟

妻の頼子が、夫から聞いた言葉だ。

「松波は身の危険を感じていたのか、自分の車にドライブレコーダーを搭載していました。ドライブレコーダーは発見されませんでしたが、予感的中と言うべきでしょう。松波の遺体は車の中で発見されています。おそらくすでに亡くなっていたと思われますが、社員の田口譲治は生きていると思い、自宅の寝室に運んだ」

この時点で体液や血液などの遺留物の保全が乱れた。渡里が言ったように『おそらく』という但《ただ》し書き抜きでは語れなくなっていた。

「自宅に松波を運んだ田口譲治にも不審点があります。松波は殺されたのではないかという推測に対しては、反論していません。そのうえで『もしかしたら、会長も喰われちゃいましたかね』と告げた。だれに喰われたと思ったのかと問いかけたところ、『五位鷺《ごいさぎ》』の名を挙げました」

渡里は田口の言葉を読み上げる。

〝『五位鷺』は、会社を助けてやると松波社長に持ちかけて、殺したのかもしれません。資金を出す条件が、多額の生命保険を掛けろという話だったのかもしれない〟

しかし、会社が傾いた一番大きな原因は、田口の横領ではないのだろうか。マツナミ建設を喰ったのは、本当に別のだれかなのか。

アルコールで睡眠薬を大量に流し込み、急性心不全に見せかけて殺す。

疑問は消えなかった。

「田口譲治は『五位鷺』を挙げましたが、喜多川は『松波は先生に喰われちまったのかもしれない』と松波の妻に話しています。その前には『おれにまかせておけ。話をつけるから』とも言っていたらしい。現在、マツナミ建設の経営状態を調べ直していますが、これは結果が出た時点で知らせます」

喜多川が松波の妻に『まかせておけ』と言った件に関しては、麻衣が二人の間に漂う性的な臭《にお》いを感じ取っていた。だからこそ、喜多川は犯人や保険金の捜索を引き受けたのではないだろうか？

凜子も麻衣と同意見だった。喜多川の女は何人いるのかわからないが、目を掛けていた松波の妻となれば、放ってはおけないだろう。年老いた身でありながら危険を顧みず、保険金を奪い去った相手を探しているように思えた。

「所轄に入った密告《タレコミ》は、やはり、喜多川篤史でしょうか」

上野署の捜査一課の竹内課長が挙手した。

〝二つの事件には『先生』と呼ばれる男が関わっている〟

というのが、密告内容だ。

「断定はできませんが、可能性は高いと思います。喜多川篤史の他にも気になる人物がおりまして」

プロジェクターの画面が変わって、有田美由紀が映し出された。何度、見ても澄んだ大きな眸《め》に惹きつけられる。桜木が持っていた写真ではなく免許証の写真だが、顔立ちの美しさと相まって、清らかな雰囲気が下町シンデレラの魅力を高めていた。

「『先生』の手下なのか。もしくは女詐欺師のグループ『五位鷺』のメンバーなのか。あるいは喜多川篤史と一緒に行動しているのか。有田美由紀は二つの事案、『天輝堂店主夫妻行方不明事件』と松波純一の事案を結びつけるような行動を取っていました。重要参考人として、写真を公開するかどうか。上と話しているところです」

有田美由紀は犯罪者ではない。意味ありげに変装をして、いくつかの場所に姿を現しただけである。写真を公開した場合、元警察官で美人という点にだけ焦点が当てられてしまい、ネット上で大騒ぎになるのは必至。上層部はもちろんだが、渡里も慎重にならざるをえなかった。

「名義貸しをした外車の持ち主に、高辻恭平の写真と作成したモンタージュを見せました。高値で買うという話が出たときに来たのは、若い男だったようです。試しに古賀道治の写真を見せたところ、違うという返事でした。プリントにも記しましたが、古賀は天輝堂の偽スタッフを束ねた店長です。釈放して泳がせた方がいいのではないかと進言しました。上の了解が得られ次第、釈放します」

「釈放された後、古賀は『先生』に接触すると考えているんですか」

若手の質問に答えた。

「一番期待しているのは、その接触ですが、松波頼子という線も考えています。わたしの部下が松波頼子に話を聞いた際、古賀の写真を見せたんですね。すると彼女は老眼鏡を掛けて、凝視した。古賀については知らないと答えたそうですが、怪しいのではないかと思っています。もしかしたら、古賀は『先生』の手下として動いたとき、松波頼子に会ったことがあるのかもしれません」

凜子の脳裏に浮かんだ『松波頼子のある企み』。彼女は古賀道治と知り合いであるため、古賀に接触するのではないかということだった。

「松波頼子は古賀に接触するかもしれない？」

山梨県警の捜査一課の課長が、凜子の考えを問いかけた。相棒の麻衣は箱入り妻と言っていたが、はたして、そうだろうか。案外、したたかな一面があるのかもしれないと思っていた。

渡里は凜子の推測を支持していた。

「ありうるのではないかと思います。古賀は警戒して動かないかもしれませんが、我々としてはとにかく『先生』を引っ張り出したい。古賀を釈放するにあたっては、多少のリスクは覚悟しています」

次に、と、渡里は手許のプリントに視線を向ける。

2

「えー、燃えた車の中のご遺体に関しましては、解剖結果を待っております。伴野夫妻だと思いますが、頼りになるのはDNA型の鑑定のみ。ご存じのように遺体は損傷が激しく、身許の特定は難航しております」

渡里は正直に告げた。こういう点に、警察官は信頼を寄せるのだろう。山梨県警の場合、本部長は主導権を取ろうと必死だったが、現場の警察官たちは協力的だった。

「先程も出ましたが、あらためてお訊《たず》ねします。松波事案と『天輝堂事件』との関わりはどうですか」

上野署の岩村課長が手を挙げて、立ちあがる。伴野夫妻の事件に関しては短く縮めていた。二件とも上野署の管轄内で起きた事件であるだけに、いちだんと気合いが入っているように思えた。

「特別セールを装った天輝堂の詐欺事件ですが、本物の宝石類は売り払ったと考えるのが流れとして自然だと思います。おそらく犯人は億単位の金を得たのではないでしょうか。松波事案も似ていますよね」

岩村は訊《き》いた。

「現時点では断定できません。詐欺の疑いはありますが、証拠はありませんからね。しかし、多額の金が動いたかもしれないという点については似ていると思います」

渡里は一部を認めて、話を続けるよう岩村を仕草で促した。

「松波事案の場合は、一億一千万もの多額の保険金が、だれかに喰われてしまった。もしかしたら、伴野夫妻にも生命保険が掛けられていたかもしれません」

「ご存じのように、それも調査中です」

「どう考えても二つの事件は似ていますよ。こいつが」

岩村は持っていたプリントを掲げて、高辻恭平の写真を見せた。

「二つの事件に関わっているんじゃないですかね。被害者、現段階では仮の話ですが、被害者が台東区内に在住しているという点も同じです。我々が気づいていないだけで、他にも被害者がいるかもしれません」

「仰る通りです」

渡里は同意した。

「天輝堂事件と松波事案は、同時進行で行われていた可能性が高い。いやな言い方ですが、ひとつよりも二つの方が効率よく稼げる。配下の移動に時間がかからない点などを考慮して、同じ台東区内のカモを選んだのかもしれません。重要参考人として確認しておきたいのが、話に出た二人です」

流れを読み、友美は画面に喜多川篤史と有田美由紀を二分割して左右に出した。頷《うなず》いて、渡里は話を進める。

「有田美由紀は喜多川老人となんらかの関わりがあるのではないかと思います。彼女は天輝堂やマツナミ建設、さらに松波純一の自宅マンションにも姿を見せました。まるで事件の繋がりを示すかのように、です」

美由紀もまた、目撃情報が入って来ない。彼女がなんらかの意図をもって動いたと思われるときだけは、防犯カメラのデータに映像を残している。必要最低限の情報は教えてあげるとでも言うように……。

「モンタージュで捜査線上に浮かんだ古賀道治ですが」

他区の所轄の女性警察官が遠慮がちに挙手した。

「わたしも高辻恭平の配下ではないかと思います。下町シンデレラもそうですが、ビッグ・ストアと呼ばれる詐欺の現場には、何人かの男女が登場しますよね。古賀と高辻、高辻と下町シンデレラ、そして、古賀と下町シンデレラ。かれらは、なんらかの繋がりを持っているような気がします」

彼女は、古賀道治を取り調べ中の所轄に属していた。

「事情聴取のとき、古賀に確認していますね？」

逆に渡里が訊いた。

「はい」

女性警察官は立ち上がった。

「高辻恭平と有田美由紀、ついでに喜多川篤史を知らないか訊きましたが、昨日の段階ではすべて否定しています。覚せい剤の入手先については、インターネットで買い求めたとのことでした。有田美由紀は」

不意に言葉を止める。

「続けてください」

渡里に促されて、女性警察官は頷き返した。

「有田美由紀は『先生』の手下ではなく、もしかしたら、『五位鷺』のメンバーなのでしょうか？」

自問の含みがあった。都市伝説となりつつあった『先生』は存在していた。それならばもうひとつの都市伝説も、と、考えたに違いない。

これは、もしや、『先生』と『五位鷺』の詐欺合戦ではないのか。天輝堂事件と松波事案は、二つの詐欺グループがそれぞれにカモを見つけ、喰らうだけ喰らい、さっさと逃亡したのではないか。もしくは二件とも、どちらかの詐欺グループが喰らって逃げたのか。

口にはしないまでも、凜子は可能性があると思っていた。

「可能性は否定できません」

　渡里は答えた。

「一部、繰り返しになりますがお許しください。二つの事案に関しては、ご存じのように所轄へ密告電話がありました。おそらく喜多川ではないかと思われます。ここで疑問が浮かぶのは」

　プリントを繰って、続けた。

「マツナミ建設の部長――田口譲治です。彼は喜多川の話として、松波純一を喰らったのは、『五位鷺』ですよと言っていました。ですが、密告電話の男は『先生』を挙げています。どちらかが嘘をついているのか、あるいは『先生』と『五位鷺』が手を組み、ビッグ・ストアを仕掛けたのか。もしくは捜査を攪乱《かくらん》するための策なのか」

　暗黒街の劇場とも呼ばれる詐欺の舞台ビッグ・ストア。松波純一の保険金詐欺も、ビッグ・ストアと言えるのではないだろうか。会社の資金繰りに苦しむ松波に、だれかが資金を貸すと持ちかけた。その代わりにと言って入らせた生命保険は、妻の頼子が知らぬ間に消えていた。

（目立ちすぎる外車を使ったのはだれなのか。そして、目立ちすぎる動きをしていた下町シンデレラこと有田美由紀）

　目立ちすぎるのが、両者の共通項と言えなくもない。凜子は手帳に記しておいた部分に書き加えた。

(疑問アリ)

伴野夫妻にも生命保険が掛けられていたとなれば、『先生』か『五位鷺』の関与はほぼ間違いないとなるだろう。確認によると息子の伴野秀平は、生命保険は両親ともに一千万円前後だった旨、記憶していた。

問題は、伴野夫妻の生命保険の証書が見つかっていないことである。

松波頼子のように保険会社や保険の種類、証書の番号といったものを残しておかなかったのが、決定的な過ちといえた。おそらくあったに違いない生命保険証書は、伴野夫妻の死とともに消えていた。

(片っ端から保険会社をあたっているけれど)

守秘義務を持ち出して、保険会社は対応しない。だが、松波純一の件だけは、事件性が高まったため、渡里は捜索令状を申請していた。

「話を戻しますが、松波純一の生命保険会社については、そろそろ令状がおりる頃ではないかと思います」

告げて、渡里はメンバーを見やった。

「なにか補足があれば、遠慮なく発言してくれ」

警察官の間に小さな笑いが広がる。補足があればと求めるのはすなわち、飛ばした内容があることを意味していた。自分のミスを認めたうえ、答えを部下に求めるのは、けっこう勇気がいることではないだろうか。

「はい」

凜子は手を挙げた。

「どうぞ」

「喜多川篤史の目撃情報に関することです。重要性はないように思うのですが、わたしが気になっている事案としてお伝えします」

前置きして、言った。

「喜多川篤史を目撃したひとり目は、おかず横丁の住人です。六区の寄席で落語を楽しんでいたと証言しました。そして、もうひとりは松波純一のマンションの管理人です。妻の話なのですが、ＪＲの鶯谷駅近くで見かけたとのことでした。日にちが違っていれば、なんの問題もないのですが、おかず横丁の住人に確かめた結果では、二件とも同じ日の同じ時間帯なんですね」

「ありえないでしょう」

代表するように上野署の竹内課長が声をあげた。

「同じ日の同じ時間に、喜多川篤史が二カ所で目撃された。どちらかの目撃者が間違っている、もしくは勘違いしているとしか思えません」

「あるいは、どちらかが嘘をついているか」

凛子の言葉に竹内は訝《いぶか》しげな目を返した。

「え？」

そんな必要があるのか、と言いたげだった。凛子が言った通り、さして重要性がある話とは思えなかったに違いない。

「わたしにもよくわからないのです、なぜ、引っかかっているのか。ですが、いちおうお知らせしておいた方がいいのではないかと思いまして、補足させていただきました」

一礼したとき、会議室の扉が静かに開いた。

長田弥生だった。補佐役として名乗り出ていた藤堂明生が後ろに付いていた。

「ようやく真打ちの登場です」

古川が大きな声をあげた。拍手までしていたが、一同は白けたような顔をしている。

長田は纏めた資料を藤堂から受け取って、渡里の隣に行った。

3

「遅くなりました。すみません」

詫びた弥生に、渡里は自分が立っていた場所を譲る。

「ご苦労だったな」

互いに会釈《えしゃく》して、それぞれの位置についた。プリントを配り始めた藤堂を、凜子と友美が手伝った。こういうとき、麻衣は絶対に手伝わない。

「はじめにお断りしておきます」

弥生が口火を切った。姿勢を正す者、眠気ざましにペットボトルのお茶を飲む者とさまざまだったが、どの警察官の目も恐《こわ》いほど真剣になっていた。

「二体のうち、DNA型によって身許が判明したのは、助手席の一体だけです。運転席の一体については今も調査中です。プリントも時間がなかったため、二枚だけですが、大急ぎで用意しました」

色が白くて餅肌の持ち主は、疲労感を色濃く漂わせていた。藤堂は男だからだろう。不精髭《ぶしょうひげ》が生えているものの、いつもとさして変わりはない。弥生は目の下に隈《くま》を作って、青白い顔をしていた。

「助手席のご遺体は、伴野浩平の妻、貴恵《きえ》と判明しました」

それでも大きな声ではっきりと告げる。警察官たちの間に、どよめきが広がっていった。やはり、伴野夫妻か。この分だと運転席の遺体は夫の伴野浩平だろう。心中なのか、殺人事件なのか。状況からして、事故の線は薄い。

静かになるのを待って、弥生はふたたび口を開いた。

「伴野貴恵の気道や食道、肺には煤《すす》が発見されました。おそらく生きていた状態で火を点《つ》けたか、点けられた可能性が高いと思います。伴野貴恵に関しては、かろうじて左足の指から血液を採取できました」

プリントを配り終えた凜子は、弥生の近くへ行き、ペットボトルを置いた。いつもは気配りを見せる桜木が、今日はまるで案山子《かかし》のように突っ立っているだけだった。凜子の動きを見て気づいたのだろう、

すみません。

というように頭をさげた。

「血液からは、アルコールと睡眠薬が検出されました」

弥生の報告に、一部の警察官が色めき立った。

「松波純一の事案に似ていますね」

「アルコールや睡眠薬の種類は調べたんですか」

「二つの事件は同一犯の仕業《しわざ》じゃないのか」

矢継ぎ早にとんだ質問を、渡里が仕草で制した。弥生はむしろ淡々として説明を続ける。

「アルコールは松波純一とは異なるものでしたが、睡眠薬は同じ成分だろうと推測できました。ただし、内臓は損傷が激しく、胃の内容物までは調べられませんでした。

あくまでも血液の検査結果です」

「伴野夫妻の司法解剖が、最優先事項と伺いました。しかし、思いのほか時間がかかりましたよね。遺体の損傷が激しかったせいですか」

若手が問いを投げる。

「時間がかかったのは、個人を特定するDNA型が家から採取できなかったためです。伴野夫妻のマンションを捜索した際、調査結果に書いたと思いますが、マンションで歯ブラシや毛髪用のブラシは発見されていません。普通は歯ブラシや髪の毛をとかすブラシといった物からDNA型が採取できるんですけどね。今回は息子さんのDNA型を採取して、精査しました。それで時間がかかったのです」

説明を聞きながら凜子は、殺人事件の可能性を確信し始めていた。自殺しようと思った場合、人は身許が判明することを望むのではないだろうか。DNA型の鑑定がしにくくなるような真似はしないはず。そのことから伴野夫妻は、殺された可能性が高いと思った。

「犯人が歯ブラシや毛髪用のブラシを意図的に持ち去ったと？」

竹内課長が問いを投げた。

「その可能性は否定できません。ゴミも綺麗に処分されていたんですよ。室内は漂白剤を使って掃除をした感じがします。臭いが残っていました。指紋や足跡は消せるかもしれませんが、臭いは消せませんから」

「運転席の遺体についてはどうですか。性別だけでもわかりませんか」

所轄のベテランから上がった質問に、弥生は頭を振る。

「わかりません。運転席の遺体は焼け方がひどいんです。断定はできないのですが、もしかしたら、二度焼かれているのかもしれません。焼死体は熱で著しく縮小するものなのですが、まるで子供の骨のように小さく縮んでいるんです。血液はもちろん、骨髄の採取もむずかしい状態です。かろうじて手の指の骨から、ＤＮＡ型が採取できるかもしれません。科警研、科学警察研究所に応援要請しました」

「二度焼かれていたとなれば、他殺説が濃厚になりますね」

ふたたびベテラン警察官が訊いた。

「運転席の遺体に関しては、そうですね」

弥生は慎重に答えた。一度焼かれた遺体が、運転席に座って自《みず》ら《か》火を点けるとは思えない。が、助手席の遺体に関しては生体反応が出ている。夫の死にショックを受けた伴野貴恵が自ら火を放った可能性もあった。

「車を買い求めたのを考えると、伴野夫妻はその時点では生きていた。どこに泊まっていたんでしょうか。所有している別荘には、定期的にうちの警察官が訪れていましたが、見かけておりません。山梨県内に知り合いがいたんですかね」

山梨県警の警察官が挙手した。定年間近という感じの遣《や》り手に見えた。教えられていない情報があるのではないかと疑っているのかもしれない。探るような目を渡里に向けていた。

「山梨県内に親しい友人や知人がいたという話は聞いていません」

渡里が答えた。

「しかし、別荘を所有していましたからね。息子夫婦の知らない付き合いがあったのかもしれません。そのへんのところは、山梨県警がすでに調べているんじゃありませんか」

逆に訊き返した。聞き込みや調査結果を知らせないのは、そっちなんじゃないですかと、暗にほのめかしているように思えた。自分たちが隠しているから、相手も隠していると疑うのではないか。

「はい。調べました」

素直に認めた。

「ですが、他の別荘はかなり持ち主が代わっているんですよ。売り出したときに買い求めて今も所有しているのは、わずか三軒です。しかも別荘ですから不在でしてね。持ち主を求めて他県にまで出張りましたが、空《から》振りに終わった次第です」

「伴野夫妻の友人知人はいなかった?」

渡里の確認に大きく頷いた。

「いませんでした」

返事と同時に扉がノックされる。近くにいた古川が開けて、なにかを知らせに来た制服警官と短いやりとりをかわした。話を終えるや、会議室に目を走らせる。

「たった今、生命保険会社に対する令状がおりました。松波純一に掛けられていた二種類の保険金の受取人が、だれだったのかという疑問が解消されるはずです」

それが解散の合図となった。

生命保険会社への立ち入り調査、マツナミ建設の現在の経営状況、泳がせている古賀道治の監視役、喜多川篤史と有田美由紀の捜索、山梨県警に対しては引き続き車の火災現場付近の聞き込みといった事案に対応するため、渡里はいくつかの班に分けて、警察官を見まわした。

「それでは、お願いします」

「はい」

警察官はいっせいに立ち上がって、会議室を慌ただしくあとにする。最後まで残ったのは、特務班のメンバーだった。

「長田は帰って休め」

渡里の言葉に「ですが」と弥生は反論しようとする。

「科警研に行く役目は、わたしが引き受けます」

藤堂が連絡役の名乗りをあげた。

「自分も補佐します。弥生さんはこの三日間、不眠不休で鑑定作業についていました。寝ないともちませんよ」

地味な役目を桜木が申し出る。今回の事件は、二十六の若者を大きく成長させたのではないだろうか。下町シンデレラこと有田美由紀を重要参考人として保護するために、桜木はさまざまな感情を封じ込めている。眠れない日が続いているのか、決して顔色がいいとは言えなかった。

が、気持ちは充分すぎるほど通じたに違いない。

「それでは、お言葉に甘えさせていただきます」

一礼した弥生に、メンバーは口々に声を掛ける。お疲れ様の連呼を聞きながら、廊下に出て行った。

「では、我々も手分けして捜査にあたる。まずは生命保険会社だが、これは夏目と久保田に行ってもらおうか」

「わかりました」

「古賀道治の監視役は、わたしと井上でやる。古川警視長には、マツナミ建設の経営状況を調べていただきたいのですが」

渡里は告げたが、古川は露骨にいやな顔をした。

「わたしは、夏目警部補と動きたい。色々と話したいこともあるんでね。特務班の指揮官はわたしだ。従ってもらいたいと思います」

あきらかに公私混同だったが、そんなことを気にする男ではない。こういうときだけ警察庁の地位を楯《たて》にして、ゴリ押しをするのが常だった。

「いや、それは」

さすがに渡里も言葉に詰まっていた。面と向かって反対すれば、子供のように癇《かん》癪《しゃく》を起こすのはわかっていた。凜子に早く行けと目配せしている。気づいた古川がなにか言おうとしたとき、

「いいんですか、古川警視長」

友美が意味ありげに言った。

「お忙しいはずですよね。完成間近の吉原の遊廓ですが、建設にあたっては、なんとクラウドファンディングで出資者を募ったとか。ランク付けされていて、二百万円以上の出資者は、花魁《おいらん》と熱い一夜をすごせるらしいじゃありませんか。あたし、見つけちゃったんです」

悪戯《いたずら》っぽい笑みを浮かべて、古川に迫る。

「な、なんの話だ、なんのことだ？」

警視長は押されるように後退った。

「出資者の中に古川警視長の名前があるのをですよ」

友美は壁際に長身の男を追い詰めた。ハンドルネームやアカウント名ではなく、わざと名前と言ったのだが、むろん、古川にわかるわけがない。

「こういう場所で仕事以外の話はするな。だいいち名前なんか、出るわけがない。わたしはハンドルネームで出資……」

不意に言葉を止める。友美がわざと引っかけるような言い方をしたことに、遅ればせながら気づいたのだろう。

「いや、今のは知り合いの話だ。内偵なんだよ、隠密捜査をするために出資金を出したわけだ。ここだけの話だが、すでに極秘チームが動いているからな。我々の出番はない」

はははは、と、しらじらしい笑い声をあげた。メンバーはいっそう冷たい目を向けている。

（まさか）

凜子は別のことに気づいた。まさか、ありえないと思いつつ、もしかしたらと考えている。隠れ場所としては最適かもしれない。後で渡里に知らせておこうと思った。

「相変わらず、好きですねえ」

麻衣が一瞥《いちべつ》した。

「行きましょうか、夏目警部補。遊廓の完成には興味がありますが、そこで行われるサービスはどうでもいいですから」

「誤解を招くような発言は慎め、久保田巡査。決して変なサービスがあるわけではない。現代に江戸時代のしきたりを再現してだな、さらに観光客を増やそうという、あ、待て、凜子。待ってくれ！」

いつものパターンになって、ひとり、古川は取り残される。

廊下で遠巻きに眺めていた所轄の警察官たちは、警視長に睨《にら》みつけられてしまい、急いで散って行った。

4

生命保険会社に行った凜子と麻衣は、重要な話を仕入れて、ある人物のもとを訪ねた。

「こんにちは、松波さん。少しお時間、よろしいですか」

凜子は玄関先でにこやかに告げた。とたんに頼子は警戒するような表情になる。

「いえ、今日は都合が悪いんです。ちょうど出かけるところだったんですよ。すみませんが次の機会に……」

「では、所轄の取調室で話しましょうか」

切り返すと、仕方なさそうに「どうぞ」と大きく扉を開けた。最初のときと同じように、リビングルームに案内された。そっぽを向いて、向かいのソファに座る。台所の調理台に急須や湯飲みを載せたお盆が置かれていたが、お茶を出すつもりはないようだった。

「松波社長が掛けていた生命保険の会社に行って来ました」

単刀直入に告げた。

「以前から掛けていた三千万円の保険に関しては、松波頼子さん。あなたがちゃんと受け取っていたじゃないですか」

「嘘をついたんですね」

継いだ麻衣を、頼子は睨みつける。

「警察だって本当のことを教えてくれないじゃないですか。だから、わたしも言いませんでした。八千万もの保険金が消えているんですよ。わたしに入るはずだったのに、だれかが受け取ってしまった。知っているんでしょう、警察は犯人を。それなのに教えてくれなかった」

怨《うら》みがましい言葉を、麻衣は完全に無視した。

「話を続けさせていただきます。しかも、あなたが受け取った三千万円の生命保険は、事故死や不慮の死、後者の場合は殺人事件に巻き込まれたような場合ですね。そういうときは倍額保障がついていたらしいじゃないですか。つまり、殺された場合は、六千万円があなたの懐に入る」

金がらみの話はおまかせとばかりに強い口調になっていた。

「いやな言い方をしないでください」

頼子は、負けていなかった。

「わたしは妻です。そして、受取人はわたしだった。だから受け取ったんじゃありませんか。それのなにが悪いと……」

「いいとか、悪いとかという話ではありません」

凛子は穏やかに遮る。

「正直に話してくださらなかったことが問題なんです。脅すわけではありませんが、下手《へた》をすれば虚偽罪にあたりますよ。あきらかに事実とは異なる話をしていたわけですからね。正直に話していただけませんか」

諭《さと》すように告げたが、

「正直に話せば、保険金が倍額保障になるんですか。あと三千万円もらえるんですか。主人がだれかに殺されたことを警察に証明してもらえるんですか」

返って来たのは正直すぎるほどの答えだった。保険会社の女性社員は、松波が死んだ翌日、頼子が会社に押しかけて来たときの様子を呆《あき》れ顔で告げていた。

〝すごい形相《ぎょうそう》でした。保険証書を握りしめて、駆け込んで来たんです。『主人が死んだ。早く支払え』と大声で叫びまくって……目が吊り上がって恐いぐらいでしたよ。まさに鬼のような形相でした〟

頼子は八千万円の保険を掛けた会社にも行っていた。受取人を教えろと執拗《しつよう》に迫ったらしい。

〝あれは自分がもらえるはずのお金だと、それはもう、しつこかったです。警備員を呼んで連れ出してもらいました〟

うんざりしたような顔で、女性社員は凜子の質問に答えた。

〝八千万円の保険金の受取人は、高辻恭平です。手続きに来たとき、松波さんと一緒にいたのは若い男でした。高辻恭平の委任状を持っていました〟

高辻と古賀道治の写真を見せると指し示した。

〝はい。こちらの若い男です〟

予想通り、古賀は天輝堂の偽店長役だけではなく、松波純一の見張り役と連絡役も務めていたようだ。古賀のアパートの捜索令状はすでに取っていたが、泳がせているため、家宅捜索は後まわしになっていた。

古賀を警戒させないためであるのは言うまでもない。

「八千万円の受取人を教えてもらえませんか」

頼子は、窺《うかが》うような目を向ける。小柄でおとなしい当初の『箱入り妻』という印象はどこへやら、金の亡者独特のいやな目つきをするようになっていた。あるいは夫の松波にも本性は隠していたのかもしれない。

二人が答えないと見るや、

「教えてくれれば、代わりに喜多川さんの目撃情報を教えますよ」

今度は交換条件を出した。

「はぁ？」

麻衣が大袈裟に応じる。

「交換条件を出せる立場じゃないでしょう。あなたは警察に嘘をついたんですよ。わたしたちはあなたを所轄に連行して、少しの間、留置場にお泊まりいただくこともできるんです。それは気の毒だと思い、こうやって辛抱強く話をしていたんですが」

いきなり立ち上がった。

「留置場に行きますか」

脅しだったが、頼子はさっと顔色を変えた。

「わかりました、教えますよ。喜多川さんは、鶯谷駅の近くにいたようです。四、五日前らしいですけどね。馴染《なじ》みの風俗店があるんですよ。夜はそこに泊まって、昼間は知り合いの家にでも行っているんだろうって」

「だれの話ですか」

　麻衣が座り直して、訊いた。

「うちの管理人さんですよ。奥さんが見かけたらしいです。間違いないのに、違う話が警察には伝わっているとも言っていました。ええと」

　ちらりと時計を見て、頼子は食器棚の抽出《ひきだし》から家計簿を持って来た。小さな細い指で頁を繰る。

「ああ、これこれ。六区の寄席で喜多川さんを見かけたという話は間違いだと書いてありますね。管理人さんの話です。正しくは奥さんから聞いた話ですけど」

　なにかの役に立つとでも思ったのだろうか。しっかり家計簿に記していた点にも、したたかな裏の顔が覗《のぞ》いたように見えた。またしても窺うような目を二人に向けている。その合間にも、ちらちらと掛け時計を見ていた。

（管理人の妻は、鶯谷駅の近くで見た。そして、おかず横丁の住人は、六区の寄席にいたと証言。不可解なことにどちらの話も、同日同時刻という話だった）

　頼子からも同じ話が出ていたのを聞き、凜子の頭ではひとつの推測が確信に変わっていた。どちらかが嘘をついている。嘘をつく必要があるのは、だれなのか。

「約束でもしているんですか」

凛子は訊いた。

「あ、え、ええ。さっき言ったじゃないですか。出かける予定なんですよ。人と待ち合わせているので、そろそろいいですか」

「お客様が来る予定ではない？」

視線で調理台のお茶セットを指した。

「あ、ほんとだ。和菓子まで用意しているじゃないですか。喉《のど》が渇いたんで、勝手にいただきます」

麻衣は図々しさを武器にして、調理台のところへ行った。急須に茶葉を入れて、ポットから熱い湯を注ぐ。

「ほら、お湯も沸かしたばかりの感じですよ。もしかしたら、松波さんは霊能力者ですか。わたしたちが来るのを予知していたんじゃないですか」

得意の皮肉だったが、頼子は動じない。

「ええ、そうなんです。刑事さんたちかどうかはわかりませんでしたが、今日はお客様が来るような感じがしたんですよ。わたしにはよくあるんです、そういう予兆を感じることがね。本気で勉強してみようかしら」

平然と答えた。麻衣といい勝負をしている。貞淑でおとなしい『箱入り妻』の面影は、もはや、どこにもなかった。

「はい、どうぞ」

麻衣は、凛子の分のお茶も淹《い》れて来た。

「すみません。いただきます」

便乗して喉の渇きを潤した。煎茶ではなく、薫りのいい上等なウーロン茶だった。

訪問客は大切にもてなしたい人物なのではないか。ここに居座って待つ手もあるが、
凛子はいったん引くことにする。

「美味《おい》しいお茶をご馳走様でした」

立ちあがると、麻衣が意外そうな顔をした。

「帰るんですか」

「はい。管理人さんにもお話を聞きたいですからね。お邪魔しました。また、なにかあったときには、よろしくお願いします」

腰の重い麻衣を促して、玄関に向かった。頼子は作り笑いを浮かべながら見送りに出て来る。

「いつでもどうぞ、と、言いたいですが、事前に連絡をいただけると助かります。今日もそうなんですが、まだ弔問客が来るんですよ。亡くなったのを知らなかった方が、お線香だけでも上げたいと仰って」

「そうですか。大変ですね」

凜子も合わせて、麻衣とともに廊下へ出る。

「失礼します」

一礼して、扉を閉めた。

「本当に帰るんですか」

小声で訊いた麻衣を仕草で止める。エレベーターホールに向かったとき、渡里からの連絡が入った。二言、三言、話して終わらせた。

「警視ですか」

「ええ。松波家の客人と思しき人物が、ここに向かっているらしいわ。三階に降りて、見張りましょう」

エレベーターに急いで乗る。松波家に来たのを確認するためには、急いで駆け上がれる階の通路で見張るのがいいと判断していた。

「渡里警視と井上さんが見張っていた人物。なるほどね。そういうことですか」

麻衣と一緒に三階へ行き、マンションのエントランスホールが見える通路の一隅に陣取った。

「応援要請をしておきますか」

麻衣が言った。

「ええ。お願いします。ついでに管理人夫妻を任意同行するように伝えてください」

凜子の答えに、麻衣は一瞬考え込むような顔をする。が、わからないまでも、意味があると思ったのだろう。素早く連絡を入れた。

「ここに来る前、渡里警視にメールしていましたよね」

麻衣の問いに頷いた。

「ええ。喜多川篤史と有田美由紀の潜伏先として、一カ所、伝えておきました。いち早く逃げてしまうかもしれませんが……来たわ」

ほどなく待ちかねていた人物が現れた。

凜子は、麻衣と一緒にエレベーターホールで停まる階を確認する。六階で停止したのを見た後、二人は大急ぎで非常階段を駆けのぼった。

5

松波家の訪問客は――。

古賀道治だった。

天輝堂の偽店長であり、『先生』と松波純一を繋ぐ見張り役兼連絡役でもあった三十一歳の男。彼が松波家のインターフォンを押すと、すぐに扉が開いた。おそらく頼子は満面に笑みを浮かべているのではないだろうか。歓迎するような明るい声が聞こえた。

古賀が中に入ろうとした瞬間、凜子と麻衣は駆け寄った。古賀は慌てて逆方向に逃げようとしたが、通路は行き止まりになっている。エレベーターホールや非常階段を利用することはできない。それらを把握したうえで待機していた。

「警察です」

凜子はバッジを掲げて、近づいた。麻衣は後ろについている。女が相手なら強行突破できると考えたのか、

「どけっ」

古賀は叫びながら突進して来た。凜子は特殊警棒を出そうとしたが、体当たりされてしまい、麻衣ともども通路に倒れ込む。古賀は真っ直《まっす》ぐ非常階段に向かった。

「非常階段から下に行きました」

凜子は渡里に連絡する。麻衣を立たせようとしたが、打ち所が悪かったのかもしれない。すぐには立てないようだった。

「行ってください」

「でも」

躊躇う凜子に告げた。

「早くっ」

その声を聞いて非常階段に向かった。古賀は一階で渡里たちに出くわしたのではな

いだろうか。叫び声や鈍い音がひびいて来る。凜子は飛ぶように一階まで駆けおりた。

「動くな！」

古賀が非常階段の前で、管理人の妻を後ろから押さえつけていた。喉に果物ナイフを突きつけている。管理人は受付に立ちすくみ、渡里と友美たちはエントランスホールの出入り口から動けなくなっていた。制服警官たちは、一階の通路から入って古賀に近づこうとしている。

制服警官たちの動きを読んだに違いない。

「来ないように命令しろ」

低い声で告げた。

「いいのか。おれを捕まえれば、この女は死ぬ。本気だからな」

「あ……」

管理人の妻の喉に、果物ナイフの切っ先が食い込んだ。恐怖のあまり身体《からだ》が硬直しているように見えた。

「待て、早まるな」

渡里は、必死に止める。一階の通路から入ろうとしていた制服警官に目顔で退《ひ》けと合図した。後ろにいた友美にも、外に出ていろと仕草で示している。凜子は非常階段の途中で、いやおうなく足を止めさせせられていた。麻衣も少し遅れて来たが、それ以上、降りて来るなと仕草で伝えた。

「おまえも外に出ろ」

古賀は管理人に命じた。逆らえば果物ナイフが、妻の喉に深く突き刺さるのは間違いない。管理人はそろそろと渡里の方に歩を進める。待っていた友美に腕を引かれるようにして、外へ出た。

「おまえたちもだ。外に出ろ」

と、凜子や渡里を見ながら顎《あご》を動かした。一瞬、躊躇ったが、渡里の目顔を受けて、従った。古賀の様子に気をつけつつ、渡里とともにゆっくりエントランスホールの出入り口に足を向ける。

「もうひとりはどうした？」

古賀は押すように出入り口へ近づいていた。油断なく、背後にも目を走らせている。麻衣の存在を忘れていない点に、有能さが表れているように思えた。仮に古賀が『先生』の手下だった場合、見極める目を『先生』は持っていたことになる。

「その人を解放しなさい。代わりにわたしが人質になります」

声を上げた凜子に、古賀は唇をゆがめた。

「慎んでお断り申しあげますよ。警察官は毒蛇と同じだ。いつ咬《か》まれるかわからない。そんな相手を人質にするほど間抜けじゃないんでね」

出入り口のところで立ち止まる。

「おい、非常階段にいる女。出て来いよ。後ろから不意を衝《つ》いて、襲いかかるつもりかもしれないがな。わかっているんだよ、おまえがいるのは。出て来ないとこいつを刺すぜ」

いざとなったときは、管理人室に籠城《ろうじょう》するつもりなのか。警察官をエントランスホールから出して、通路にも入って来させないようにしていた。麻衣が降りて来たのは見えなかったが、古賀は管理人の妻に、一部がガラス製になっている扉を押さえさせておき、するりと外に出た。

玄関扉を素早く閉める。

扉の向こうに立つ麻衣が、ガラスの部分から確認できた。扉を楯代わりにして、牽《けん》制《せい》していた。麻衣が出て来ようとすれば、即座に管理人の妻を刺すだろう。まだ見ぬ『先生』直伝《じきでん》の悪知恵だろうか。あるいは、一度捕まったときに、次は失敗しないよう留置場で考えていたのか。

「おれの安全が確保できた時点で、この女は解放する」

古賀は言い、管理人の妻の耳もとになにか囁いた。妻は怯《おび》えながらも小さく頷き返している。

「おい、管理人。車を持っているだろう。こいつに鍵を渡せ」

命じたが、すぐには理解できなかったのかもしれない。管理人は棒のように突っ立っていた。あまりにも恐ろしい現実に、うまく対応できていない様子が見て取れた。

「車の鍵です。管理人室ですか」

凛子の言葉で、はっとしたように目を上げた。

「あ、いや、持っています」

ジーンズのポケットから鍵の束を出して、ひとつを外した。妻に向かって鍵を投げる。落としそうになりながらも、かろうじて受け取った。

「次はさがってもらおうか」

今度は渡里に目をあてている。

「警察官を全員、この建物から遠ざけろ。もちろん、おまえたちもだ。車が立ち去るまで動かないでもらおうか」

「話し合おう、古賀」

渡里が呼びかけたとたん、

「あうっ」

妻の喉にぐっと果物ナイフが食い込んだ。流れ出た血が喉を伝い、着ていたポロシャツの襟や胸元が赤く染まる。妻の顔は、紙のように白くなっていた。

「何度も言わせるな。おれは本気だ」

二度目の警告に、渡里は従った。

「さがれ。いったんマンションから離れる」

警察官たちに命じた後、自らさがり始めた。警察官たちはマンションから次第に離れて行く。その間に古賀は管理人の妻と駐車場へ行き、車に乗っていた。GPS機能の付いた携帯を渡せないか。車に放り込めないか。しかし、近づけない状態では、どうすることもできない。

「車が」

制服警官の叫び声とともに、駐車場から小型車が飛び出して来た。管理人の妻に運転させるのではないかと思ったが、ハンドルを握っているのは古賀だった。凜子たちの前を通り過ぎて行った刹那《せつな》、

「あっ」

凜子は思わず声をあげた。管理人の妻が、助手席から車の外に飛び出したのである。まだスピードはさほど出ていなかったが、道路に叩きつけられて、地面を転がった。

「救急車をお願いします」

言い置いて、凜子は駆け寄る。停車していた面パトやパトカーが、いっせいに走り出していた。人質がいない以上、遠慮する必要はない。古賀道治の身柄確保に向けて、競い合うようにスタートした。

「大丈夫ですか」

凜子は管理人の妻に手を貸して、立たせる。

「え、ええ、大丈夫です」

ジーンズの左側から落ちたに違いない。ジーンズは破けていたが、怪我はたいしたことがないようだった。

「よく飛び降りられましたね」

「無我夢中でした。とにかく逃げなければと思って」

「大丈夫か」

管理人が駆け寄って来る。初老の夫婦はそれ以上、言葉をかわさなかった。無言で互いの目を見つめている。無事を喜び合う気持ちが自然に伝わって来た。

遠くの方から救急車のサイレンが近づいて来る。古賀を追跡している面パトやパトカーのサイレンと相まって、周囲は騒然としていた。

6

「なんで、わたしが警察に行かなきゃならないんですか」

松波頼子は渋々といった感じでパトカーに乗り込んだ。制服警官が運転し、後部座席の真ん中に頼子、右に凜子、左に渡里が座っている。麻衣は腰をしたたかに打ちつけたらしく、病院に搬送された管理人の妻に付き添いがてら、医師の診察を受けることになっていた。

「理由は、言わなくても分かるんじゃないですか」

凜子は言った。渡里の合図でパトカーは所轄に向かって走り出している。いまや金の亡者と化した頼子は、不満しか口にしなかった。

「わからないから訊いているんですよ。なにか悪いことをしましたか」

「訪問客が古賀道治であるのを、なぜ、黙っていたのですか。我々は古賀がだれかと連絡を取って会うかもしれないと思い、わざと泳がせていたんですよ。そして、彼はあなたの家を訪ねた」

古賀が接触するのは『先生』ではないかと期待したのだが、その思惑は見事に外れた。逃げた古賀を捕らえるべく、厳戒態勢を敷いて追跡している。警視庁の通信指令センターは、緊迫しているに違いない。まだ身柄確保の知らせは届いていなかった。

「電話が来たんですよ。喜多川会長の連絡先を知らないかと訊かれました」

頼子は答えた。パトカーに乗ったことで、留置場や刑務所といった不吉な場所が浮かんだのかもしれない。先刻までの警察に対する怒りは、少しなりを潜めているように感じられた。

「それで、あなたは家に来るように言ったわけですか」

凛子が質問役を担っている。渡里は黙ってメモを取っていた。

「はい」

「確認ですが、喜多川会長の連絡先は、まだ教えていないんですよね」

「電話がかかってきたときに教えました。プリペイド式の携帯なので、もう繋がらないかもしれないと言いましたが」

「古賀を知っていたんですね」

「はい。時々、主人の仕事を手伝ったりしていました。気が合ったんでしょう。主人は営業マンの才能があると言って可愛がっていましたよ。うちの子供たちは、主人の会社を継ぐ気がまったくないんですね。それで、主人はよけいに古賀さんが、頼もしく見えたのかもしれません。もしかしたら」

頼子は、探るような目を向けた。

「彼はタカツジ先生と主人の連絡役だったんですか」

少しでも『タカツジ先生』の情報を得ようとしているのではないだろうか。三千万円の倍額保障と、消えた八千万円を諦めていないようだった。

凛子は聞き流した。

「古賀を家に来させるために、なんて言ったんですか」

「生命保険のことで話があると」

表情で不満をあらわにしながらも答えた。わたしの質問には答えないくせに、訊くわけですか。そんな感じだった。

「話を戻しますが、先程、松波社長は古賀道治を可愛がっていたと言いましたね」

「言いました。優秀な営業マンは少ないんですよ。昔はお金ほしさで朝から晩まで働きましたが、今の若い人って、ほら、ハングリーじゃないでしょう？」

苦笑には、侮蔑が込められているように思えた。頼りにならない若者たち、あるいは我が子を重ね合わせているのか。ゆえに頼りになるのはお金だけ、亡者ぶりに隠れた気持ちが覗いたようにも思えた。

「とにかく、ガツガツしていないんですよね。だからじゃないのかしら。営業の仕事をいやがるというか。若いやつは駄目だと、主人はよく愚痴をこぼしていました」

そんな中、古賀道治は有能だった。『先生』の手下と思しき古賀もまた、松波に引かれていったのかもしれない。意気投合した結果、古賀は見張り役や連絡役の役目が重荷になってくる。松波を殺すと『先生』に告げられて反旗《はんき》を翻《ひるがえ》した……。

（でも、『先生』は実行してしまった、のだろうか。古賀は松波の仇《かたき》を討つべく『先生』の行方を探しているのか）

さまざまな疑問が浮かんでいる。集中している間にパトカーは所轄へ到着していた。待ち構えていた女性警察官が、頼子を中に連れて行く。古賀道治への逃亡帮助《ほうじょ》容疑に関して、いちおう調書を作成するのだが、頼子自身は現段階では犯罪に加担していない。課長クラスの厳重注意を受けて、解放されるに違いなかった。

凜子と渡里が所轄に入って行くと、捜査二課の岩村課長が小走りに近づいて来た。

「ちょうどよかった。連絡しようと思っていたんです」

天輝堂事件をはじめから担当している部署だった。岩村は先に立って、二人を部署に案内する。一隅に置かれたソファセットを勧め、自分も腰をおろした。女性警察官がお茶と一緒に書類を持って来る。

岩村は受け取った後、二人にも書類を渡した。

「伴野夫妻ですが、伴野浩平と伴野貴恵の両名に、保険金が掛けられていました。松波純一とは異なる保険会社です。守秘義務を持ち出して拒否していましたが、令状のお陰でやっと堅い口を開きましたよ」

「二人合わせて、一億ですか」

凜子は書類を見て思わず声をあげた。

「はい。夫の浩平が六千万円、妻の貴恵が四千万円。どちらも怪しまれないギリギリの金額ではないでしょうか。五千万円前後の保険金を掛けるのは、そう珍しくありませんからね。女性でも四千万円ならば、普通よりも少し多いかな、という程度だと思います」

「だが、二人合わせればかなりの金額になる」

渡里が呟《つぶや》いた。

「犯人と敢えて呼びますが、天輝堂事件で得たのは、偽物を売った金と本物の宝石を売り捌《さば》いた金。それだけでも億単位ですが、さらに保険金です。もっとも伴野夫妻の場合、死亡したかどうかはまだ断定されていないため、受け取ってはいないでしょうが」

「受取人は？」

渡里の問いに、岩村は答えた。

「高辻恭平です」

予測していた流れによって、『先生』の正体が徐々にはっきりしてきた。陽炎《かげろう》のようだった都市伝説が、いまや形を持つ生身の人間として、立ち上がり始めていた。

「念のために息子の伴野秀平氏に確認を取りました。生命保険は掛けていたらしいですが、父親の浩平氏が二千万円、母親の貴恵さんは一千万円程度のようです。浩平氏が少ないように思いますがね。財産は数多くの宝石類だったんでしょう。それを残すだけで充分だと考えていたのに」

岩村の言葉を、凜子が継いだ。

「すべて奪い取られてしまった」

「そうです」

岩村の表情が暗く翳《かげ》る。

「息子さんは、途方に暮れていましたよ。商いが続けられなくなってしまったと、意気消沈していました。祖父が始めた店を継いだ両親が続けてきた店ですからね。殺されたばかりか、店という財産までをも失ってしまった。高辻恭平の罪は重いですよ」

根こそぎ奪い取る容赦ない詐欺師のやり方に、凜子は、あらためて強い怒りを覚えた。と同時に、車の中で燃えた無惨な亡骸《なきがら》が浮かんでいる。無念な気持ちをいだいて死んだ伴野夫妻。なんとしても、犯人を捕まえなければならない。

「失礼」

渡里が不意に立ち上がる。廊下に出て、携帯を受けた。

「古賀の目撃情報は入っていますか」

凜子は新たな話を得るために訊いた。

「管理人の車は、新宿三丁目の地下鉄駅の近くに乗り捨てられていました。地下鉄に乗ったのか、あるいはタクシーを利用したのか。防犯カメラの映像を確認していまず」

身柄を確保できていないことに不安が増した。下町シンデレラこと有田美由紀や喜多川篤史と同じように、どこかに姿を消してしまうのではないか。

「六区に建設中の遊廓ですが」

別の話を振る。

「もしかしたら、喜多川は……」

言葉の途中で、渡里が戻って来た。

「喜多川篤史の目撃情報が二件、入ったようだ。喜多川の知り合いらしいから、まず間違いないだろう」

捜査二課の岩村や警察官にも、やや遅れて連絡が来たのかもしれない。部署はにわかに慌ただしくなっていた。

第七章　罠

1

翌日。

凛子は、相棒の麻衣と浅草の六区にいた。

昨日、ここで喜多川篤史を見たという情報が入ったからである。深夜まで人波が途絶えることのない場所だが、今日は殊《こと》の外《ほか》、外国人観光客が多いようだ。浅草名物となった人力車が通る中、スマートホンを片手に自撮り棒を使った記念撮影が、あちこちで行われていた。

ホッピー通りは東南アジアの雰囲気がして、日本人や外国人の別なく楽しめるだろう。演劇などの外国人向けチケットの販売所や商業施設が賑わいを見せている。しかし、一方では西参道が、ほとんどゴースト商店街になっていた。浅草だけではないだろうが、くっきり明暗がわかれていた。

「ごめんなさい。通ります」

凛子は言い、足早に通り過ぎる。麻衣は悠然とスマートホンを睨《にら》みつけながら歩いていた。

「遠慮することないですよ。こっちは仕事、向こうは観光じゃないですか。それにしても、最近の混《こ》み具合は異常ですね。これじゃ、明日からの前夜祭はどうなることやら。だいたいが、三日間も続けるのに前夜祭とはこれいかにって感じですよね。喜多川がいたって、見つけるのは至難の業《わざ》ですよ」

恨《うら》めしそうに、足場が組まれたままの遊廓の建設現場を見やる。工事用の覆いを兼ねた遊廓完成図は、正面から見ると正面図、左右は横から見た図、後ろは背面図と凝《こ》っていた。前夜祭や完成当日に来られない観光客は、これで充分とばかりに写真を撮りまくっていた。

「わたしは、ここが怪しいと思うんですが」

凛子は遊廓の工事現場を見あげる。

「昨日、渡里警視と来たときに聞いた工事関係者の話では、敷地内にはトイレはもちろんのこと、シャワー室や食堂、宿泊施設といった設備があるらしいわ。作業員を収容しきれないときは、他の宿泊施設を利用するとも言っていました。喜多川は建設会社の社長だった男。知り合いの職人や大工を派遣するだけでなく、自分も作業員として潜り込んでいるかもしれない」

立ち止まっていると、何度も人がぶつかって来た。仕方なく歩きながらの話になる。

「わたしも同意見です。下町シンデレラは、喜多川の知り合いですしね。食堂の賄《まかな》いとして雇われているかもしれません。美人すぎるのが、ちょっと難点かもしれませんけどね。目立ちすぎますから」

「工事関係者に有田美由紀や喜多川の写真を見せましたが、見憶《みおぼ》えがないと言われました。匿《かくま》っているのかもしれませんから、鵜呑《うの》みにはできませんけどね」

凜子の言葉を、麻衣が受ける。

「潜伏場所としてはいいと思います。華やかな遊廓の裏には、なにが隠れているのか。出資者を募ったNPO法人は〈ヘロン〉でしたっけ?」

と、訊き返した。まさかと思いつつ、もしやという疑いが消えなかった遊廓の建設現場に、ようやく警察の目が向いていた。

「ええ。日本語の意味は、鳥の鷺《さぎ》のことです。意味ありげというか、『五位鷺』の関わりを連想しないではいられない。あるいは、そう思わせるために、わざと真犯人が名付けた可能性もあるけれど」

「つまり、〈ヘロン〉が遊廓の持ち主なんでしょうか」

「おそらくそうでしょうが、断定はできません。そのあたりも、友美さんと桜木巡査が調べているはずです。わたしが気になるのは、接待役を務める女性たちのことなんですよ。本当に性的サービスは、ないのでしょうか」

当然のことながら声をひそめていた。正面図、左右の横図、背面図と無骨な足場を隠すために張られた覆いに沿って進んでいる。盆踊りの輪に入ったように、いやでも進まざるをえない状況になっていた。

「どうでしょうか」

麻衣もまた、懐疑的なようだった。

「男は、金を払った分のサービスは受けたいと思うんじゃないですか。ああ、そうそう。今朝、確認した井上さんの調べでは何人か女の出資者もいるみたいですよ。最新情報らしいですが、若いイケメンの幇間《ほうかん》が接待役を務めるそうです」

顔を合わせれば悪態合戦をし、ときには取っ組み合いの喧嘩をするものの、サイバー捜査官としての友美の実力は認めているのだろう。麻衣はきちんとチェックをしているようだった。

「若いイケメンの幇間というだけで、金持ちの女性は飛びつくでしょうね。そうなると、ますます怪しい場所だとなるのに、なぜか、まだ捜索令状がおりない」

輪から外れた凛子に倣《なら》い、麻衣も隣に来る。喜多川や有田美由紀がいないか、油断なく見ながら雷門の方に向かった。

「これは別方面からの情報なんですが」

麻衣が囁《ささや》いた。

「遊廓建設にあたっては、『お天気おじさん』だけでなく、警察庁や警視庁のOBも出資しているらしいですよ。そういった方々からの圧力が、少なからずあるのではないかと、わたしは思っています」

別方面というのは、おそらく古川警視長だろう。昨日、麻衣は打撲した部分が痛むと言って早退していた。夜、古川に会った可能性が高いのではないだろうか。

「ありえないとまでは言えないけれど」

凜子は疑問を禁じえない。

「仮にもOBでしょう。出資すること自体、信じられません。あなたが名付けた『お天気おじさん』ならともかくも」

「夏目さんまで言いますか」

麻衣は不意に笑い出した。

「すっかり定着しましたね、その異名が。ですが、けっこう確かな情報だと思いますよ。自分は言えないからこそ、わたしにわざとリークしたってこともあるわけじゃないですか。気が小さいですからね」

お天気おじさんは、と、続けたかったのだろうが呑みこんだ。リーク元が古川だとわかれば、後々面倒なことになるのは必至。それを避けるために麻衣を利用したことは充分考えられた。

「気が小さいという点には同感です」

告げた凛子に、麻衣は言った。

「本人曰《いわ》く、潜入捜査だそうです。決して美女の接待や性的サービスを期待してのことではないと言い添えていましたが、目的はそれだけだと思いますよ。これも同じ情報源なんですが」

声をひそめて続ける。

「お上は、現代の遊廓を観光の目玉にするだけでなく、公認の風俗店にするつもりなのではないかと……」

「えっ」

凛子は足を止めていた。立ち止まった麻衣と、しばし見つめ合う。あまりにも意外な話だったため、次の言葉が出なくなっていた。

「ぶつかるから端に寄りましょう」

麻衣に促されて、仲見世通りの端に行った。いくらなんでも政府が風俗店を認めるわけがない。それともかつての吉原のようにお上公認というお墨付きを与えて、外国人を含む観光客を集める考えなのだろうか。

「これも極秘情報ですが、区役所も後押ししているそうです。ご存じのように台東区は狭くて、家屋や店舗の数が少ない区です。あたりまえの話ですが二十三区の場合、税の収入は敷地面積の広さに比例する。観光客は増えていますが、儲かっているのはこのへんの店だけじゃないですか」

麻衣は仲見世通りを目で指した。店のシャッターが降りるそのときまで、観光客がひっきりなしに訪れる。浅草は、銀座や築地に負けないほどの人気を誇っていた。

「それにしても、区役所が加担するとは」

反論は口の中で消えた。政府が関わっているとなれば、だれが反対するだろう。下手《へた》をすれば営業差し止めといった処罰がくだるかもしれない。さらに、町内会などでも浮いた存在になって、蚊帳《かや》の外に置かれてしまうかもしれないのだ。

「長いものには巻かれろ、ですよ。逆らえば、ろくなことになりません。警察内でもあるじゃないですか。いまだに『女は警察官にはなれない』だの、『やっぱり女は駄目だな』なんて、平気で言うやつがいますからね。でも、わたしが古川警視長と付き合うようになったら、とたんに掌《てのひら》を返して、ヘイコラするようになりましたからね。世の中ってそんなもんですよ」

悟りきったようなことを言い、麻衣はふたたび仲見世通りを歩き出した。凜子もあとを追いかける。

「これはわたしの考えですが」

麻衣に向かって言った。

「仮に政府公認の話が本当だった場合、反対派もいるのではないかと思います。『お天気おじさん』は、かれら、複数かどうかはわかりませんが、かれらの意向を受けてリークしたのかもしれませんね」

「あ」

今度は麻衣が足を止める。大きく頷《うなず》いて、また、歩き出した。

「ありうるんじゃないでしょうか。公認の賭博場もまずいですが、公認の遊廓はもっとヤバイ話かもしれません。金持ちの中国人観光客が『花魁《おいらん》の爆買《ばくが》いふたたび』とばかりに押しかけますよ」

「渡里警視に報告しましょう」

凛子は雷門を出て、大通りに停められた警察のマイクロバスに向かった。特務班の臨時の司令所になっている。喜多川篤史や有田美由紀の捜索隊の指揮を執るため、メンバーが詰めていた。

マイクロバスの前後に、何台かのパトカーと覆面パトカーが停まっていた。

2

マイクロバスの中に入ると、大黒様のような風貌の渡里が笑顔を向けた。

「戻ったか。ご苦労だったな」

「お帰りなさい」

友美の言葉に、桜木が続いた。

「お疲れ様でした」

何台ものパソコンや防犯カメラのモニターなどの機器が、マイクロバスの片側に設置されている。反対側には、テーブルや椅子のセットが置かれていた。パソコンを操作しているのは、友美と桜木、そして、四人のサイバー捜査官たちだった。友美がかつての古巣から選《え》りすぐりの人材を連れて来たのである。

弥生と藤堂は、科学警察研究所で燃えた車の身許不明の遺体を調べている。古川輝彦は例によって例のごとく、まだ来ていなかった。

「遊廓の建設現場の様子はどうだ？」

渡里は、片側の窓際に置かれたテーブルと椅子を示した。座席は新幹線などの椅子同様、向かい合わせにすることもできた。

「興味深い話を聞きました」

凜子は今し方、相棒から聞いた話を簡潔に告げた。出資者を募って建築費用を捻出した遊廓プロジェクト。出資したのは日本や世界各国の富裕層ばかりではない。警察庁や警視庁の上層部が、関わっているのではないかという有力な情報を得た。

渡里はメモしながら耳を傾けている。友美や桜木も身体《からだ》を半分こちらに向けて、手帳に記していた。

「いよいよ吉原の遊廓が現代に現れるわけですか」

友美の美しい眸《め》は、好奇心に満ちている。キラキラしていた。

「男の夢よ、もう一度ってやつですかね。でも、ここでも格差が露骨に現れるのは確かです。一般人には、京都の舞妓遊びと同じく、遠い世界のお話ですよ」

「井上さんは、花魁姿が似合いそう。稼げるんじゃないですか」

挑発的な麻衣を、凜子は目顔で窘《たしな》める。

「美人だから花魁姿が似合うでしょうね」

話を変えようとしたが、

「まあ、年齢的に無理かもしれませんけど」

麻衣はさらに喧嘩を売るような言葉を投げた。

「ちょっと、あなた、久保田さん。また、喧嘩を……」

立ち上がった友美を、渡里が「まあまあ」と座らせる。

「久保田が言う通り、当時の吉原では遊女として通用するのは、二十七歳までだった。身請《みう》けされれば優雅な愛妾暮らしになるが、おおかたは年を取るにつれて渡る店の格が落ちて行く。今もそうだろう。吉原で働いていた風俗嬢が、いつの間にやら鶯谷の熟女店にというやつだ。落ちていく途中で死ぬ遊女が、ほとんどだったらしいがね」

歴史好きの一面を披露した。

「結核ですか」

友美が訊いた。

「いや、梅毒だよ。当時は猛威を振るっていたらしい。結核も多かっただろうが、一番の死因は梅毒だったようだ。おっと、話が逸《そ》れたな」

渡里は自分の手帳を開いて、告げる。

「桜木が、防犯カメラに映る古賀道治の姿を見つけた。やつは松波のマンションから車で逃亡した後、新宿三丁目の地下鉄駅付近で車を乗り捨てた。そこから何度かタクシーを乗り換えて、最後に行き着いた先は」

ここだ。

というように、親指を下に向けた。

「新宿三丁目の地下鉄駅付近に、車が乗り捨てられていた話は聞きましたが、結局、新宿まで行って浅草に舞い戻ったわけですか」

今度は、凜子と麻衣が手帳に記している。

「そうだ。浅草は、古賀の縄張りだったのか。防犯カメラの設置場所を熟知していたらしくてな。うまく死角を利用したんだろう。浅草でタクシーから降りた後は確認できていない。しかし、気になるのは遊廓の建築現場だ」

テーブルに地図を広げて、指さした。木を隠すには森の中、人を隠すには人の中。古賀は喜多川篤史に連絡を取ったのではないだろうか。そこには、有田美由紀も加わっているのではないか。

「さっき、遊廓の持ち主をもう一度、確認したんですよ」

友美が座っていた椅子ごと、くるりとこちらを向いた。

「昨日までの持ち主は、NPO法人の〈ヘロン〉でした。ところが、今朝調べてみたところ、持ち主はなんと、喜多川篤史に代わっていたんです」

問題の老人の名が挙がった。潜伏場所では居候のような状態なのかと思ったが、いつの間にか遊廓の主になっていたとは……。

「捜索令状は、まだ、取れないんですか」

凜子の問いに、渡里は小さく頭を振る。

「駄目だ。再三再四、催促しているんだがね。上層部は、のらり、くらりとかわすばかりだ。まあ、新たな話を聞いて妙に納得したよ。もしかしたら、政府は本気で遊廓を公認するつもりなのかもしれないな」

「お上公認なだけでなく、お上が経営しちゃったりして」

友美が冗談めかして言ったが、だれも笑わなかった。財政改革を進めるには、非常に有効な策ではないだろうか。江戸時代の遊廓を現代に再現したとなれば、外国人観光客だけでなく、日本人も押しかけるに違いない。

札束が乱舞するのは間違いなかった。

「もうひとつ、新たな情報があります」

桜木が遠慮がちに言った。若さに似合わぬ抑えた言動で、毎日地道な作業を続けている。

身体を動かすのが好きな桜木にとっては苦行ではないだろうか。にもかかわらず、両目には生気がみなぎっていた。

「〈松波工務店〉の親会社の〈マツナミ建設〉ですが、ここにきて経営状態が持ち直しているんですよ。銀行への借金を綺麗に返済して、下請け業者にも金を払っているようです。任侠気《おとこぎ》のある喜多川篤史が、『ほらよ』とばかりに田口部長でしたか、彼を助けたんでしょうか」

遊廓の経営者という流れが、喜多川の援助を連想させたのだろう。ありえないことではないが、凜子の頭には別の推測が浮かんでいた。

（あるいは『先生』と組んで、田口譲治は分け前を手に入れたか）

だが、稀代の詐欺師と言われる高辻恭平が、田口譲治のような男と手を組むだろうか。高辻に会ったことはないが田口と似たタイプのように凛子は感じている。やはり、会社が倒産するのを憂えた喜多川が、助けたのかもしれなかった。

「松波のマンションの管理人夫妻は、大丈夫ですか。妻は軽傷で済んだため、もう退院していますよね」

「凛子さんは、管理人夫妻がよほど気になるんですね。その根拠やいかに？」

友美が訊いた。相棒の麻衣は、別のテーブルに突っ伏して仮眠を取っている。どこでも眠れないと、警察官を続けるのはむずかしいかもしれない。

「管理人の妻は、喜多川篤史を鶯谷駅の近くで見たと証言しました。ところが、同じ日の午後三時頃、おかず横丁の住人が、六区で喜多川を目撃したと言っている。奇《く》しくも、同日同時刻に、喜多川篤史は二カ所で目撃されていたわけです」

「ドッペルゲンガーとか。喜多川の分身が、うろうろしていたのかも」

友美が茶化した。凛子は苦笑して、続ける。

「わたしは、六区の目撃情報の方が正しいような気がするんですよ。喜多川は遊廓の工事現場に寝泊まりしている可能性が高い。管理人の妻は、六区に向いた警察の目を、無理やり鶯谷駅に向けさせたような感じがするんです」

「ああ、なるほど。ありえますね。そうなると、管理人夫妻は喜多川の知り合いなんでしょうか？」

　友美の問いに、小さく頷いた。

「考えられると思います。もしかすると、管理人夫妻は逃亡した古賀道治とも知り合いなのかもしれません」

「それは飛躍しすぎじゃないですか」

　桜木が異論を唱えた。

「確かに古賀は、松波が住んでいたマンションに出入りしていました。古賀は『先生』の手下という可能性が高いですからね。カモとして狙いをつけた松波純一の見張り役兼連絡役として、何度も出入りしていた。管理人夫妻とも挨拶ぐらいはしたでしょう。ですが、知り合いと言えるほどの仲だったかどうか」

「管理人の妻は、喉《のど》を果物ナイフで切られていました。顔見知りではあったかもしれませんが、あたしも古賀と管理人夫妻は親しい関係ではなかったように思います」

「降参です」

　凜子は両手を挙げて、渡里に目を向けた。

「遊廓プロジェクトに話を戻します。以前、聞いた話では、吉原の風俗店の女性たちが、接待役を務めるとのことでした。顔ぶれはわかっているんですか」

「うむ。ついさっき所轄から書類が届けられたよ。人選に時間がかかったのか、ぎりぎり間に合ったという感じだな」

渡里は写真入りの書類を手渡した。履歴書をそのままコピーしたような感じがする。

「女性たちに共通しているのは、とびぬけた美人であるとともにスタイル抜群、さらに年齢は二十一、二歳とみな若い。高学歴の女性が、高額な給料目当てに夜の数時間を提供するという話は聞いていたがね。それを証明するような顔ぶれだよ」

「確かに、下手な女優では太刀打ちできそうもないような美人ばかりですね」

凜子は書類を見ながら無意識のうちに、有田美由紀を探していた。幸いと言うべきか、切れ長の眸を持つ下町シンデレラはいなかった。

「三日間の前夜祭にも当然、彼女たちが接待役を務めるわけですよね」

「そうだろうが、店側が素直に全員の書類を提出したとは思えない。とびきりの花魁、吉原では第一級の遊女のことを、江戸の天保期には『呼出』と言ったらしいがね。『呼出』を隠している可能性は否定できないな」

「たかが吉原と侮れませんね。江戸時代でも、色々違いがあるんですか」

友美が訊《き》いた。

「ああ。『呼出』は夕方になると自分が所属している遊廓を出て、自分付きの一族郎党——芸者や幇間、禿《かむろ》、男衆《おとこし》などを随《したが》えて、八文字《はちもんじ》を踏んで道中をし、馴染《なじ》みの茶屋まで出て来る。一定時間そこにいれば、見初《みそ》める客が出るかもしれない。まあ、一種の顔見せだな。この花魁道中をして引き上げるのが慣わしだった」

「渡里警視。鼻の穴が広がっていますよ。蘊蓄《うんちく》話を始めるときりがない……」

友美はパソコンの画面に目を向ける。ほとんど同時に、渡里が携帯を受けた。話が脱線していた車内の空気は急に引き締まる。

「御徒町《おかちまち》の宝石店〈天輝堂〉を見張っていた警察官から緊急連絡が入った。ホームレスと思しき男が、店内に入り込んでいるらしい。バリケードを築いて、喚《わめ》き散らしているとのことだ」

「すぐに向かいます。〈天輝堂〉というのが、気になりますので」

凜子は立ち上がったが、麻衣は熟睡していた。昨夜の古川との逢瀬《おうせ》が、さすがにひびいたのか。

「自分が一緒に行きます」

名乗りを上げた桜木の肩を、渡里が軽く叩いた。

「よし、行け」

「はい」

若い相棒と一緒に、凜子はマイクロバスを降りる。停車させておいた面パトに急いで乗り込んだ。

走り出した覆面パトカーの屋根に、凜子は赤色灯を載せた。応援として渡里が命じたのだろう。一台のパトカーが後ろに付いていた。

3

「頑張っているわね」

さりげなく投げた言葉には、さまざまな想いを込めていた。桜木は見事なまでに自制して裏方に徹している。先頭に立って元恋人を探したいだろうに抑えている。

そういった意味を感じ取ったのか、

「自分は、本当ならば捜査から外れるべき立場の人間です。でも、渡里警視はとどまることを許してくれました。ボスの気持ちを裏切るわけにはいきません」

と、桜木は笑みを浮かべた。無理に作った笑顔ではなく、いつも通りの爽やかな笑顔に見えた。苦しみによって、いっそう強くなったようにも思えた。

「そうね」

姉をレイプされたという辛《つら》い過去を、桜木は真実《ほんとう》の意味で乗り越えようとしているのではないか。頼もしく思うとともに、ほんの少し寂しさを感じてもいた。彼はじきに凜子に列《なら》び、追い越していくだろう。

「なんとなく、なんですが」

ぽつりと桜木が呟いた。

「下町シンデレラは、だれかを追いかけているような気がするんですよ。追いかけながら、警察に相手の正体を教えている。流れを見ていると、そんな感じがしてならないんです。警察は彼女を追いかけ、彼女はだれかを追いかけている。二つの追跡劇が同時進行しているような印象を受けるんです」

ダブルチェイサー。

最後の部分を小声で言った。有田美由紀と距離を置くために、わざと異名や『彼女』を使ったように思えた。名前を口にしたとたん、懸命に保っている自制心がくずれてしまいかねないから……。

「その可能性はあると思います」

同意して、続ける。

「あなたに会ったのも偶然ではないかもしれない。偶然を装って、喜多川篤史の塒《ねぐら》に案内したのかもしれないわ」

その言葉が意外だったのか、

「えっ」

桜木は一瞬、凜子を見る。慌てて前を向いたが、動揺を隠しきれなかった。さまざまな考えがよぎったに違いない。偶然を装って姿を見せるためには、桜木の行動を知らなければ無理だ。

「それじゃ、彼女は自分を尾行していた？」

確認するような言葉に、黙って頷き返した。二人はルームミラーで視線を交わし合っている。御徒町の宝石店〈天輝堂〉、喜多川篤史、上野不忍池近くの松波純一のマンション、そして、上野駅近くの〈マツナミ建設〉。下町シンデレラは活発と言えるほどに動いた。

「くそっ」

悔しそうにハンドルを叩いた。

「あっちの方が、一枚上手だったわけか。いいように振りまわされていたとは」

「下町シンデレラが導く先には、なにがあるのか」

凜子は冷静に告げる。

「あなたの前から姿を消した答えがあるのかもしれない」

「………」

二度目の凝視は、信号で面パトが停止したときだった。凜子は不意に笑い始める。

「な、なにがおかしいんですか、おれは真剣なのに」

私的な「おれ」になっていた。

「いいえ、ちょっと安心したのよ。最近の桜木君は、めざましい成長ぶりを見せているでしょう。わたしの出番はもう終わりかなと思って、ちょっぴり寂しく感じていたの。でも、この分ならまだまだ先輩風を吹かせられそうね。なんだか、ほっとしちゃった」

凜子もまた、飾らない言葉で応じた。

「先輩風、大歓迎です。ビュンビュン、吹かしまくってください。吹っ飛ばされないように頑張りますよ」

ふたたび面パトが動き出したとき、凜子の携帯がヴァイブレーションを伝える。相手は精神科医の藤堂だった。忙しい弥生に代わって、連絡役を引き受けたのかもしれない。あるいは慣れてもらうために、弥生がわざと頼んだのか。

「運転席で亡くなった方の身許や性別が判明しましたか」

凜子は先んじて訊いた。藤堂は弥生や科警研を手伝っている。燃えた車の運転席にいたのは、おそらく伴野浩平だろう。

「それが、その……ようやく足の指の骨からDNA型を採取できたんですが、息子さんのDNA型とは一致しないんですよ。間違いかもしれないため、何度目かの検査を行っていますが、長田さんにいちおう連絡を入れておいてほしいと言われまして」

この電話は渡里も受けているに違いない。携帯に出られない桜木は、内容を知りたくてちらちら目を向けていた。危ないので、凜子は簡潔に告げる。

その後、さらに会話を続けた。

「確認ですが、DNA型が一致しないのはすなわち、運転席の燃えた遺体は伴野浩平ではないかもしれない、ということですか」

「そうなりますが『それならば遺体の主はだれなのか』となります。伴野貴恵と一緒にいたわけですから、伴野浩平だろうと考えるのが普通ですよね。ところが……それで科警研はパニック状態なんです」

仲間割れしたのか、そのときに死者が出たのか。『先生』は死んだ人間を伴野浩平の身代わりとして、燃やしたのではないか。

（あるいは）

もうひとつの可能性を手帳に記して、言った。

「わかりました。現場に近づきましたので、いったん、わたしは電話を切ります。渡里警視とは、このまま話を続けてください」

「はい」

電話を終わらせて、凜子は周囲を見やる。御徒町の宝石店街周辺には、パトカーや警察官が集まり始めていた。桜木は警察バッジを提示して、乗って来た面パトをパトカーの後ろに停める。凜子はバッグを持って、先に助手席から外へ出た。

到着に気づいたのだろう、

「夏目警部補」

上野署の捜査二課の岩村課長が駆け寄って来る。

「どんな状況ですか」

凜子は歩きながら訊いた。少し遅れて桜木も斜め後ろに来る。三人で並ぶと邪魔になると慮《おもんぱか》ったのではないだろうか。気配り怠りなかった。

「申し訳ありません。見張りが交代するほんのわずかな隙《すき》を衝《つ》いて、不審者は中に入り込んだようです。どうせだれも来ないだろうと思い、見張りは油断していたのでしょう。十五分ほど、警察官不在のときがあったようです」

「不審者の顔を見た警察官は？」

「いません。ですが、隣の店のオーナーが見たようです」

天輝堂の前には、数名の警察官と隣のオーナーが立っていた。凜子も聴取した初老の男は、会釈《えしゃく》した後、告げた。

「おそらく、伴野さんだと思います。服はところどころ焼け焦げていましてね。まるでホームレスみたいな姿でしたよ。もしかしたらと思いまして『伴野さんじゃないですか？』と呼びかけてみたんです。足を止めて振り返りましたが、素早く店に駆け込んでしまったんです」

服はところどころ焼け焦げていた。その言葉は、いやでも燃えた車を想起させる。

弥生は初見のとき、運転席の遺体は二度焼かれたのかもしれないと言っていた。

(では、伴野浩平らしき男が、正体不明の男と妻の伴野貴恵にガソリンをかけて、燃やしたのか?)

凜子は手帳に記して、オーナーを見た。

「通報したのは、あなたですよね」

「はい。警察に連絡した後、息子の秀平君にも電話しました。そろそろ着く頃かもしれません」

「すごい興奮状態でして、まともに話ができないんです」

岩村課長が言った。

「近寄ろうとしたとたん、物が飛んで来るんですよ。挙げ句の果てには、来たら死ぬと包丁を喉に突きつけましてね。強行突破した日には、グサリといくかもしれません」

身振り手振りをまじえて説明する。

「わたしが説得します。救急車の手配をお願いします。それからもう一度、息子さんに連絡してください。ここに向かっているかどうかを確認してほしいんです」

「わかりました」

「桜木巡査」

凛子は桜木を呼んだ。

「楯になってください」

「了解です」

頼もしい返事を得て、大きく深呼吸する。

「伴野さん」

呼びかけたが、

「来るな！」

棒状のものが飛んで来た。桜木が素早く払いのける。椅子の脚ではないだろうか。相棒の腕に当たって棒状のものが落下した。

「わたしは警察官の夏目です。伴野さんと話をしたいだけなんですよ。落ち着いてください」

歩を進めるにつれて、さまざまな物体が飛んで来る。桜木はことごとく撥《は》ね返して、凛子を守った。

「伴野さん、伴野浩平さんですよね？」

「ちがうっ、来るなっ」

「今、息子さんが来ます。伴野秀平さんです。こちらに向かっているところです」

「し、秀平？」

積み上げたバリケードの上に、ひょっこり汚れた顔が現れた。薄暗い店内では、ぎろりとした大きな目と右手に握りしめた包丁の鈍い輝きしか見えない。行方《ゆくえ》不明だったときは、白髪染めができなかったのだろう。髪は真っ白になっていた。

「そうです、息子さんですよ。伴野さんを心配しています。わたしたちも案じていました。念のために確認させてください。あなたは、伴野浩平さんですよね」

息子が来ると聞いて安堵《あんど》したのかもしれない。

「そう、そうだ。伴野浩平、七十二歳。妻はどうした、無事なんだろうな。貴恵はどこにいるんだ？」

物を投げるのはやめて、首をめぐらせていた。キョトキョトと忙《せわ》しく首を動かす様は鶏《にわとり》のよう。写真で見た柔和な紳士と眼前の姿を重ね合わせるのはむずかしいかもしれない。数日前に山梨県の中古車販売店付近で確認された防犯カメラの映像でさえ、はるか遠い過去の姿に思えた。

「奥様は病院にいます」

凛子は嘘をついた。

「手当てを受けています。息子さんが来たら一緒に病院へ行きましょう。奥様は伴野さんを待っていますよ」

「待っている、貴恵が……そうか、無事だったのか」

へたりこむように、伴野は座り込んだ。妻への深い愛が、混乱する心を鎮めたに違いない。凜子はそれでも警察官を仕草で制した。伴野はまだ包丁を持っている。

「近づいてもいいですか、伴野さん。そちらに行きますよ」

ゆっくり近づいて行った。桜木は威圧感を与えないよう、腰を低くしていた。積み上げた椅子やテーブルを、相棒が静かに退《ど》けていく。

小さな老人が、放心したように座り込んでいた。

「伴野さん」

凜子は笑顔で呼びかけた。

「ご無事でなによりでした。みなさん、心配していらっしゃいますよ。さあ、そこから出て来てください」

差し伸べた手を、伴野は握り締める。

思いのほか、強い力を込めていた。

4

「なにも覚えていない、わからない」

収容先の病院で、伴野浩平は同じ返事を繰り返すばかりだった。大きなショックを受けたことによる典型的な症状だと精神科医の藤堂は診断した。

「あまりにも恐ろしい体験をしたため、記憶を封じ込めているのだと思います。無理やり思い出させるのは、症状を悪化させるだけです。時間をかけて、少しずつ記憶を取り戻していくしかないでしょう」

忠告に従い、メンバーはもっとも怪しい場所に着手する——。

三日後の夕方。

浅草の六区に再現された遊廓は、前夜祭の最終日を迎えていた。

三日間にわたって本格的な興行を前にした祭りが執り行われている。敷地面積は五百坪ほどだろう。高い板塀の外には屋台がずらりと並び、早くも賑《にぎ》わいを見せていた。しかし、敷地内で前夜祭を楽しめるのは遊廓プロジェクトに出資した者のみ。一般人は覆いを外された遊廓を外から眺めることしかできなかった。

敷地に限りがあるため、遊廓はコンパクトだったが、屋根の二カ所に取り付けられた鬼瓦や、凝った装飾の柱に宮大工の技が浮かびあがっている。ライトアップされた建物は、技を結集した壮麗《そうれい》さにあふれていた。

凜子と桜木は、入り口から続く長い行列の中にいた。いまだに捜索令状はおりず、警察官は建物を取り囲む形で警備に就くしかなかった。渡里はやむなく前夜祭に招待された上層部の者たちから招待券を奪い取り、メンバーを行列に加わらせていた。

前の方には古川と麻衣、凜子たちの少し後ろには渡里と友美が並んでいる。弥生と藤堂は今も科警研に詰めていた。

「すごいものを造りましたね」

と、桜木は遊廓を見あげる。

「費用はどれぐらいかかったんでしょうか」

急に声をひそめて、続けた。

「ビッグ・ストア――暗黒街の劇場ではないことを祈るばかりですよ。もしかしたら、国宝に指定されるかもしれない美しさです。宮大工さんたちの情熱を込めた素晴らしい建築物じゃないですか。黒幕は『先生』なのか、『五位鷺』なのか、いまだにはっきりしませんけどね。詐欺の現場にするのだけはやめてほしいと思います」

下町シンデレラに出会って以来、寡黙《かもく》な若手になっていたが、今日は饒舌《じょうぜつ》だった。どこかに有田美由紀がいるかもしれないと思うだけで興奮するのだろう。建物の美麗さと相まって、凜子も気持ちが昂《たか》ぶるのを感じていた。

「結局、喜多川篤史の身柄は確保されていない。下町シンデレラもそう。建物内にいるのであれば、警察官が逮捕するために動きます。まあ、遊廓プロジェクトを考え出した詐欺師は、とうの昔に高飛びしているかもしれないけれど」

「ですが、高辻恭平や喜多川篤史は、まだ日本を出ていないことがわかっています。

どこかにいるのは間違いありません。それとも凜子さんは『五位鷺』こそが、真犯人だと考えているんですか」

「ええ。建設に関わった工務店や宮大工たちには、前金として半分の金が渡されていた。さらに前夜祭の初日、半分の残金もすでに支払われたと証言している。金払いの良さや関係者たちの扱いに、わたしは『五位鷺』の気配を感じているのよ。悪く言う人がいなかったでしょう?」

前夜祭が始まった日から、関係者の出入りがいっそう多くなっていた。それを利用しない手はない。警察は関係者に聞き込みを行い、建築現場や出入りしている人物の様子を調べていた。

「はい。すでに都市伝説と化している『五位鷺』の話そのままですよね。騙《だま》されているのにそれに気づかず、いい女性たちだったと証言する被害者がほとんどだったとか。女詐欺師の話をするときに『たち』と言う人が多いことから、複数なんだとわかります」

「今回も後ろにいるのは女詐欺師のような気が……古川警視長と久保田さんは中に入ったみたいね」

凜子は背伸びするようにして前を見た。遊廓への入り口には、吉原に設けられていた大門を模した門が設置されている。出資金に合わせて招待券の色が異なっているらしく、もっとも高額な出資者には、プラチナチケットが送られているとも聞いていた。少しずつ列が進み、いよいよ凜子たちの番になる。

大門から足を踏み入れたとたん、

「わぁ、すごい」

思わず声を上げていた。

そこは別世界だった。一階の出入り口脇には、総籬《そうまがき》と呼ばれる格子が嵌《は》め込まれた畳の部屋がある。中には芸者や当時は太夫《たゆう》と言われた何人かの花魁が座していた。小袖に打掛、さらに帯は前で結ぶ熨斗《のし》結び、横兵庫《よこひょうご》に結い上げた髪は、二枚櫛や花簪《はなかんざし》ですっきりと粋に仕上げられていた。明かりは提灯《ちょうちん》の形をしたＬＥＤに違いない。明るすぎず、暗すぎず、いい雰囲気を作っていた。

「…………」

桜木は無言で格子の向こうに並ぶ花魁を凝視《みつ》めている。有田美由紀がいないか探しているに違いない。恐《こわ》いほど真剣な目をしていた。

「あの」

呼びかけられて振り向くと、伊藤千尋が案内役の着物姿で立っていた。島田髷《まげ》のカツラだろうか。意外に似合っていた。御徒町の宝石店〈天輝堂〉では偽スタッフだったようだが、今は偽案内役ではないだろう。

「アルバイトですか」

凛子は笑って訊いた。

「はい。ここは夜なので、しばらく続けられそうです。前にもお話ししたと思いますが、昼間は通信教育の勉強時間に充《あ》てているんですよ。お姿が見えたので、ご挨拶がてらと思いました。見取り図をどうぞ」

差し出された見取り図を受け取る。

「答えられないかもしれませんが」

千尋は小声で言った。

「ここも危ない場所なんですか」

総籬の明かりに照らされた顔には、隠しきれない不安が浮かんでいる。凛子はふたたび笑顔を向けた。

「いえ、パトロールですよ。ご存じのように、大勢の見物客が訪れています。前夜祭でこの数ですからね。実際の営業になったときには、どれぐらいの客が押し寄せることか。色々とデータを取っているんですよ」

「そうですか」

千尋はほっとしたような顔になる。

「ああ、そうでした。喜多川さんから、夏目さんにこれを渡すように言われたんです」

持っていた籠《かご》から小さな封筒を出した。

「喜多川篤史に会ったんですか、中にいるんですか」

受け取りながらも、つい問い詰めるような口調になっていた。花魁の顔を確かめた
桜木がにこやかに受ける。

「データ収集でしょう、凛子さん。顔が恐いですよ」

「あら、ごめんなさい」

あわせて、ふたたび千尋を見た。

「喜多川さんと会ったんですか」

「ええ。前夜祭の初日に、お目にかかりました。すぐに帰ってしまったようです。警
察に知らせたんですが、聞いていませんでしたか」

所轄は応援を頼んでも手が足りないほどに忙殺されている。たいした話ではないと
思ったのかもしれない。特務班には届いていなかった。

「残念ながら、聞いていません。次からは直接、わたしの携帯に連絡していただけま
すか。間違いなく伝わりますので」

凛子はもう一度、名刺を渡した。

「わかりました。直接、刑事さんの携帯にかけるのは勇気がいるんですよ。でも、次

からはそうします。あ、それから」

離れかけて、また、こちらを向いた。

「弟には連絡しました。日曜日に会うことになっています。ちょっと恐いですが、やはり、乗り越えなければいけないと思いまして……夏目さんと話したことが、きっかけになりました」

「そうですか」

よかったですね、陰ながら応援していますよ。と言いたかったが、会釈《えしゃく》して別れた。あとは千尋が解決する問題だ。相談があれば乗るというスタンスを取るのが、特務班の方針だった。

「伊藤さん、顔色がよかったですね」

桜木はまたもや心ここにあらずの様子になっていた。有田美由紀に逢《あ》えるかもしれない喜びと、捕まえなければならないのだろうかという葛藤《かっとう》が、過度の緊張や弛緩《しかん》になるのかもしれなかった。

「渡里警視に知らせます」

凜子の言葉で、桜木はゆるんだ表情を引き締める。

「あ、はい」

「お天気おじさんコンビはどこに行ったのかしら」

こちらに来た渡里と友美に手を挙げて、古川と麻衣を探したが、遊廓に入ってしまったのか、見当たらなかった。

「つい今し方、伊藤千尋さんに会いまして」

凜子が言うと、渡里は破顔する。

「見かけたよ。また、アルバイトじゃないのか」

「はい。喜多川は彼女にこれを託したそうです。わたしに会ったら渡してほしいと言っていたようですが」

「なに？」

渡里は受け取った封筒を開けた。案内係が配っている見取り図に似ていたが、一部が違っている。渡された見取り図には地下が描かれていた。

「ここには地下があるんですか」

友美はすぐさま携帯で写真を撮り、本庁や所轄に送っていた。渡里は応援部隊を要請している。

「私服警官を頼む。十人ほど送り込んでくれないか」

もはや捜索令状が取れる取れないの話ではなかった。地下でなにが行われているのか。古川と麻衣の携帯にもメールは届いているはずだが、戻って来たのは麻衣だけだった。

5

「古川警視長は、どこかに消えました」

麻衣は言った。

「中に入ったときは一緒だったんですが、とにかく混《こ》んでいて、いつの間にかはぐれてしまったんです。わざと置いてきぼりにした可能性もありますが」

意地悪く唇をゆがめた。

「入るときに、ちらっと見たんですが、警視長はプラチナチケットでしたよ。メールであらかじめお知らせが来ていたんじゃないですか。そわそわして、落ち着かない様子をしていたので、おかしいなと思っていたんです」

「それじゃ、お天気おじさんは、一千万円もの大金を出資したわけ？」

友美が訊いた横で、桜木が口笛を吹いた。

「だと思います。花魁との熱い一夜を期待しているんでしょう。警視長の話では、プラチナチケットの花魁は、ホームページに美貌を載せていないらしいですからね。そればけに下半身が疼《うず》くのかもしれません。そうそう、一千万円の大口出資者は、出資した順に最高級の花魁を指名できるそうです」

淡々と告げているように見える。が、行き交う人波に走らせる目には、抑えきれない怒りや嫉妬が表れているように感じられた。

「つまり、プラチナチケットの花魁は、性的サービスをするんですか」

桜木は声が大きくなっていた。凜子が目顔で窘めると「すみません」と仕草で謝る。邪魔にならないように、メンバーは一隅に固まっていたが、それでも客たちは視線で邪魔者扱いしていた。

「断定はできませんが、その可能性は高いと思います。警視長、嬉しそうでしたからね。夏目さんはよくご存じだと思いますが、彼は隠せないんですよ、自分の気持ちを。良きにつけ悪《あ》しきにつけ、はっきり出ます。それに」

と、麻衣は格子造りの総籬を見やる。

「あれだけの美女がいるのに、目もくれませんでした。要は最高級の花魁が、警視長を待っているんだなと、わたしは読んだわけです」

「ちょっと待ってください。遊廓のプラチナチケットで調べてみます。うまくいくと、名前がわかるかもしれません」

友美は鞄《かばん》から出したパソコンを、桜木に持たせて調べ始めた。渡里は応援部隊が着くのを待っているのだろう。動かなかった。

「警視もお気づきでしょうが、地下の見取り図は『罠《わな》』かもしれません」

凜子は推測を口にする。

「警察の目を遊廓に引きつけておき、その間に首謀者は逃げるつもりなのかもしれない。現時点では今回の首謀者がだれなのかは断定できませんが、引っかかるんです。前夜祭は三日間あるのに、なぜ、警察関係者に送られた招待券の日にちが今日なのか」

強引に奪い取った招待券は、すべて今日の日付になっていた。古川のプラチナチケットも同じ日付だったことから、凜子の胸には強い疑惑が浮かんでいた。

「あるいは、なにかもっと大きな騒ぎ、とてつもないビッグ・ストアを計画しているのか。さっきここに来る途中で桜木巡査と話したのですが、わたしは下町シンデレラの動きも気になります。彼女はだれかを追っているのではないか。彼女が行き着く先にいるのは」

「『先生』か」

渡里が継いだ。

「はい。もしくは『五位鷺』の可能性もありますが、遊廓プロジェクトを計画したのが『五位鷺』だった場合、もう逃げているような気がします。今頃は、南の海でバカンスを楽しんでいるかも……」

「出ました」

友美がパソコンを持って来た。画面には、プラチナチケットを含む出資者の名前が並んでいた。画面をスクロールしていく。

「いいですか。古川輝彦、そして」

　アップされたのは、高辻恭平の氏名だった。

「最初に一千万円を出資しています。高辻はすでに中へ入っているでしょうね。本日の朝一番に受付終了になっていますので、地下にいるのではないかと」

「本名で出資したんですか」

　凜子の驚きに、友美が答える。

「古川警視長はハンドルネームで出資したと言っていましたが、出資する場合は、本名を使うのが条件のひとつだったみたいですよ。ハンドルネームやアカウント名は禁止していたようです。まあ、名義貸しのように、友人知人の名前を利用した例もあると思いますので、どれだけ守られたのかは疑問ですけどね」

「いずれにしても、高辻恭平のチケットを持つ男が、遊廓に入ったのは確実だ」

　渡里はふたたび応援要請の連絡を入れた。高辻は今この瞬間、遊廓の地下にいるかもしれない。稀代の詐欺師と言われて都市伝説になりつつあった男は、最高の美女の特別な接待を受けるため、遊廓の裏口に足を向けた。

「見てください。接待役の女性たちです」

　友美が隣に来て、パソコンの画面を見せる。極秘とされていたプラチナチケットの接待役が、キーワードを解除したことによって、あきらかになっていた。

「下町シンデレラ」

凛子は敢えて異名で呼んだ。十人の素晴らしい美女の中に、有田美由紀の顔が見えた。花魁装束を着け、化粧をした姿は、桜木が持っている写真同様、光輝くような美しさを放っている。十人の中でも目立つ美女だった。

「罠」

凛子は、はっとした。

「これは、高辻恭平を誘《おび》き出すための罠では……」

突然、出入り口で大声が聞こえた。中に入れろ、いや、駄目ですというやりとりが響きわたっている。上野署の岩村課長が、凛子たちに手を挙げていた。渡里の要請で出動した警察官が足止めされていた。

「わたしが行く。夏目たちは地下に向かってくれ」

ボスの命令に従った。

「わかりました」

凛子は班長として先頭に立とうとしたが、

「地下には外からも入れると思います」

友美が答えた。

「姿を見られるのがいやなプラチナチケットの客用でしょうね。板塀に設けられた社員専用の裏口から敷地内に入った後、建物の非常口を使って地下に降りたんだと思います。来てください。こっちです」

携帯を片手に走り出した。建物に入るためにできた長蛇の列を尻目に、凜子たちは裏口にまわる。見張りがいると覚悟していたのだが、意外にも係員はいなかった。しかし、見物客がうろついている。

「警察です。裏口は封鎖します」

凜子は告げ、建物の近くに置かれていた三角コーンを急いで並べた。反対側には桜木たちが並べている。これで裏口付近に見物客は入って来ないだろう。

「見張りがいないのは、これのせいですね」

友美がパソコン片手に屈《かが》み込む。遊廓の造りに合わせて、出入り口や扉は江戸時代の様式だったが、使われている鍵は最新式の電子キーだった。友美はパソコンから延ばしたコードを扉の鍵穴に繋《つな》ぎ、キーボードを操作する。

「開けられるんですか」

桜木の質問に、友美は微笑を返した。

「あたしをだれだと思っているのよ」

「失礼しました」

おどけて桜木が一礼する。地下にいるのは稀代の詐欺師かもしれない。また、『先生』の接待役は下町シンデレラではないのか。同じことを考えているのだろう。桜木は苛立《いらだ》ちを示すように、貧乏揺すりをしていた。

「開いた」

喜びを秘めた小さな声とともに、引き戸が自然に開いた。電子キーを使うと開く自動ドアなのだろう。

「さすがはサイバー捜査官」

凜子は言い、先に入ろうとした桜木の腕を摑んだ。

「尖兵役《せんぺいやく》はわたしが務めます。友美さんは残って、渡里警視たちが来るのを待っていてください」

「了解です」

友美の声を背に聞きながら、凜子は慎重に中へ入る。一畳程度の三和土《たたき》からは、地下に続く階段が延びていた。裏口は地下にしか行けない造りになっているようだ。凜子は一歩、一歩、慎重に地下への階段をおりて行った。

後ろには桜木と麻衣が付いている。踊り場でいったん足を止め、顔を突き出して様子を窺《うかが》った。地下の廊下が見えたものの、不気味なほど静まり返っている。ふたたび足音を忍ばせて、廊下におりた。

左右に延びた廊下には、いくつもの扉が見えた。特別客用の個室ではないだろうか。旅館のような格子戸になっており、中にもうひとつ扉が設けられている。壱、弐、参というように、漢字で記した部屋番号の札が掛けられていた。

なんの先入観もなく見れば旅館のように思えた。香でも焚《た》きしめているのだろうか。廊下には香の薫りが漂っている。

「渡里警視たちが到着しました」

後ろに付いていた桜木が報告した。

渡里がおりて来るのを待っていたとき、

「あうっ、な、なにしやがる!?」

男の叫び声がひびいた。

「よせっ、やめろっ」

二度目の絶叫と同時に、激突音が聞こえた。凛子より早く桜木が『弐』の部屋に飛び込む。右手には特殊警棒が握り締められていた。

「警察です」

凛子もすぐに続いた。伸ばした特殊警棒を持ち、桜木とほぼ同時に個室へ入る。そこにいたのは……。

「田口譲治」

スーツ姿の田口は、ワイシャツの腹のあたりが真っ赤に染まっていた。呻《うめ》き声をあげながら、うずくまっている。畳が敷かれた高級旅館のような造りの座敷には、喜多川篤史と古賀道治が立っていた。

「おれがやりました」

と、古賀は持っていたサバイバルナイフを畳に投げた。喜多川は見届け役とでも言うように動かない。他にはだれもいなかった。

「今連絡が入った」

渡里が入って来る。

「有田美由紀が、上野署に出頭したそうだ」

「…………」

桜木が目をみひらいた。

近くに脱ぎ捨てられた小袖と打掛が、すでに立ち去った女の薫りを、ほのかに漂わせていた。

6

「高辻恭平は、わたしの父なんです」

有田美由紀は告白した。

死んだと聞かされていた父親が生きているのを知ったのは、母親が亡くなる前日だった。もう長くないと悟ったのだろう。高辻恭平の名前と電話番号を記した紙を渡して、母親は詐欺師だったと告げた。

「だから一緒にならなかったと言いました。それでも父は、わたしを可愛いと思ってくれたんでしょう。かなりの金額を毎月、仕送りしていたようです。働いていない母が、なぜ、裕福な暮らしができるのか。ずっと不思議に思っていたんですが」

父親が詐欺師とわかれば、桜木や警察に迷惑をかける。そう思った美由紀は、警察官を辞めて、桜木の前から姿を消した。

「父を自首させるつもりでした」

それで懸命に探した。毎月、金が振り込まれる通帳を頼りにして調べたが、一般人に銀行は情報を洩《も》らさない。美由紀はありとあらゆる伝手《つて》を使い、なんとかして高辻恭平の行方を摑もうとした。

「あるとき、女性が連絡して来たんです」

まったく知らない女だったが、美由紀は繁華街の喫茶店で会うことを決めた。どんなに小さな手がかりでもいい。高辻に辿《たど》り着きたかった。

〝高辻さんの行方がわかった時点で、有田さんにお知らせします。必ず連絡のつく電話番号を教えてくれませんか〟

女が言ったのは、それだけだった。もしや、電話番号を悪用するつもりなのか。そのための接触だったのか。諦めかけたとき、女から連絡が来た。

〝行方がわかりました。ですが、高辻さんは簡単には現れないと思います。本当に逢いたいのであれば、わたしたちの言うとおりに動いていただけませんか〟

美由紀を利用するための策だった可能性もある。きわめて怪しい話であり、犯罪の気配があった。にもかかわらず従ったのは、高辻が簡単には現れないという話を実感していたからだ。

「母が教えてくれた携帯に、何度も連絡しましたが、出てくれませんでした。向こうから連絡もありませんでした。話すらできないのでは、自首させられません」

高辻は娘が警察官になったのを知っていたのかもしれない。美由紀の立場を慮《おもんぱか》るがゆえに連絡しなかったようにも思えた。

「やむなく、彼女たちに従うことを決めました」

宝石店〈天輝堂〉、喜多川篤史、松波純一のマンション、そして、〈マツナミ建設〉。指示どおりに動いただけで、どんな繋がりがあるのかまではわからなかった。

「彼女たちは、浅草の六区に建設中の遊廓を拠点にしていました。わたしは花魁に扮するように言われたんです。そうすれば、きっと父の方から連絡して来ると……今考えれば、いいように利用されたのかもしれませんが」

彼女たちがどうやって連絡をつけたのかはわからない。おそらく高辻の居所を知っていたのだろう。そのうえで花魁に扮した美由紀の写真を送りつけた。性的なサービスを匂わせる案内状も同封されていたのではないだろうか。

慌てふためいた高辻は、すぐさま一千万円を出資して、美由紀の一番指名権を勝ち取る。ようやく父親に逢えると思い、美由紀はその日を心待ちにした。

「突然、父が死んだと伝えられました」

呆然《ぼうぜん》としたが、リーダー格と思しき女が驚くべき提案をする。

〝犯人を捕まえましょう。『罠』にかけるのよ。プラチナチケットを捨てられてしまえば、この企みは成功しないわ。でも、賭けてみる価値はあるんじゃないかしら〟

そのとき、遊廓プロジェクトの意味を告げられた。

〝ここはビッグ・ストア、暗黒街の劇場なの。警察官だったあなたなら説明するまでもないわね。そうよ。わたしたちは女詐欺師。でも、安心して。金のあるやつらからしか奪い取らないのが信条だから〟

うそぶいたが、もはや美由紀は逆らう意思をなくしていた。父を自首させたいという想いは、いつの間にか、犯人を捕まえるという気持ちにすり替わっていた。これまた、いいように利用されたのかもしれない。しかし、元警察官の正義感に火が点《つ》いたのは間違いなかった。

「彼女たちが『五位鷺』だったのかどうかはわかりません。詐欺師のグループだとは言っていましたが、遊廓プロジェクトを立ち上げた企業家にしか見えませんでした。礼儀正しくて、普通の会社のように統制が取れていたんです。女詐欺師云々《うんぬん》は冗談としか思えませんでした」

女詐欺師のボスは、喜多川篤史のもとに配下を送り込んでいた。美由紀は彼女たちと老人の家にしばらく通うように言われた。桜木と出くわすのは事前にわかっていたことだ。

予定どおり、喜多川の家に行き、老人に匿ってもらい、逃げた。

この時点では、高辻恭平はまだ生きていた可能性がある。

「おれは、高辻先生の舎弟でした」

古賀道治は言った。

「親父を早くに亡くして、親戚をたらい回しにされたおれにとって、先生は父親みたいな存在だった。ええ、詐欺師ですよ。けど、先生は人殺しは絶対にしない。警察から見れば犯罪者だろうけど、仁義を守っていた」

高辻は、宝石店〈天輝店〉の仕込みと、松波純一の事案を同時進行で進めていた。経営コンサルタントを名乗り、宝石店を陥《お》としつつ、経営に行き詰まった松波に資金提供を持ちかけて、会社の乗っ取りを謀《はか》った。

「東京での足場が必要になったんですよ。松波は傀儡《かいらい》にするのに、ちょうどいい盆暗《ぼんくら》じゃないですか。多額の保険金、ですか?」

古賀は渋々という感じで認めた。

「会社を建て直す金を貸すかわりに、生命保険を掛けさせました。八千万、手に入れましたが、全部、田口に横取りされましたよ。やつは狙っていましたよ、会社をね。高辻先生が出入りしていた間に調べたんだと思います」

蛇の道は蛇。田口は、高辻が稀代の詐欺師『先生』であるのを知った。辿《たど》って行くうちに『先生』が宝石店〈天輝堂〉をカモにしたのを知ったのだろう。

「高辻先生は、伊豆の別宅に伴野さんたちを匿《かくま》っていました。田口がおかしな動きをしていることに気づいていたんです。このままでは危ないと思ったんでしょう。伴野さんたちを警察に行かせようとしていたとき」

田口は凶行に及んだ。まさに蛇の道は蛇で半グレを雇《やと》い、最初に高辻恭平、次に伴野夫妻を始末しようとしたのである。

「先生は、おれや伴野さんたちを逃がそうとしたんです。かろうじて、おれと伴野さんは逃げましたが」

自らも半グレに違いない古賀の目がくもった。最初に高辻恭平が殺された。はじめから『先生』になりすますつもりだったに違いない。田口は高辻の遺体を焼き、歯や骨、指紋といった身許を証明する手がかりを消した。

「伴野さんの奥さんと心中に見せかけて燃やせば、『先生』の存在は永遠に葬《ほうむ》れるとでも思ったんですかね。伴野さんは後で始末するつもりだったのか」

古賀は高辻恭平から預かったものとして、髪の毛が一束、入ったビニール袋を警察に提出した。

「万が一のときには、これでDNA型の鑑定をしてほしいと……だれかに『先生』を騙《かた》られるのは、たまらないと言っていました」

詐欺師が騙られたら、詐欺師の面目丸潰《まるつぶ》れだろ。

結局、これが遺言になったわけである。

「おれは高辻先生の仇《かたき》を討ちたかった」

正直に言った。

「だけど、田口には警察官の尾行が常についていた。ひとりになる機会を狙ったんだが、どうしても隙を見出《みいだ》せなかった」

困り果てた古賀は、喜多川篤史に連絡を取る。連絡役として〈マツナミ建設〉に出入りしていたとき、会長だった喜多川と田口の関係を鋭く読み取っていた。松波社長の死因に不審を持っていた喜多川に持ちかければ、もしかすると……。

その期待に喜多川は応えた。

「最初は『先生』が松波を殺したんじゃないかと思ったんだが、それは違うという話を聞いたんだよ。この手で始末しないことには、松波が浮かばれない。しばらく潜伏しながら機会を狙うしかないと考えたわけだ」

喜多川も古賀同様、素直に自白した。

とはいえ、どうすれば田口を仕留められるか。名案は浮かばなかった。そんなとき、家事ヘルパーとして出入りしていた女のひとり——有田美由紀が告げた。

〝お手伝いできるかもしれません〟

彼女が案内したのは、浅草の六区に建設中の遊廓だった。いい隠れ場所だと思い、その日が来るのを待つことにした。

その日——田口譲治が来る日であるのは言うまでもない。もっとも姿を見せない可能性もあった。高辻恭平が所持していた遊廓のプラチナチケットを、田口は利用するかどうか。

利用するのはすなわち、田口が高辻殺しの犯人である証《あかし》にもなる。

決定的な証拠にはならないかもしれないが、高辻の殺害場面を目撃した古賀道治の証言を裏付ける重要な証拠になるのは間違いない。

「うまく罠にかかったときが、最初で最後のチャンスだと思ったよ。田口はひとりきりにならざるをえない。おれは、連絡して来た古賀と待った」

喜多川は言った。古賀は美由紀が脱ぎ捨てていった小袖と打掛を被《かぶ》って、田口譲治を迎えた。顔を見せないようにして、打掛を頭からすっぽりと被り、近づいて来たところを……。

「振り向きざま、腹を一突きしてやったのさ」

古賀は少し得意そうだった。田口に有田美由紀の写真を見せたとき、じっと凝視《みつ》めていたのを凜子は覚えている。好みのタイプだったのだろうが、その好色心《すきごころ》が命取りになったわけだ。

からくも命を取り止めた田口は黙秘しているが、自白するのは時間の問題だろう。伴野夫妻を見張るときに使っていた外車は、田口に殴られた若い社員が引き取り役を担っていた。高辻はかつて乗りまわしていた外車が格安の値段で売りに出されているのを知り、ふたたび手に入れようとしたらしい。それに気づいた田口は、『先生』になりきるための小道具として外車を買い求めた。

「有田美由紀の後ろには、『五位鷺』がいたんですよね」

凜子の問いに、喜多川は笑った。

「刑事さん。ホームレスに間違えられるおれにも、守るべき仁義ってやつがある。遊廓の持ち主はおれだよ。調べればわかるはずだ」

躊躇《ためら》うことなく言い切った。

凜子は書類を纏《まと》めて、立ち上がる。取調室を出る凜子たちと入れ替わるようにして所轄の警察官が入って行った。

「夏目」

廊下では、渡里警視が待っていた。

「来てくれないか。受付に伊藤千尋の弟が来ているんだ」

「わかりました」

凜子は渡里とともに、受付に足を向ける。ソファに座っていた伊藤が、立ち上がって一礼した。

「姉の事件を担当した警察官の方ですか」

「はい。詐欺事件に関わっていたため、取り調べを行いました。関係ないことがわかって、お姉さんは釈放されましたが」

「確認してもらいたいんです」

伊藤は、懐から一枚の写真を取り出した。少女の面影を宿した制服姿の写真を見たとき、凜子は身裡《みうち》に悪寒《おかん》が走るのを感じた。

「まさか」

「姉の伊藤千尋です。先程、上司の方に取り調べをしたのはあなただと伺いました。確認してほしいんです。あなたが取り調べたのは、姉ですか」

「…………」

目眩《めまい》を覚えてよろめきかける。

「大丈夫か」

渡里が素早く支えた。話を聞きつけたのだろう、桜木や友美が近くに来ていた。桜木が持って来た椅子に、凜子はとりあえず座る。

「すみません」

顔を上げて、伊藤を見た。

「わたしが取り調べたのは、あなたのお姉さんではないかもしれません。写真を貸していただけますか。彼女に」

後ろにいた友美を視線で指した。

「顔認証システムを使って、確認してもらいます。いちおう見ていただきたいのですが」

凜子が操作する前に、渡里が自分の携帯の画面を伊藤に見せていた。

「姉、ですか？」

問いかける目は、不安に揺れていた。素人《しろうと》目に見ても、高校当時の写真とは、あまりにも違いすぎた。

「騙《かた》りかもしれません。その女はお姉さんのふりをして、わたしたちを欺いた」

偽者の伊藤千尋こそが、『五位鷺』の一員だったのではないか。いや、もしかすると、ボスだったのかもしれない。疑問をまったく覚えさせない見事なまでの演技力に、凛子は感服《かんぷく》するしかなかった。

「昨日、山形県のお寺から遺骨を引き取ってもらえないかという連絡が来たんです。遺骨の主は伊藤千尋だと言われました。母の話では、姉の件で刑事さんが来たと聞いていたものですから、ああ、生きていてくれたんだなと思っていたんです。それだけに、もう吃驚《びっくり》しまして」

とるものもとりあえず、伊藤は凛子を訪ねて来たのだった。

「山形に行きましょう」

衝撃を押し隠して申し出る。偽者の伊藤千尋の正体が、少しでもわかるかもしれない。偽者が『五位鷺』であれば、可能性はゼロに近いかもしれないと心のどこかでわかっていたが……。

わずかな手がかりでもいい。

偽者の伊藤千尋の手がかりがほしかった。

7

「伊藤千尋さんは、この寺の近くに住んでいました」

寺の和尚《おしょう》が言った。

「心に深い傷を負っていらして……時々、拙僧《せっそう》と話をしに来たんです。相談会というか、説話会を開いていましてね。仏の教えを話しながら、望む方の悩みを伺いました」

千尋は、なかなか心を開かず、家族や過去の話をしなかった。

「いつも死にたいと言っていました。死ぬことしか考えられない。どうすれば楽に死ねるか、考えるのはそれだけだ、たったひとつの望みなのだ、と」

ある日、とうとう千尋は望みを叶《かな》えてしまった。知らせに来たのは、友人という数人の女性たちだった。

「なんというのか、そう、新興宗教の団体のような雰囲気を漂わせている女性たちでした。自腹で伊藤さんの葬儀を営みましてね。遺骨はしばらく預かってほしいと頼まれたんです。必ず家族を見つけ出しますと言っていました」

約束は守られた。千尋の友人を名乗った女性のひとりから、連絡が来たのである。

「弟さんの居所がわかった。すぐに連絡してほしいと言われたので、そのとおりにした次第です」

和尚に偽者の写真を見せたが、首をひねっただけだった。本物の伊藤千尋は、弟の腕に抱かれて、母のもとに帰った……。

二週間後。

「がんばって、賢人。行け、行け、シュート！」

凜子は、自宅近くのグラウンドでサッカーの試合を応援している。ひさしぶりの休みが取れた土曜日、若年性認知症を患う母が帰宅する夕方までの間、束《つか》の間の解放感を味わっていた。

「うまくなったな、賢人君」

長谷川冬馬が隣で応援している。

「あなたのお陰よ。運動はまったく駄目だったんだけど、休みごとに外へ連れ出してくれたでしょう。近所の子に誘われても、賢人は自信がなかったのよ。それで輪に加われなかった。少しずつ覚えて、ようやく仲間に入れたみたい」

「そろそろランチタイムだな。用意しておくよ」

冬馬は立ち上がって、駐車場の方に向かった。夕方には母が戻って来る。それまでの間、親子水入らずのときを楽しみたかった。

（それにしても）

と、凜子は偽者の伊藤千尋のことを思い出している。和尚によると偽者たちは充分すぎるほどの供養料を納めていったらしい。だいたいが、どうやって伊藤千尋の存在を知ったのか。謎は解決されていなかった。

〝手広く補充メンバーや未来の『五位鷺』を探しているのかもしれないな〟

渡里の言葉である。たまたま伊藤千尋と知り合ったのか。有田美由紀のように、詐欺の案件に応じて臨時メンバーに加えるのか。

先日、有田美由紀は不起訴処分になっている。桜木との関係がどうなるのかはわからない。うまくいってほしいと祈るしかなかった。

高辻恭平と美由紀は、親子であることが証明された。『五位鷺』だったかもしれない女詐欺師グループの行方を警察は今も追いかけている。が、仲間割れでもしない限り、捕まえるのは無理なように感じていた。

「ああ、疲れた」

賢人が戻って来た。

「汗びっしょりじゃない」

凜子はタオルで拭いてやろうとしたが、うるさそうに手を払いのけ、タオルを奪い取った。自分で拭きながら駐車場の方を見やっている。

「冬馬さんは？」

「ランチの用意をしに行ったわ。ここは埃《ほこり》だらけだから、車で食べましょうか」

「いやだよ、ここでいいよ」

不意に表情が輝いた。冬馬がクーラーボックスと大きなバスケットを持ってこちらに来る。バスケットにはおにぎりや総菜だけでなく、賢人が作ったクッキーなどの菓子も入っていた。

「ご飯の後でみんなに食べてもらうんだ」

賢人は冬馬に駆け寄って、運ぶのを手伝おうとしたが、重すぎて運べない。サッカー仲間も手伝いに駆けつけた。

「賢人君、スイーツ甲子園に入賞したんですって？」

子供の母親が話しかけてきた。数人が集まって来る。これも冬馬効果と言えるだろう。凜子が警察官であるのを知っている知人たちは、どうしても距離を置くことが多かった。それが近頃はこうやって話しかけてくれる。

（壁を作っていたのは、わたしだったのかもしれない）

そう思いつつ、答えた。

「ええ。でも、六位ですから」

「六位でも、すごいわよ」

相槌《あいづち》を打った母親に、別の母親が続いた。

「器用なのね、賢人君は。うちの子は、サッカー選手が夢だとか言ってるけど」

「うちは棋士《きし》ですって。あれは数学脳の持ち主じゃないと駄目だからと反対しているのに、どうしても習いたいって言うのよ」

「棋士はうちも言い始めたわ。ゲーム感覚でやれるから面白いのかしらね」

他愛のないお喋《しゃべ》りが、これほど心を和ませることを、凜子は最近になるまで知らなかった。伊藤千尋はどうだったろう。新興宗教のような雰囲気だったという女性たちや、和尚と話すことによって、多少なりとも安らぎが得られただろうか。

本物の伊藤千尋に会ってみたかったと、凜子は今も思っていた。さらに偽者の本名はなんなのか。今はどこで、なにをしているのか。とうの昔に外国へ高飛びしているのだろうか。大仕事の後のバカンスを満喫《まんきつ》している頃だろうか。

「子供はいいわね、夢があって」

ひとりの母親が言った。笑みを浮かべたその横顔は、穏やかで、あたたかい眼差《まなざ》しをしていた。

「ええ、本当に」

夢追人《ドリームチェイサー》。

子供たちは、夢を追いかける。

〈参考文献〉

「詐欺師入門　騙しの天才たち　その華麗なる手口」　デヴィッド・W・モラー　光文社
「だましの手口　知らないと損する心の法則」西田公昭　PHP新書
「詐欺とペテンの大百科　ペテンを生む豊かな心理的土壌があるがゆえに、真実は虚偽に敗れつづける」カール・シファキス　青土社
「フリーランス女医は見た　医者の稼ぎ方」筒井冨美　光文社新書
「顔は口ほどに嘘をつく」ポール・エクマン　河出書房新社
「解剖学教室へようこそ」養老孟司　筑摩書房
「毒婦。木嶋佳苗　一〇〇日裁判傍聴記」北原みのり　朝日新聞出版
「続・下流老人　一億総疲弊社会の到来」藤田孝典　朝日新書
「震災風俗嬢」小野一光　太田出版
「家裁調査官は見た　家族のしがらみ」村尾泰弘　新潮新書
「死体格差　解剖台の上の『声なき声』より」西尾元　双葉社
「看取りの医者」平野国美　小学館文庫
「孤族の国　ひとりがつながる時代へ」朝日新聞「孤族の国」取材班　朝日新聞出版
「キラーストレス　心と体をどう守るか」NHKスペシャル取材班　NHK出版新書
「お江戸吉原ものしり帖」北村鮭彦　新潮文庫
「復元　江戸生活図鑑」笹間良彦　柏書房
「図解　検死解剖マニュアル」佐久間哲　同文書院

あとがき

詐欺グループとの追跡劇。

日本版『24』（海外ドラマです）のような感じの話ができないか。最初に浮かんだのは若手の桜木陽介が、若い女性を追いかけている場面でした。あとは詐欺師をからめて、と、最初は割と静かに始まったのですが、章を追うごとに展開が早くなる。自画自賛になりますが、いやぁ、面白かった！

最近、古川輝彦のボケっぷりが際立っていますよね。悪態をつく久保田麻衣も捨てがたい味を出しています。彼女とコンビを組まされた凜子も、負けじとやり返すようになりました。ピリリと山椒が利いたような、いい流れになったように感じています。

舞台として選んだのは、台東区。最後は浅草の六区になりますが、平日に行っても人の多さに驚かされる場所ですね。仲見世や六区は、凄まじい混み具合です。昔は、交通が不便とか言われて、人気がなかった時期もあるのですが、いまや雷門を知らない外国人はいないのではないかしら。

そして、桜。

以前、たまたま満開のとき取材に行き、まさに息を呑むような美しさに見惚《みと》れました。予定していても桜が都合よく満開になるとは限らない。運ですよね。隅田川沿いの桜は、本当に綺麗です。庶民の楽しみのために植えてくれた八代将軍徳川吉宗公に感謝、でしょうか。江戸時代、遊女たちの暮らしは悲惨なものでした。当時の遊廓を再現するなどというのは、ありえないことですが、敢えて今回は登場させました。フィクションですので楽しんでいただければと思います。

近頃はさまざまな詐欺が横行しています。つい先日は有名な某ランドの株売買を名目にして、大金を奪い取った事件が新聞に載っていました。よくもまあ、次から次へと考えるなあ、と、妙な感心をしてしまいます。他人事《ひとごと》ではありません。いつも自分に言い聞かせています。

さて、次の刊行予定は、朝日文庫さんの『警視庁特別取締官　ブルーブラッド』になります。女刑事&生物学者で獣医の相棒が、2巻目ではどんな活躍をしてくれるでしょうか。

二〇一七年十二月発売予定です。

この作品は徳間文庫のために書下されました。
なお本作品はフィクションであり実在の個人・団体などとは一切関係がありません。

徳間文庫

警察庁広域機動隊
ダブルチェイサー

2017年9月15日　初刷

著者　六《りく》道《どう》慧《けい》

発行者　平野健一

発行所　株式会社 徳間書店
東京都港区芝大門二―二―一 〒105―8055
電話　編集〇三(五四〇三)四三四九　販売〇四八(四五一)五九六〇
振替　〇〇一四〇―〇―四四三九二

印刷　製本　株式会社 廣済堂

ISBN978-4-19-894263-2　(乱丁、落丁本はお取りかえいたします)